I0640870

ARRESTARE IL GIOCATORE DI HOCKEY

ROMANCE DEGLI ICE DRAGONS
LIBRO 3

WILLOW FOX

SLOW BURN PUBLISHING

UNO

CHARLOTTE

«Giuri che non è uno scherzo?» chiedo ad Amber, la mia migliore amica. È sdraiata sul mio materasso nel mio appartamento nel campus, con il mento appoggiato sulle mani e i piedi sollevati.

«Non è uno scherzo. Jasper continua a dirmi che Noah non fa altro che parlare della rossa sexy con cui esco. Quindi, tu,» dice, fissandomi senza nemmeno accennare un sorriso.

Mi mordo le labbra. «Non ho niente da mettermi!»

Di solito non sono la ragazza frenetica e nervosa che va in crisi prima di un appuntamento. Ho avuto la mia buona dose di appuntamenti, anche se tendono a essere principalmente con ragazzi del college e non con giocatori professionisti di hockey.

Ho avuto occhi solo per Noah Reece dal momento in cui l'ho visto sul ghiaccio. Fortunatamente, l'interesse amoroso di Amber è Jasper Greyson, ed entrambi giocano per gli Ice Dragons, quindi non c'è rivalità tra amiche.

«Hai un intero armadio pieno di vestiti per cui morirei,» dice Amber.

«Sì, ma non c'è niente di *nuovo* lì dentro. Li ho già indossati tutti per dozzine di altri appuntamenti con ragazzi a cui non voglio pensare.»

Amber accenna un sorriso e si siede sul mio letto, facendo scivolare le gambe in modo che pendano dal materasso. «Mettiti qualcosa di casual. È un appuntamento per un caffè con Noah Reece, non un'elegante cerimonia in giacca e cravatta.»

«Io non metto mai niente di casual.» Non lo sa la mia amica? Mi piace vestirmi sexy, ma in questo momento, ogni outfit nel mio armadio mi sta deridendo ricordandomi il mio passato, prendendosi gioco di me.

Amber sbuffa al mio commento, e io afferro un cuscino dal letto e glielo lancio in faccia.

«Tutto quello che fai è casual,» dice. «Tu non hai mai dei fidanzati.»

Ha ragione, ma Noah mi piace, e questo pensiero da solo fa svolazzare farfalle nel mio stomaco. Il casual è facile. Evita che le cose diventino complicate e disordinate. Ho già abbastanza drammi tra la NYU e il mio lavoro che mi tengono occupata. Quando dovrei trovare tempo per un fidanzato?

Mi passo una mano tra i capelli.

Chi dice che Noah voglia qualcosa di serio? È un giocatore professionista di hockey. Forse sta cercando solo un po' di divertimento con una nuova avventura? Potrei essere quella ragazza. È ciò che sono abituata a essere, in ogni caso.

Lancio uno sguardo ad Amber. «Mi stai influenzando.»

La sua fronte si aggrotta. «Cosa? Come?»

Non le dico che la sua ansia sembra essermi stata lanciata addosso ed essersi attaccata come un fastidioso parassita, rubandomi la sanità mentale.

«Trovami qualcosa da indossare,» dico.

Si alza dal letto, fruga nel mio armadio e tira fuori una giacca di pelle nera, una maglietta verde scuro e una minigonna nera. «Indossa questo con quegli stivali sexy con i lacci.»

«Non era un drink informale?» chiedo, fissando l'outfit che Amber ha scelto. Non c'è niente di discreto o amichevole in quell'outfit; grida *facciamo sesso*. Almeno, è per questo che l'ho indossato in passato. E voglio davvero andare a letto con Noah Reece?

Sì, certo.

Mi getterei su di lui se ciò non mi procurasse un ordine restrittivo.

È un dieci su dieci. È sexy. Un giocatore professionista di hockey. E single.

Perché dovrebbe essere interessato a me?

Sono una ragazza normale, nessuno di famoso. Nessuno di interessante, almeno non nel suo mondo di atleti professionisti e superstar. Quell'uomo è uscito con delle modelle. Beh, non sono sicura se ci sia uscito davvero o le abbia solo portate a eventi eleganti, ma ha sempre una splendida bionda a braccetto.

Io?

Sono una rossa, il che non corrisponde al suo tipo. Focosa. Fiera. E non gioco.

Mi vesto velocemente e applico una dose abbondante di eyeliner e trucco. Passo le dita tra i miei folti capelli, guardandomi allo specchio, cercando di sembrare sexy senza esagerare. Voglio essere sensuale senza darlo a vedere, soprattutto sapendo contro chi sono in competizione, e sono sicura che sarebbe più facile per una delle sue fidanzate modelle. Probabilmente, hanno un'intera squadra che le veste e fa loro i capelli e il trucco.

Adoro la mia migliore amica, Amber, ma non mi fiderei di lei con una matita per gli occhi nemmeno per salvarmi la vita. Lei preferisce poco o zero trucco. Riesce a portare bene il look naturale. A volte la invidio. Quella ragazza può alzarsi dal letto sembrando *sexy come la ragazza della porta accanto*. Io? Ci devo lavorare.

Sentiamo bussare alla porta.

«Vado io!» esclama Amber e salta giù dal letto, correndo fuori dalla mia camera da letto. Non è una lunga corsa. Ho un appartamento con una sola camera da letto. Costa un bel po' essere vicino alla NYU, ma non devo pagare nulla per tutto questo, il che lo rende conveniente.

Mio padre è proprietario degli Island Bruisers, l'*altra* squadra professionale di hockey di New York. Nemmeno la mia migliore amica sa chi sia mio padre. Non l'ha mai incontrato. Ho fatto uno sforzo consapevole per non menzionarlo, soprattutto quando andavamo alle partite degli Ice Dragons e lei ha iniziato a uscire con uno dei loro giocatori.

«Ehi, bellissimo,» la voce di Amber echeggia attraverso il panorama del piccolo monolocale, e io trattengo un respiro tremante. Perché Amber sta flirtando con Noah?

Oso dare un'occhiata fuori dalla porta della camera da letto, e Noah è in piedi accanto a Jasper.

Jasper, il fidanzato di Amber, la tira nel suo abbraccio e le avvolge le braccia intorno alla vita. «Ehi, tesoro,» sussurra, e io distolgo lo sguardo mentre si scambiano un bacio.

Mi infilo di nuovo in camera da letto.

«È quasi pronta?» La voce di Jasper risuona attraverso il corridoio.

«Sì,» dice Amber. «Lascia solo che l'aiuti ad allacciarsi gli stivali.»

I suoi piedi morbidi ticchettano contro il pavimento di legno mentre mi raggiunge in camera. Sono seduta sul bordo del letto, mentre allaccio i miei stivali che richiedono un'eternità per essere indossati.

«Pronta per il tuo appuntamento galante?»

I miei occhi si spalancano. Si rende conto che possono sentirci? «Abbassa la voce,» sussurro.

Amber si stringe nelle spalle e sorride. «Approvo,» dice, osservandomi. «Gli piacerà.»

La fulmino con lo sguardo perché abbassi la voce, ma lei non sembra particolarmente preoccupata. Mi allontano a grandi passi dalla camera da letto e mi fermo, scorgendo Noah vicino alla porta con il fidanzato di Amber, Jasper.

«Vi lasciamo in pace,» dice Amber e afferra la sua borsetta mentre si dirige verso la porta. Lei e Jasper escono, lasciando Noah e me momentaneamente soli nel mio appartamento.

Lui sorride con quel suo sorriso da ragazzino, i suoi occhi castani, luminosi e punteggiati d'ambra, che brillano verso di me. «Sei molto carina,» dice, osservandomi dalla testa ai piedi.

Mi sento scaldare dentro mentre il suo sguardo mi percorre.

«Anche tu,» dico arricciando il naso. Carino non rende giustizia al suo bell'aspetto. È ben rasato, profuma in modo fantastico ed è vestito di tutto punto, con pantaloni neri e una camicia blu scuro. «Sei elegante.»

Questo appuntamento *solo per un caffè* sembra molto più formale, con lui che viene a prendermi al mio appartamento e vedendo come è vestito. Non sembra così casual come mi era stato fatto credere. «Dovrei cambiarmi?» chiedo, mordendomi il labbro inferiore.

«Qualunque cosa in cui ti senti più a tuo agio per un caffè,» dice Noah e mi regala quel sorriso sognante di prima. «Ma penso che tu sia stupenda.»

Sono certa di stare arrossendo. «Grazie.» È raro che un ragazzo mi faccia dei complimenti senza cercare di andare a letto con me.

«Sei pronta?» chiede, e io prendo le mie chiavi accanto alla porta insieme alla pochette che contiene il mio cellulare, il portafoglio e qualche dollaro in contanti.

Non so cosa aspettarmi, e camminiamo verso la metropolitana. Non c'è nessuna auto che aspetta di sotto, nessun trasporto di lusso. È tutto molto normale, e per un giocatore professionista di hockey, suppongo mi aspettassi qualcosa di più stravagante. Ma è *solo un caffè*.

Cambiamo treni, e sono curiosa mentre lui mi guida in giro per la città attraverso la metropolitana. «Lo sai che ci sono buoni posti per il caffè nel campus?» dico con un sorriso ironico.

«Sì, ma non posso impressionarti in quei posti.»

Non sono sicura di cosa intenda finché non usciamo alla fermata successiva e mi rendo conto che siamo al palazzetto del ghiaccio. Usciamo dalla stazione della metropolitana, e lui mi prende la mano, conducendomi su per le scale e verso la strada principale. «C'è una caffetteria davvero buona vicino al palazzetto?» chiedo.

Lui sorride e ride sotto i baffi. «Qualcosa del genere.» Noah mi conduce intorno al palazzo dell'hockey fino a un'entrata posteriore, dove mostra il suo documento d'identità, e ci viene concesso l'accesso all'interno.

Non chiedo se questo sia permesso.

Ovviamente, il team di sicurezza lo ha fatto entrare perché è uno dei giocatori degli Ice Dragons, ma non è qui per allenarsi o per prendere qualcosa dallo spogliatoio.

«Vieni,» dice e mi fa strada attraverso i corridoi fino a una porta chiusa a chiave. Prende una tessera elettronica dal suo portafoglio e apre la porta. Le luci si accendono automaticamente, e osservo la scena. Non è la prima volta che mi trovo dietro le quinte di uno spogliatoio o all'interno di uno stadio. Ma questo non è lo spogliatoio o la sala delle attrezzature.

C'è un bar per il caffè contro la parete e tavoli di legno allestiti per sedersi. Sulla parete ci sono fotografie dei giocatori durante diverse partite, e ci sono articoli di stampa incorniciati che si vantano degli Ice Dragons che hanno vinto la Stanley Cup per due anni di fila. Ci sono maglie firmate da ex giocatori fissate dietro teche di vetro sulla parete opposta.

«Lo staff, gli agenti e a volte la stampa usano il bar del caffè per le interviste,» dice Noah.

«Pensavo che questo fosse un *appuntamento per un caffè*, non un'intervista,» dico con un sorrisetto.

Noah ride. «Prometto che non ti interrogherò come piace fare ad alcuni giornalisti. Pensavo solo che ti sarebbe piaciuto vedere dove lavoro.»

Si dirige direttamente al bar e prende una tazza. «Cosa posso prepararti? Qui tutto è automatico. C'è cappuccino, latte macchiato, caffè, oppure posso farti una bevanda al caffè fredda o frullata.»

«Fai anche il barista part-time?» lo prendo in giro.

«Come hai indovinato? Cosa preferisci?»

«Un cappuccino sarebbe fantastico.»

Lui prepara un cappuccino, manovrando la macchina da vero esperto mentre io mi dirigo verso uno dei tavoli per sedermi. Nel giro di pochi minuti, si avvicina, portando due tazze fumanti per noi.

«Mi sento come se dovessi lasciarti la mancia,» scherzo mentre lui appoggia con cura le tazze sul tavolo.

Lui sorride e beve un sorso della sua bevanda, senza rispondermi.

«Quando hai proposto un *appuntamento per un caffè*, questo era l'ultimo posto che mi era venuto in mente.»

«Bene,» dice Noah. «Il mio obiettivo è impressionarti.»

Prendo un sorso della bevanda bollente. «Fammi indovinare, sei competitivo per natura.»

«Va di pari passo con lo sport. Sei una ragazza stupenda. Sarei stato uno sciocco a pensare che questo fosse il tuo primo appuntamento. Volevo chiarire cosa ho da offrirti.»

«Accesso dietro le quinte a una caffetteria?» Sorrido, guardandolo dal basso. «Non devi cercare di impressionarmi. Guardati.» Agito la mano verso di lui.

È seduto accanto a me al piccolo tavolo di legno. «Potrei dire lo stesso di te.» Noah inclina la testa, fissandomi. Conta con le dita come se stesse spuntando una lista. «Intelligente, ambiziosa, divertente, stupenda.»

«Sono solo quattro cose.» Indico il suo pollice, che è ancora piegato. «Cosa ti piace fare per divertirti? A parte giocare a hockey su ghiaccio?»

«Hai mai giocato?» chiede.

«Potrei averci giocherellato quando ero più giovane.» Non menziono che quando dico più giovane, intendo solo qualche anno fa. Ho giocato a hockey su ghiaccio alle superiori, e abbiamo vinto il campionato statale. Sto sottovalutando le mie capacità, soprattutto perché lui è un giocatore professionista. Con chiunque altro, mi sarei vantata, ma non mi sembra giusto.

I suoi occhi brillano. «Finisci il tuo caffè, poi ti presterò un paio di pattini e andremo sul ghiaccio.»

Venti minuti dopo, ho un paio di pattini ben allacciati e fissati alle caviglie. Mi passa una mazza da hockey e ne prende una per sé, insieme a un disco.

La mia gonna di pelle è più corta di quanto vorrei per un po' di azione sull'hockey, ma apprezzo la giacca di pelle perché fa freddo.

Scivolo sul ghiaccio senza sforzo, cosa che sono sicura non sarà apprezzata dagli altri giocatori domani mattina, ma non devono comunque passare la Zamboni sul ghiaccio per lisciarlo prima di una partita?

Ci sono due porte, una a ciascuna estremità dell'arena di ghiaccio.

«Prima gli ospiti,» dice, come se mi stesse facendo un favore mentre lancia il disco nella mia direzione. Scivola sul ghiaccio.

Mi mordo la lingua, e pattino sul ghiaccio, usando la mazza da hockey per manovrare il disco oltre Noah per segnare.

O è impreparato o è completamente sbalordito che io sappia giocare. Forse mi sta lasciando segnare, ma non sembra il Noah che ho visto alle partite degli Ice Dragons.

È distratto?

«Pensavo fossi competitivo!» gli grido.

Scuote la testa, e il suo sguardo si fa più intenso. «Mi sto solo riscaldando. Non ha senso stirarsi un muscolo,» dice, e lo osservo mentre si stiracchia sul ghiaccio.

Pattino verso la panchina, togliendomi la giacca di pelle. Ho già caldo, e abbiamo appena iniziato. Suderò quando saremo nel bel mezzo della partita.

«Sono pronto,» dice e si alza. «Sei sicura di non volere fare stretching prima?»

Ha ragione, dovrei riscaldarmi prima di pattinare e rincorrerlo sul ghiaccio, ma voglio iniziare la partita. «Sto bene.»

«Non dire che non ti avevo avvertita.» Si lancia all'inseguimento del disco, e mi rendo conto che ha già iniziato la partita.

Impreco a bassa voce e mi affretto per raggiungerlo, ma la mia migliore mossa ora che ha preso il disco è difendere la porta, che non è il mio punto di forza. Quando raggiungo la porta, lui ha già segnato.

«Mi sto solo riscaldando,» dice.

Alzo le spalle con nonchalance. «È un pareggio,» gli ricordo. Ho iniziato la partita prima che fosse completamente pronto, ma non mi aveva detto che prima avrebbe fatto stretching. Pensavo stessimo giocando quando mi aveva passato il disco.

Non discute con me, probabilmente perché sa che può facilmente battermi nell'hockey su ghiaccio. Tuttavia, non ho intenzione di piegarmi e lasciarlo vincere. Darò il massimo.

Mi lancia il disco dopo aver segnato, e io corro sul ghiaccio in modo spericolato, facendo tutto il possibile per bloccarlo mentre si avvicina. Gli do le spalle. Sono più piccola, e sebbene sia difficile batterlo, con le sue lunghe braccia e gambe mentre cerca di prendere il disco, lo supero in astuzia, sgattaiolando via mentre mi allontano in fretta.

Ma con le sue lunghe falcate, mi insegue, e le nostre gambe si intrecciano, facendoci cadere entrambi sul ghiaccio, Noah per primo e il mio corpo atterra goffamente sopra di lui.

«Stai bene?» chiedo, a cavalcioni sopra di lui. Respira affannosamente, e le nostre mazze da hockey giacciono accanto a noi, abbandonate.

«Sì, mi si è solo mozzato il fiato.» Noah ridacchia

mentre le sue mani trovano i miei fianchi. «Tu stai bene?»

«Penso che tu abbia preso il peso maggiore della caduta.» Dovrei alzarmi, liberarmi dalle sue braccia. Ma il mio corpo ha altre idee. È sepolto tra me e il ghiaccio, e non oso ammettere ad alta voce che il calore del suo petto che emana fa ardere le mie viscere.

Sorride, guardandomi quando sfioro le sue labbra con le mie.

Mi prende il labbro inferiore tra i denti, desideroso e ancor più affamato di me. Le sue dita scivolano sulla mia pelle, sotto la mia maglietta nella parte bassa della schiena, toccandomi, tirandomi più vicino. È impossibile non notare il calore crescente tra noi, annidato tra le mie cosce mentre sono a cavalcioni dei suoi fianchi.

E lui non sembra nemmeno cercare di nasconderlo. Perché dovrebbe?

Le luci della pista di ghiaccio tremolano, e mi tiro leggermente indietro, preoccupata che qualcuno possa spegnere le luci, non rendendosi conto che c'è qualcuno dentro.

Un tuono rimbomba sopra di noi, risuonando nell'arena, e le luci tremolano di nuovo. Con riluttanza, mi sposto da Noah e gli offro una mano.

Entrambi afferriamo le nostre mazze da hockey, e lui recupera il disco mentre pattiniamo verso la panchina dei giocatori e ci dirigiamo nello spogliatoio.

Mi ci vogliono alcuni minuti per riallacciarmi gli stivali. Mi rimetto la giacca di pelle mentre ci dirigiamo verso l'uscita. Noah spalanca la porta e si ferma, bloccandomi prima che usciamo.

Sta diluviando, e la pioggia colpisce il marciapiede. Nessuno di noi ha pensato di portare un ombrello. Quando siamo usciti, il cielo era minaccioso, ma non stava piovendo.

«Posso chiamare un taxi per farci venire a prendere,» offre Noah. «È improbabile vedere un taxi tranne durante le serate delle partite, a meno che non camminiamo per qualche isolato e...» Fa un gesto verso il tempo fuori.

«Va bene, grazie.» Sposto i piedi nervosamente mentre lui ordina un'auto per noi, e aspettiamo che l'autista arrivi prima di precipitarci fuori. Siamo fradici quando raggiungiamo il veicolo e saliamo insieme sul sedile posteriore.

L'autista ci guarda dallo specchietto retrovisore. «Noah Reece. Oh mio Dio!» esclama la donna con delizia. «Ho visto la tua foto quando ho accettato la corsa, ma non pensavo fossi davvero tu. Posso avere un autografo?» Trabocca di eccitazione, e Noah sorride educatamente.

Non riesco a capire se sia entusiasta dell'attenzione o stia solo recitando perché fa parte del suo lavoro, rendere felici i fan. «Certo, hai qualcosa su cui firmare? Non ho nemmeno una penna qui dietro.»

«Oh, nessun problema! Ecco, puoi semplicemente firmarmi il braccio con un pennarello.»

Lui ride e si sporge in avanti, usando il pennarello che lei gli fornisce. Dovrei essere sollevata che la donna non si stia alzando la maglietta chiedendogli di firmarle il seno.

«Se pensi di farti tatuare quella firma, meglio tenerla lontana dalla pioggia,» scherzo.

«Buona idea. Andrò direttamente dal tatuatore dopo avervi lasciato.»

Non può essere seria.

Lancio un'occhiata a Noah, e lui si limita ad alzare le spalle, tornando a sedersi accanto a me. Allunga il braccio, appoggiandolo sullo schienale del sedile, le sue dita che sfiorano molto delicatamente la mia spalla.

Una fitta di gelosia mi attraversa. Non riesco a spiegarla del tutto. Noah non è il mio ragazzo, ci conosciamo appena, ma non voglio che altre donne ci provino con lui.

Lui sorride, guardandomi, osservandomi attentamente mentre avvolge un braccio intorno alla mia spalla, tirandomi più vicino. «Gelosa?» mi sussurra nell'orecchio.

Inspiro bruscamente. «No. Perché dovrei essere gelosa?»

Sorride e alza le spalle. «Nessun motivo.» Apre la bocca e la richiude velocemente, come se stesse per dire qualcosa per poi ripensarci.

Non lo spingo a dirmi cosa ha in mente. Questa cosa è nuova. Non voglio rovinare una serata perfetta, a parte la pioggia e il temporale che incombe sopra di noi.

L'autista si ferma davanti al mio complesso di appartamenti. Speravo che la pioggia fosse cessata o, almeno, diminuita, ma invano. Mi bagnerò completamente quando uscirò dal riparo asciutto del veicolo.

«Aspettami,» dice all'autista, «torno subito. Voglio assicurarmi che entri.»

Lo guardo, sorpresa che sia disposto a bagnarsi per avere la possibilità di un bacio della buonanotte. Invitarlo a salire sembra un po' audace, soprattutto perché ha detto all'autista di aspettarlo.

Mi affretto a uscire dal veicolo sul marciapiede e corro su per i gradini d'ingresso. L'acqua scende a secchiate mentre infilo la chiave nella porta principale per entrare.

Noah è proprio dietro di me, in piedi sotto il cielo, la pioggia che gli scorre addosso a rivoli mentre strizza gli occhi per vedermi attraverso il diluvio.

«Vuoi entrare?» chiedo. «Ho del caffè.» Rido, imbarazzata della mia offerta, visto che è proprio da lì che veniamo, da prendere un caffè.

«Vorrei, ma non dovrei,» dice, e sento il motore rombare mentre il veicolo non aspetta più Noah, partendo e lasciandolo bloccato sotto la pioggia sul mio pianerottolo.

Impreca, e io sorrido con una risata leggera. «Dai, entra. Possiamo sempre chiamarti un taxi,» dico, riuscendo a girare la chiave nella serratura e a spalancare la porta.

Il corridoio è luminoso, dato il buio esterno causato dalle nuvole temporalesche. Siamo entrambi fradici, i nostri piedi fanno un forte rumore di bagnato, lasciando un disastro dietro di noi sul pavimento mentre ci dirigiamo verso le scale. «Niente ascensore,» dico.

«Penso di potercela fare.»

È un atleta professionista. Certo che può gestire un paio di rampe di scale. Afferro il corrimano e salgo le scale, gocciolando per tutto il tragitto.

Noah è proprio dietro di me, e continuo a sperare di non scivolare e cadere sul sedere, trascinandolo giù con me. Fortunatamente, arrivo al terzo piano e apro la porta del vano scale, tenendola aperta perché Noah mi segua.

Lui aspetta accanto a me finché non lo conduco lungo il corridoio, non che lui non abbia familiarità con il mio complesso di appartamenti. Mi è venuto a prendere appena qualche ora prima con Jasper. «Da questa parte,» dico mentre lo guido lungo il corridoio e ci avviciniamo alla mia porta d'ingresso. Sblocco la porta, accendo le luci e rabbrividisco. Il riscaldamento è basso. Il tempo è stato moderato negli ultimi giorni, e la temperatura era sufficiente per questo autunno.

Ma con la pioggia che mi ha inzuppata, ho freddo. Devo togliermi i vestiti bagnati. Mi fermo all'ingresso dentro casa mia, lavorando instancabilmente per slacciare i miei stivali senza appoggiarmi al muro perché non bagnarlo.

Noah osserva per un attimo e si toglie le scarpe senza che glielo chieda. I suoi calzini sono inzuppati, e lascia le impronte sulle assi di legno del pavimento. Se li toglie subito dopo e si sfila la maglietta da sopra la testa, spogliandosi.

Alzare lo sguardo verso di lui mentre sono piegata in avanti nel tentativo di togliermi gli stivali mi fa cadere. Lui mi prende prima che colpisca il pavimento con la stessa grazia ed eleganza di una mucca che si ribalta. Sono un disastro, e non riesco a immaginare come possa apparirgli anche minimamente sexy. Noah continua intanto a spogliarsi davanti a me.

La mia mente è interamente su di lui. I suoi addominali scolpiti, i capelli bagnati e la pelle che luccica alla luce. Il mio interno si accende di un calore familiare, e i brividi di freddo che sentivo svaniscono mentre la stanza diventa di colpo più calda.

«Attenta,» dice Noah, con le mani sulle mie spalle, sostenendomi per evitare che cada faccia a terra. Il suo tocco è caldo e deciso, e le sue dita si muovono dalle mie spalle lungo le braccia. «Come sei riuscita a metterti questi stivali?» mi chiede, vedendomi in difficoltà nel tentativo di toglierli. È una lotta evidente, e sono grata che non rida di me.

«Non erano bagnati.» Non ho intenzione di entrare nella mia camera con i vestiti fradici e sedermi per togliermi le scarpe. «Giuro che si sono ristretti con la pioggia,» mormoro tra me e me, ma lui ride, avendo sentito la mia osservazione.

«Lascia fare a me,» dice e si inginocchia.

Trattengo un leggero gemito per la sua posizione, con il naso proprio vicino al mio inguine, la mia gonna di pelle leggermente sollevata per essermi piegata in avanti ed essere quasi caduta sul pavimento.

La sua voce è ruvida e profonda mentre alza lo sguardo verso di me. «Metti le mani sulle mie spalle,» mi ordina Noah.

Sono alla sua mercé, la parte superiore dei lacci è allentata ma non abbastanza sciolta da liberarmi. Allenta i lacci e mi aiuta a liberare il piede dallo stivale, lasciandomi appoggiare a lui per sostegno.

«Uno fatto. Ne resta solo un altro,» dice con voce roca, e per un momento, fissa la mia gonna, direttamente sulla mia intimità, prima che il suo sguardo si alzi per incontrare il mio. «Stai tremando.» I suoi occhi sono scuri, la sua voce densa, e io inspiro bruscamente.

«Non me ne sono accorta.» Il calore inonda il mio intero essere mentre lui mi sostiene. Un piede è appoggiato sul pavimento freddo, l'altro ancora stretto nello stivale di pelle.

Le mani di Noah mi sfiorano i fianchi, tenendomi ferma davanti a lui, le sue dita decise e calde mentre le fa scorrere sulla mia coscia nuda, il suo tocco che mi infiamma.

I suoi occhi fissano i miei, i suoi movimenti lenti e metodici mentre si muove verso il suo obiettivo, i lacci del mio stivale.

Stringo le labbra, seppellendo il gemito dentro di me, un fuoco che si agita con un calore irrefrenabile. Il suo tocco è elettrico, la vibrazione tra noi magnetica, e vorrei tirarlo verso di me, baciarlo, toccarlo, assaporarlo.

Con occhi scuri, mi osserva intensamente mentre slaccia lo stivale di pelle, il suo sguardo non vacilla mai.

«Mi sento come Cenerentola,» scherzo, «solo che tu mi stai togliendo le scarpette di cristallo.»

Noah sorride e ridacchia mentre allenta i lacci dalla cima fino in fondo. I miei piedi fanno male per i tacchi ma il dolore è attenuato dalla sua presenza. «Tieniti forte,» mi avverte prima di tirare e far scivolare delicatamente lo stivale giù dalla mia gamba e via dal mio piede.

«Impressionante.»

«Concordo. Come fanno le donne a indossare queste cose e camminare?»

Non ho avuto così tanta difficoltà a togliermi gli stivali durante il nostro *appuntamento al caffè* quando abbiamo deciso di mettere un paio di pattini, ma la pioggia ha funzionato come una morsa, restringendo la pelle fredda e bagnata intorno alle mie gambe e ai piedi.

«Con molta pratica e allenamento.»

Noah non si è mosso dal pavimento, le mani sulle mie gambe nude. Il suo tocco è caldo e possessivo mentre guida i palmi su per i miei polpacci fino alle cosce. Disegna dei morbidi motivi sulla mia pelle nuda, la gonna che si solleva leggermente mentre mi fa allargare le gambe.

Può vedere le mie mutandine dalla sua posizione sul pavimento, e la mia lingua esce fuori, lasciando sfuggire un leggero gemito dalla mia bocca mentre le sue labbra si muovono sull'interno delle mie cosce. «Posso sentire il tuo profumo, tesoro. Hai un odore così buono,» sussurra, baciando e leccando le mie cosce, salendo più in alto verso le mutandine. «Voglio assaggiarti.»

La sua lingua esce, assaggiandomi attraverso le mutandine, e sono sicura di essere già completamente bagnata mentre la sua lingua scopa la mia intimità attraverso il morbido cotone.

«Noah,» sussurro, e il mio respiro si blocca quando incontra quel punto dolce e delicato, il mio piccolo bocciolo, con la lingua. I miei fianchi oscillano contro la sua bocca, e le sue dita premono sui miei fianchi, tenendomi ferma e guidandomi mentre mi stuzzica attraverso le mutandine.

Il mio cuore batte selvaggiamente contro il petto, il suono è tutto ciò che posso sentire insieme ai miei pesanti respiri mentre mi riscalda fino al midollo. Intreccio le dita nei suoi folti capelli scuri, tirandolo più vicino, più a fondo, desiderando sentire di più mentre tremo contro di lui.

«Brava ragazza,» sussurra, tirandosi indietro leggermente, giusto il necessario per spostare le mie mutandine di lato.

Le mie labbra si separano, e trattengo il fiato mentre la sua lingua sfiora il mio clitoride eccitato. Cerco il muro dietro di me, bisognosa di supporto, qualcosa per sorreggermi perché mi sento come se stessi fluttuando.

«Guardami, piccola.» Le parole di Noah mi riportano indietro, guardandolo dall'alto mentre lui mi osserva. È intimo e fa volare il mio cuore, e il mio interno si stringe, tremando e vibrando nel suo abbraccio.

Non si ferma né rallenta finché non sono scesa dall'apice, ansimando e respirando affannosamente.

Si tira indietro delicatamente, aggiustando la mia gonna di pelle, lasciandola ricadere sulle mie cosce mentre si alza in piedi. «La prossima volta che usciamo, mi aspetto che tu non indossi mutandine.»

Le mie guance bruciano, e mi mordo il labbro inferiore. Mi intrappola contro il muro, il suo corpo caldo e forte mi inchioda, tenendomi contro di lui.

Rabbrividisco, i miei vestiti bagnati dalla pioggia e il mio interno che brama di avere di più. «Camera da letto,» sussurro, ordinandogli di seguirmi, anche se è lui quello al comando, che mi tiene premuta contro il muro vicino alla porta d'ingresso.

E siamo appena entrati in casa.

Un sorriso ironico gli attraversa le labbra, e mi attira contro di sé, facendomi sentire la sua erezione attraverso i pantaloni. «Fammi strada.»

Le sue mani sono sulla mia vita, sui miei fianchi, sfiorano ogni centimetro di pelle, mi tolgono la giacca dalle spalle e mi spogliano prima ancora che io riesca ad arrivare in camera da letto.

Le tende sono chiuse, e accendo la luce, cercandola a tastoni perché Noah mi sta distraendo. Sono in mutandine e reggiseno, e mi giro per affrontarlo, le nostre labbra si scontrano mentre cerco di liberarmi dell'ultimo strato di vestiti tra noi. Lui si è già tolto la maglietta, ma i suoi pantaloni sono ancora umidi per la pioggia.

Inizio a sbottonarglieli e urto con il retro delle gambe contro il materasso, sedendomi sul bordo mentre gli abbasso i pantaloni. Il suo membro è a malapena nascosto nei boxer, e li rimuovo con cautela, compiaciuta della vista davanti a me. È splendido, ogni centimetro di lui, e il mio corpo freme alla sola vista della sua erezione.

Trattengo il respiro, titubante.

Sono stata con diversi ragazzi, ma nessuno di loro era così ben dotato. La mia bocca si asciuga, e mi lecco le labbra, fissandolo, incapace di distogliere lo sguardo.

«Hai ripensamenti?» chiede Noah, con le mani sui miei fianchi mentre sfiora l'elastico delle mutandine, le sue dita scivolano lungo la mia vita, abbassando lentamente il tessuto.

Scuoto la testa, lo sguardo fisso nel suo. «Mai.» Mi alzo in punta di piedi, raggiungendo le sue labbra, tirandolo giù per un altro bacio rovente mentre lo trascino con me sul materasso.

Mi cavalca, inchiodandomi sotto il suo peso. «Dominami,» sussurro, guardandolo dal basso, sfidandolo mentre lui mi afferra le braccia, sollevandole sopra la testa. Le preme contro il materasso, tenendole insieme con una mano mentre l'altra vaga sui miei seni. «Hai portato un preservativo?» chiedo, rendendomi conto della direzione che le cose stanno prendendo.

Borbotta e si tira indietro. «Fammi controllare nel portafoglio.»

Mi manca il calore del suo corpo mentre mi sposto verso il bordo del letto, osservandolo mentre fruga nella tasca dei pantaloni in cerca del portafoglio. Lo apre e guarda dentro. «Non avevo esattamente pianificato questo per stasera,» ammette.

«Nemmeno io,» dico e mi mordo il labbro inferiore. «Cioè, lo speravo, ma nella fretta di prepararmi, ho dimenticato di fermarmi alla farmacia in fondo alla strada.»

«Posso correre a comprarne.»

«Con la pioggia?» Scuoto la testa. E poi... tornerebbe davvero? «Possiamo fare altre cose. Posso ricambiare il favore,» dico, tirandolo di nuovo sul letto per farlo sdraiare.

«Non mi aspettavo uno status quo,» dice.

«Uno status quo? È così che lo chiamiamo?» Rido e sposto i capelli di lato mentre lo cavalco.

«Ho un'idea migliore. Girati. 69.» Mi fa cenno con il dito di girarmi e guardare dall'altra parte.

«Quella sarebbe un'idea migliore?» chiedo. Le luci tremolano per la tempesta e poi si spengono.

Impreco sottovoce. Non che non l'abbia mai fatto al buio, ma stavo apprezzando la vista dell'erezione di Noah e avrei voluto memorizzarne ogni dettaglio nel caso fosse una cosa di una sola volta. Anche se di solito non esco con i ragazzi due volte, per Noah potrei fare un'eccezione.

Soprattutto se quell'eccezione include preservativi per il nostro prossimo incontro.

Il tuono rimbomba sopra di noi, e la stanza si illumina momentaneamente per il lampo di fulmine.

Mi muovo sul letto, cercando di non colpirlo con il ginocchio nell'inguine, visto che non riesco a vedere nulla. Le sue mani sono sui miei fianchi, aiutandomi a trovare la strada. «Non dirmi che hai paura del buio,» dice.

«Paura? No, ma mi stavo godendo la possibilità di scattare una foto mentale della tua merce.»

«La mia merce?»

Vorrei che le luci fossero accese perché sono abbastanza sicura che stia sorridendo in questo momento. Posso sentire la risata nelle sue parole, il divertimento per il mio piccolo commento sul suo pacchetto decisamente non così piccolo.

Il mio stomaco brontola in modo così rumoroso che è impossibile che lui non abbia sentito che sto morendo di fame. Abbiamo saltato la cena, e mentre avevo pianificato di preparare qualcosa una volta tornata a casa dopo il nostro appuntamento al caffè, quel piano è stato accantonato.

«Dovremmo mangiare prima di continuare i nostri festeggiamenti,» dice Noah. Mi dà uno schiaffo sul sedere, e io sobbalzo per il contatto improvviso. Il pizzicore è leggero e piuttosto piacevole, anche se non lo ammetterei davanti a lui. «La prossima volta, dimmi semplicemente quando hai fame.»

Rido sottovoce. «Ho fame. Dai, ordiniamo da asporto, e forse possiamo convincerli a portarci anche una confezione di preservativi.»

Noah mi afferra, inchiodandomi sotto di lui. «Mi piace come pensi, Rossa.»

«Tre soprannomi in poco meno di tre ore,» lo rimprovero. Non sono sicura di quanto tempo siamo stati a questo *appuntamento al caffè*, ma non posso fare a meno di prenderlo in giro.

«Li sto solo provando per vedere quale rimarrà.»

Noah insiste per pagare la cena, ordiniamo cibo indiano e ce lo facciamo consegnare. In meno di un'ora, arriva il nostro cibo. Noah si è rivestito e si offre di andare a prenderlo di sotto mentre io preparo il soggiorno con candele per aiutarci a vedere meglio i nostri pasti e l'un l'altro.

Mi sono infilata un paio di pantaloni di tuta comodi e una maglietta larga. Forse dovrei vestirmi per impressionare Noah, ma lui mi ha già vista nuda, e le luci non sono ancora tornate dopo la tempesta.

Ci vogliono alcuni minuti prima che Noah rientri, mostrandomi la busta della consegna e la speciale bustina di alluminio tra le dita, con un singolo preservativo sigillato.

«Non l'hai fatto,» esclamo, scioccata che abbia chiesto un preservativo al fattorino. «Ordino da loro ogni settimana. Oh mio Dio! Non mi guarderanno mai più allo stesso modo.»

«Non preoccuparti. Gli ho dato una mancia molto generosa. Mi ha persino offerto di portarti un'intera scatola la prossima volta che ordini cibo da asporto.»

«Ora so che stai scherzando.» Lo fisso con uno sguardo torvo e prego che il fattorino non abbia detto davvero così. «Potrei dover iniziare a ordinare cibo indiano da qualche altra parte,» mormoro.

«Che divertimento ci sarebbe?» ribatte Noah. «A meno che tu non voglia che ti mandi il mio.»

«Tu hai un tuo fattorino?»

Noah estrae i contenitori di plastica dalla busta, sistemando tutto sul tavolo, mentre io prendo due bicchieri dalla credenza e li riempio d'acqua.

«Ho assunto uno chef una volta o due...»

Lascia le parole sospese nell'aria mentre ci sediamo a tavola e ci serviamo una porzione ciascuno nei nostri piatti, condividendo le pietanze. «Qual è il tuo difetto?» chiede Noah, fissandomi con la forchetta in mano.

«Che vuoi dire?» domando.

«Io so perché sono single. L'hockey è la mia vita. Vivo e respiro questo sport. Non offre molto tempo per un partner. Quello che non riesco a capire è perché tu sei single. Sei carina, intelligente e spiritosa. Per non parlare del fatto che sei sexy da morire.»

Prendo un boccone della mia cena, affamata e anche nel tentativo di non rispondere alla sua domanda. I suoi complimenti mi fanno accelerare il cuore. Evito il suo sguardo intenso mentre infilzo il pollo con la forchetta. «Tu cosa cerchi?» chiedo, eludendo la sua domanda.

«Qualcuna onesta, leale...»

Alzo la mano, fermandolo prima che elenchi ogni casella che è abbastanza standard nella lista dei desideri di un ragazzo.

«Vuoi qualcosa di serio o una storia passeggera?» Ho bisogno di sapere cosa si aspetta, perché portarlo nel mio appartamento non è esattamente una novità per me, ma se volesse invece un secondo appuntamento, non è qualcosa a cui sono abituata.

Si agita sulla sedia. «Vai dritta alle domande difficili,» dice, e alzo gli occhi, incontrando il suo sguardo scuro.

Forse non avrei dovuto incrociare il suo sguardo, perché ora non riesco a distoglierlo, per quanto lo desideri, con le farfalle che prendono il volo nel mio stomaco più a lungo lui mi osserva. È come se mi stesse guardando attraverso, vedendo ogni mio segreto più intimo, e questo mi fa sentire leggermente a disagio. Non che glielo direi.

«Voglio solo sapere quali sono le tue aspettative. Non ne abbiamo parlato,» dico e prendo un boccone della mia cena.

«Mi piacerebbe avere l'opportunità di conoscerti meglio,» dice. «Non che quello che abbiamo fatto prima non sia stato divertente.» Ha un sorriso da ragazzino che gli attraversa il viso e lo fa sembrare incredibilmente giovane e innocente. Anche se so che non lo è affatto per quanto riguarda ciò che succede in camera da letto.

È un atleta professionista. Sono sicura che sia stato con dozzine di donne.

«Ma la mia carriera viene prima. Sempre,» dice Noah.

Questo mi infastidisce molto meno di quanto pensassi, mentre sento le parole uscire dalle sue labbra. «Va bene per me,» dico. «Sapevo in cosa mi stessi mettendo quando mi hai invitata a uscire.»

Prende un boccone, assaporando il gusto del cibo. «È buono,» dice, indicando il suo piatto con la forchetta.

Non posso fare a meno di chiedermi se ci sia qualcos'altro che non ho visto o non so di lui. A differenza di quel che ha fatto la mia migliore amica con Jasper, non l'ho cercato online prima del nostro appuntamento. «Com'è che sei ancora single? Niente moglie. Niente figli. A meno che tu non abbia una famiglia segreta?»

Sorride, scuotendo la testa. «Divertente. Non sono mai stato sposato e non ho figli,» dice Noah. «Non fraintendermi. Mi piacciono i bambini in generale. Hai già conosciuto la figlia di Kyler? È proprio una peste.» Ride, guardandomi attentamente.

«Ci siamo conosciute a una delle tue partite di hockey. Una bambina sveglia, Bristol.» La piccola è la nipote della mia migliore amica, quindi certo che l'ho conosciuta. Amber e io siamo come sorelle.

«La bambina è intelligente e fa costantemente disperare Kyler ed Emerson.»

La tempesta comincia a calmarsi, e a metà cena, le luci tornano nell'appartamento. «Vuoi guardare un film dopo che abbiamo finito?» chiedo, prendendo un altro boccone.

Almeno il mio stomaco brontolante ha smesso di mettermi in imbarazzo.

«Un film mi sembra una buona idea,» concorda Noah. «Ti lascerò persino scegliere quale. Promettimi solo che non sarà uno di quei film da ragazze.»

«Un film sdolcinato? Nessuna promessa, bel ragazzo.»

«Dai, Rossa.» Sorride, fissandomi. Inclina leggermente la testa, il suo sguardo che scende lungo il mio corpo.

Sento praticamente che mi sta spogliando con gli occhi, e distolgo lo sguardo con una risata nervosa. «Sei proprio un seduttore. Con quante ragazze sei uscito per un caffè all'arena di hockey?»

«Sei la prima,» dice, e quella confessione mi toglie il fiato.

Mi metto i capelli dietro l'orecchio, cercando di non agitarmi mentre mi mordo il labbro inferiore. «Non pensavo fossi vergine,» scherzo.

«Fidati, *Rossa*, quando si tratta di sesso, sono tutto tranne che vergine.»

DUE

NOAH

Charlotte è bellissima, divertente e, soprattutto, mi provoca un'erezione istantanea dal momento in cui usciamo dal suo appartamento per il nostro *appuntamento al caffè*, e devo dire che è stata un'idea fantastica, portarla all'aren. Non mi sarei mai aspettato che la ragazza sapesse giocare a hockey su ghiaccio. Pensavo fosse già un azzardo pensare che sapesse pattinare.

Sembra perfetta.

Certo, così sembrava anche Jasmine, finché non mi ha tradito.

Non m'impegno in relazioni. Avventure, sì. Sono facili e molto meno complicate. Ma c'è qualcosa in Charlotte che mi invoglia a vedere dove ci porterà tutto questo.

È pericoloso.

Mettere la mia carriera al primo posto ha plasmato e definito chi sono come giocatore degli Ice Dragons nella NHL. Non sono diventato così bravo restandomene con il culo seduto e andando in giro a portare ragazze attraenti al cinema o a lunghe cene romantiche.

Non che non mi piaccia un po' di flirt e preliminari, perché mi piacciono eccome, ma investire il mio tempo in una relazione non è mai andato bene per me.

Eppure, eccomi qui, sistemato sul divano di Charlotte, con il braccio attorno alle sue spalle mentre guardiamo un film prevalentemente da ragazze che ha scelto lei.

E per qualche motivo, non mi dispiace. Voglio dire, la trama è piuttosto semplice. Ragazzo incontra ragazza. Ragazzo s'innamora della ragazza. Ragazza spezza il cuore al ragazzo.

Ragazza si scusa, e alla fine il ragazzo la perdona.

Almeno, presumo che la storia vada così. Ma ho smesso di prestare molta attenzione allo schermo poiché sono attratto dai capelli rossi di Charlotte e dal suo adorabile labbro inferiore che continua a mordicchiare con i denti.

Tenere il cazzo nei pantaloni è difficile. Non che lo tirerei fuori così, ma dannazione a quella banconota da cento dollari che ho dato al fattorino per l'ultimo preservativo nel suo portafoglio. E non sembra che lo useremo, almeno non per almeno un paio d'ore.

Il che non è la cosa peggiore. Trascorrere del tempo con una bella ragazza è piacevole. C'è una calma nello stare con Charlotte che mi riscalda da dentro. Lei intensifica i miei sensi, tutti quanti.

«Ti stai annoiando?» mi chiede, la sua voce dolce come il miele, e inclina metodicamente la testa verso di me, guardandomi con occhi blu brillanti come gioielli del mare.

«Adoro i film romantici prevedibili.» La mia voce trasuda sarcasmo, e lei si stringe a me, lasciando che la tiri più vicino. La trascino sulle mie gambe, avendo bisogno di una pausa dal film che mi sta facendo addormentare.

Almeno ora so cosa fare la prossima volta che ho un attacco d'insonnia, cosa che non è troppo infrequente. Soprattutto, succede dopo una partita quando non sono ancora completamente rilassato in seguito a una vittoria.

Lei allunga la mano verso il telecomando, e posso solo presumere che stia per passarmelo quando il mio telefono vibra nella tasca. Pensavo di averlo spento.

Il cellulare di Charlotte squilla sul tavolino accanto al divano. «Scusa, volevo metterlo in silenzioso,» dice, scendendo da me mentre allunga la mano verso il suo cellulare e silenzia la chiamata.

«Fammi indovinare, è Amber.» Il mio telefono vibra. Mi sposto sul divano e frugando nella tasca vedo il nome di Jasper sullo schermo mentre cerca di contattarmi.

«Jasper,» mormora, guardando il mio schermo, tornando a sedersi accanto a me. Già mi manca il calore del suo corpo accoccolato sulle mie gambe.

«Pensi che vogliano chiederci com'è andato il nostro appuntamento al caffè?»

Clicco su ignora sul mio telefono e alzo le spalle, facendo scivolare il telefono sul tavolino. «Probabilmente. Non posso immaginare che mi stia chiamando per vedere se sono arrivato a casa sano e salvo.»

Una risata vibra attraverso il suo petto mentre si appoggia al divano e mi lascia avvolgere il braccio attorno a lei. «Sei divertente. Mi piace questo di te,» dice Charlotte. «Ho un'idea.»

«Uh oh. Niente di buono è mai venuto da quelle parole.»

Lei afferra il cuscino decorativo e mi colpisce giocosamente al petto. «Dovremmo fare uno scherzo ad Amber e Jasper.»

Afferro il cuscino prima che possa colpirmi di nuovo. Prendendolo, lo tengo fuori dalla sua portata, tenendolo sopra la mia testa. Sono parecchio più alto di Charlotte, e da seduto non ha alcuna possibilità di riprenderlo a meno che non si alzi o si arrampichi a quattro zampe, il che non sarebbe la cosa peggiore del mondo, averla a cavalcioni su di me.

«Che tipo di scherzo?» La fisso, desiderando di potere entrare nella sua testa.

«Diciamogli che ci sposiamo.»

Le sue parole mi stordiscono, e il cuscino che sto tenendo sopra di noi cade senza grazia sulle mie gambe. «È un'idea terribile.»

Lei allunga la mano verso il morbido cuscino di lino blu, afferrandolo mentre involontariamente sfiora il mio inguine. Almeno, non penso che sia intenzionale, ma ha appena suggerito il matrimonio come scherzo. Non so se è pazza o brillante. Sorprenderebbe di sicuro Jasper, sempre che ci caschi.

«E allora? Perché no?» ribatte Charlotte, alzando un sopracciglio mentre si allontana sul divano, proteggendo il cuscino. Lo tiene contro il petto e allunga le gambe, appoggiandole accanto a me. Il gesto è intimo per due persone che si sono appena conosciute, ma per qualche motivo, mi sembra di conoscerla da tutta la vita.

«Per cominciare, sta piovendo e il municipio è chiuso. Nessuno ci crederebbe.»

«*Ci sposiamo*,» sottolinea Charlotte. «Questo non significa che ci siamo sposati oggi. Gli diremo che mi hai fatto la proposta durante il nostro appuntamento, e io ho detto sì.»

Inclino la testa all'indietro, guardando il soffitto. «Sto uscendo con una pazza,» mormoro.

«Ti ho sentito,» dice Charlotte, lanciandomi il cuscino verso la testa.

Lo vedo con la coda dell'occhio, e il mio braccio si alza di scatto, bloccando il colpo. «Non era un segreto,» dico.

«Quindi, stiamo uscendo insieme?» Mi fissa, con uno sguardo curioso sul viso. I suoi occhi blu sono di una tonalità più scura di prima, e le sue guance hanno un colorito leggermente roseo che sta iniziando a richiamare i suoi capelli di fuoco. Più la guardo e studio i suoi lineamenti, più noto dettagli.

Ha una leggera spolverata di lentiggini sul viso, quasi invisibili, come se le stesse nascondendo dietro il trucco.

«Non stiamo... non stiamo insieme,» dico, evitando la domanda. L'intera messinscena del matrimonio è stata completamente una sua idea. Penso che sia folle, ma è allettante. Ho sentito le stronzate che Jasper ha fatto a suo fratello Kyler in termini di scherzi. Sarebbe piuttosto divertente se Jasper ci cascasse.

«Tralasciando la relazione...» Fa un gesto, agitando la mano davanti a noi, tornando al punto. «Ci stai?»

«Se ci sto con lo scherzo?» chiedo, volendo assicurarmi che non stia parlando seriamente di questa proposta di matrimonio. Perché non ho intenzione di sposare una ragazza che ho conosciuto un paio d'ore fa. Cioè, l'ho vista alle partite di hockey e via dicendo, ma non siamo stati presentati formalmente fino ad oggi.

È il tipo di proposta che farebbe una groupie dell'hockey, come Jasmine, ma nel suo caso ci si aspetterebbe che la portassi all'altare prima di mezzanotte, come in una fiaba distorta.

Il mio cellulare vibra di nuovo sul tavolino, e Charlotte mantiene lo sguardo fisso su di me. «Sei con me?»

«Beh, non sono contro di te,» dico e mi sporgo in avanti, allungandomi verso il telefono. «Sei pazza, e io sono abbastanza matto da assecondarti.» Fisso Charlotte mentre rispondo alla chiamata.

Posso sentire il sussulto dalle sue labbra mentre mi guarda rispondere, il suo petto che si alza e si abbassa, e il respiro che diventa leggermente più veloce. È nervosismo? Arrossisce. Sarebbe una pessima giocatrice di poker. Riesco a vedere tutti i suoi segnali.

«Ehi, amico, ho delle ottime notizie,» dico.

«Davvero? L'appuntamento è andato bene? Amber ha cercato di chiamare Charlotte per sapere com'è andata, ma non risponde.»

«Oh, è perché sono ancora a casa sua.»

«Davvero?» dice Jasper, e ridacchia. «Stanno ancora insieme, tesoro!» grida ad Amber.

«Oh! Allora lasciali stare. Lascia che tornino al loro appuntamento bollente,» dice Amber.

«Metti il vivavoce. Vogliamo dirvi la bella notizia contemporaneamente,» dico.

Charlotte sorride maliziosamente, con gli occhi luccicanti mentre annuisce con entusiasmo.

Jasper fa una pausa. «Okay. Che succede? Buone notizie?» Sono sicuro che stanno cercando di capire cosa vogliamo dirgli prima ancora che lo condividiamo con loro.

Charlotte ed io ci guardiamo negli occhi. «Ci sposiamo!» strilla Charlotte eccitata e salta su dal divano, ballando come se la notizia fosse vera.

«Cosa?» La voce di Amber è molto più forte e scioccata, più di Jasper, che invece è completamente ammutolito. «Chi ha fatto la proposta a chi?» chiede.

«Io,» dico, cercando di suonare convincente. «Dopo una notte insieme, sapevo che eravamo destinati a stare insieme. Lei è la mazza da hockey del mio disco.»

«Che schifo,» mormora Jasper. «E penso che tu abbia invertito l'analogia, ma sono felice per entrambi. E anche se sono davvero confuso... bravo a sapere cosa vuoi e ad avere il coraggio di fare qualcosa al riguardo.»

«Non potete essere seri,» dice Amber. Non c'è allegria nel suo tono. Guardo il telefono tra noi e poi

Charlotte, aspettando che riveli alla sua amica che stiamo scherzando. «Nessuno di voi vuole figli o unmatrimonio. E all'improvviso vi siete fidanzati dopo un appuntamento? Non ci credo.»

Charlotte sorride. «È stato un appuntamento per un caffè davvero fantastico. Mi ha portata all'arena e abbiamo giocato a hockey dopo bevuto un caffè meraviglioso.»

«Sei divertente,» dice Amber. «Mi piace che voi due abbiate pensato di poterci ingannare. Bel tentativo. Buona serata, ragazzi.»

Amber termina la chiamata, e Charlotte si lascia cadere di nuovo sul divano accanto a me.

«È stato divertente,» dice, dandomi un colpetto col braccio. «C'è qualcun altro che possiamo cercare di convincere? Jasper ci stava credendo davvero.»

«Sì,» dico e le mostro l'emoji che mi ha appena inviato, facendomi il dito medio via messaggio. «Probabilmente mi prenderà in giro all'allenamento di domani, ma ne sarà valsa la pena. Specialmente quando dirò a suo fratello che ci è cascato.»

«Sembra che siate molto uniti.»

«Sì, dobbiamo esserlo. Fa parte dello sport.»

«Vero,» dice Charlotte con una scrollata di spalle. «Immagino che voi ragazzi dobbiate in un certo senso leggervi nel pensiero.»

«Linguaggio del corpo, segnali, quel genere di cose per la partita.»

Si alza e si dirige verso il frigorifero. «Posso offrirti qualcosa? Acqua? Vino? Penso che ci possa essere del succo in frigo.»

«Prenderò quello che prendi tu,» dico.

«Vino, allora. Tengo il rosso in frigo. Alcune persone vanno in crisi per questo, ma preferisco il vino freddo.»

Alzo un sopracciglio verso di lei. «Tu, mostro,» scherzo mentre porta la bottiglia di vino non ancora aperta in salotto insieme al cavatappi.

«Pensi di poterla aprire per me?» chiede, mettendomi il cavatappi in una mano e la bottiglia di vino nell'altra. Ritorna in cucina con passo disinvolto, e non posso fare a meno di osservarla camminare mentre va a prendere due bicchieri di vino.

È come fuoco con i suoi capelli rosso brillante e lo sguardo ipnotico. Ho passato più tempo con lei stasera che con la maggior parte delle ragazze in una serata.

«Penso di potercela fare,» dico mentre torna con i bicchieri di vino, posandoli sul tavolino. In pochi secondi, ho aperto la bottiglia e sto versando un bicchiere per ciascuno, porgendone uno a Charlotte.

Alzo il mio bicchiere, pronto a fare un semplice brindisi, e il mio cellulare si illumina anche se è in modalità silenziosa. Guardo lo schermo e faccio una smorfia.

Jasmine.

Quando non rispondo abbastanza velocemente e la chiamata va alla segreteria telefonica, lei richiama.

È sempre stata insistente.

Bevo un sorso di vino e me ne verso ancora dalla bottiglia.

Charlotte inclina la testa, guardandomi. «Tutto bene?» La sua voce è calma, pacifica, e non ha idea che sto per essere travolto da un uragano.

Non voglio rispondere alla chiamata. Se Jasmine mi sta cercando, è per qualche nuovo dramma in cui è coinvolta e per cui ha bisogno di aiuto. Giro il telefono, con lo schermo rivolto verso il basso. Ho chiuso con lei. Chiuso con i drammi.

«Non è niente. Solo una *vecchia amica*.» Le parole che escono dalla mia bocca lasciano un sapore amaro sulle mie labbra.

«Ex ragazza?» ipotizza lei.

«Sì, ma è finita. Finita da anni. È sposata, quindi non capisco perché mi stia chiamando.» Mi passo una mano tra i capelli, afferro la bottiglia di vino e riempio il mio bicchiere.

«Sembra complicato.» Charlotte sorride, senza mostrare gelosia o turbamento per quello che le dico. È bello vedere che ha una forte autostima. Onestamente, questo è sexy. «Primo amore?» indovina.

Sono facile da leggere quando si tratta di Jasmine. È una storia breve, semplice, e non ha un lieto fine, il che non è del tutto male dato che ho una bellissima donna seduta di fronte a me sul divano.

«Non vuoi sentire tutta la storia, credimi,» dico, risparmiandole i dettagli.

«Certo che voglio,» dice Charlotte e si avvicina. Appoggia una mano sulla mia coscia. «Tutti abbiamo un passato. Raccontami pure. Qual è il tuo scheletro nell'armadio?»

Ha il potere di calmarmi in un modo che non sapevo fosse possibile. Espiro lentamente. «Mi sono innamorato di lei quando la NHL mi ha ingaggiato. Ci frequentavamo. Uscivamo insieme. Stavamo insieme in modo esclusivo, o almeno così credevo, e poi è sparita. Pensavo che non riuscisse a sopportare la pressione dei riflettori finché non ho visto sui notiziari che aveva sposato un altro giocatore di hockey. È una storia piuttosto breve.»

«Accidenti. Lui gioca ancora a hockey?» chiede Charlotte. Mi rivolge quella leggera inclinazione della testa che trovo assolutamente adorabile. Il suo sguardo è su di me, senza mai vacillare.

«Sì, è con gli Island Bruisers.»

«Come si chiama?» chiede, alzando un sopracciglio.

«Grant Brass. Probabilmente non ne hai mai sentito

parlare. È sempre nella gabbia di penalità o messo da parte per le stronzate che combina sul ghiaccio.»

C'è un luccichio nel suo sguardo. Il nome chiaramente significa qualcosa per lei, ma con la stessa rapidità con cui noto quel suo segno di riconoscere il nome, il lampo di familiarità, svanisce.

«E non hai parlato con la tua ex ragazza da allora?» chiede.

«No, di certo non sono stato invitato al matrimonio tre mesi dopo che ci siamo lasciati.»

«Ouch. Non che tu volessi partecipare all'evento, ma tre mesi sembra un matrimonio riparatore,» dice Charlotte.

«Basta parlare di lei.» Prendo le mani di Charlotte e metto i nostri bicchieri di vino sul tavolo prima di trascinarla sulle mie ginocchia. «E tu?»

«Io cosa?» chiede, con voce dolce e pensierosa mentre si mette a cavalcioni sui miei fianchi. Le sue dita mi pettinano i capelli, accarezzandomi il cuoio capelluto e il collo. «Sono un libro aperto. Chiedimi quello che vuoi.»

«Quello che voglio,» ripeto, le parole momentaneamente perdute. Non saprei nemmeno cosa chiederle.

C'è un'immobilità, il silenzio dalla notte che ci circonda. La tempesta è passata.

«Sei mai stata innamorata?» chiedo. È una domanda facile ma una risposta difficile da sentire. Non sono sicuro del perché voglio sentire del suo passato. Forse lei non prova alcun accenno di gelosia, ma non posso dire lo stesso.

Charlotte sorride e scuote la testa, spensierata. «Mai. Sto conservando il mio cuore per la persona giusta.»

Ridacchio alle sue parole. «Conservando solo il tuo cuore?»

«Beh, non sono vergine,» dice Charlotte pensierosa.

Cerco di non soffocare con il mio vino alla sua ammissione. È audace e schietta. Mi piace questo aspetto di lei. Non è l'unica cosa che mi piace. Sono un uomo, e il mio cazzo continua a ricordarmi che è la donna più stupenda su cui abbia mai posato gli occhi.

«Vuoi guardare il resto del film?» chiede, allungandosi verso il telecomando.

Per un momento, penso che potrei avere una tregua finché non farà ripartire il film, e gemo interiormente.

«Giuro che se stai cercando di relegarmi nella friendzone...»

«Non lo sto facendo. Possiamo scegliere qualcos'altro da guardare,» dice e mi consegna il telecomando. Il gesto sembra quasi familiare, domestico, e mi prendo un secondo per schiarirmi le idee.

Non faccio cose domestiche.

Non frequento donne. Beh, prendo da bere con loro, ci vado a letto, e poi generalmente passo alla successiva. L'impegno a lungo termine non fa parte del mio vocabolario da dopo Jasmine. Nemmeno passare la notte o fermarmi a dormire. Sono già rimasto con Charlotte più a lungo che con qualsiasi altra ragazza, eccetto la mia ex.

«O potremmo fare qualcos'altro,» dice Charlotte, spostandosi sul divano, appoggiando la mano sul mio petto mentre mi guarda con fare suggestivo.

Un sorriso ironico attraversa i miei lineamenti. «Qualcos'altro,» dico, riflettendo sulle sue parole. «Cosa avevi in mente?» Scommetterei tutti i miei risparmi che *qualcos'altro* è una parola in codice per fare sesso, ma mi piace prolungare il momento con lei.

Il gioco e il flirt sono un nuovo tipo di preliminare che trovo divertente. Sono abituato alle donne che mi avvicinano, facendomi sapere che vogliono scopare, e poi se ne vanno dopo una selvaggia avventura tra le lenzuola.

Lei finisce l'ultimo sorso del suo bicchiere di vino. Le sue guance sono rosee, ma non sono preoccupato che sia troppo ubriaca o alterata nel suo processo decisionale. Era un bicchiere di vino, la bottiglia aperta sul tavolo non è ancora finita.

Charlotte si morde il labbro inferiore, arriccia il naso nel modo più adorabile possibile, e poi mi monta a cavalcioni. Le sue dita accarezzano il retro del mio collo mentre appoggia la fronte contro la mia.

«Devo proprio spiegartelo?» chiede con una voce ansimante che me lo fa istantaneamente diventare duro. Potrebbe essere anche il suo profumo femminile, con note floreali di lavanda e qualcosa di molto più muschiato e terroso.

Le sue dita tracciano morbidi disegni sul mio collo, e immagino che stia scrivendo delle parole, ma potrebbero essere solo i suoi polpastrelli che danzano sulla mia pelle.

Non aspetto di sentire altro da lei, il desiderio mi travolge mentre si struscia contro di me, facendomi capire chiaramente che vuole che la prenda. Le nostre labbra si scontrano, e non so dire se sia stata lei a baciarmi per prima o se io mi sia avvicinato dando inizio all'incendio che divampa tra noi. Non ha importanza.

Il calore ci lambisce come fiamme ardenti mentre le mie dita le tengono fermi i fianchi e la sollevano leggermente da me per poterla svestire. È stupenda nuda, più perfetta di qualsiasi dipinto o opera d'arte io abbia mai visto.

I nostri vestiti vengono rapidamente abbandonati sul pavimento in un mucchio. La porto in camera da letto, le nostre labbra intrecciate come i nostri corpi, avviluppati, mentre inciampo sulla sua maglietta abbandonata sul pavimento da prima, i miei piedi che si attorcigliano in modo tutt'altro che elegante.

Imprecando, tento di riprendere l'equilibrio. Sono a pochi passi dal letto e riesco a posarla sul materasso prima di perdere completamente l'appoggio e dovermi trattenere dall'atterrare faccia a terra sul materasso con i piedi ancora sul pavimento.

Charlotte ridacchia. «Scusa, lo so che non è divertente.» Sta ancora ridendo come se non potesse farne a meno, e io borbotto, spostando i piedi e lanciando la maglietta abbandonata dall'altra parte della stanza.

La sua borsa è ancora sul pavimento. A quanto pare, sono stati entrambi gli oggetti a farmi inciampare.

«Cerchi di uccidermi prima della mia prossima partita? Forse sei *davvero* una tifosa degli Island Bruisers.» Le lancio un'occhiata maliziosa.

Lei stringe le labbra e si sposta per sedersi sul bordo del letto. Le sue braccia si tendono verso di me, invitandomi a sedermi con lei. Preferirei fare una dozzina di altre cose se non avessi appena fatto una figuraccia.

Sarebbe potuta andare peggio. Avrei potuto finire faccia a terra sul pavimento con il naso rotto. Anche se avrei voluto pensare di avere un po' più di grazia, dato tutto il mio tempo trascorso sul ghiaccio. Ma stavo comunque cadendo, e anche miseramente.

Per qualche motivo, sento di stare cadendo di nuovo, ma questa volta non è per i miei piedi impigliati nei suoi vestiti abbandonati.

«Il tuo amico, Jasper, te l'ha detto?» chiede. I suoi denti catturano il labbro inferiore. Mi sporgo, il mio pollice le sfiora il labbro, desiderando che lo rilasci.

«L'ho visto con i miei occhi,» dico. «E ho sentito che eri tu il fattore incoraggiante dietro il suo sostegno alla squadra avversaria.»

Un sorrisetto le attraversa il viso. «Ti piace quando lo faccio?»

Rido sottovoce. «No, tesoro. Mi piace quando tifi per la *mia* squadra. Dovresti indossare la *mia* maglia quando vai a una partita di hockey.»

«Anche se non è una partita degli Ice Dragons?» chiede con un sorrisetto complice.

«Sì. Anche se sei a una partita con due altre squadre, devi mostrare la tua lealtà agli Ice Dragons.»

Stringe le labbra, riflettendo sulla mia affermazione. «Sembra un po'*possessivo*,» dice. C'è un luccichio nei suoi occhi, una scintilla che fa ruggire il calore e il fuoco nel mio ventre direttamente fino all'inguine.

Assolutamente.

Il sorriso non abbandona il mio viso. In questo momento, niente potrebbe cancellarlo. La gioia che risuona dentro di me è impossibile da mascherare.

«Bene, perché non vado a letto con le tifose degli Island Bruiser,» dico, esaminandola, memorizzando ogni dettaglio del suo corpo nel caso in cui mi spezzasse il cuore dicendomi che non è una sostenitrice degli Ice Dragons.

Una risata riverbera attraverso il suo corpo mentre si sposta indietro e si sdraia contro il materasso. «E se ti dicessi che odio l'hockey?»

La studio, il rossore delle sue guance, l'incarnato che si diffonde sui suoi seni mentre si mette comoda. «È questa la tua idea di pillow talk?» chiedo, «Perché non mi piace.»

Charlotte allunga la mano verso la mia, e la seguo facilmente mentre mi tira a unirmi a lei. Mi sdraio sul fianco, una mano su di lei, tenendola vicina mentre le nostre fronti sono quasi a contatto. «Sto solo chiedendo... e se odiassi l'hockey?»

«Ma non lo odi,» dico. Sono sicuro che non odia questo sport. L'ho vista con la sua migliore amica, Amber, tifare per gli Island Bruisers. Possiede persino una delle *loro* maglie. Non c'è modo che odi l'hockey. «È un'ipotesi? Andrei a letto con qualcuno a cui non piace il mio lavoro? Tu andresti a letto con un ragazzo a cui non piace l'università che frequenti?» Rigiro la domanda su di lei.

«È un punto discutibile,» ribatte, appoggiandosi sul gomito per guardarmi mentre si sposta su un fianco. «Non sarò all'università per sempre.»

«Potrei non giocare per gli Ice Dragons per sempre,» dico. Sono sotto contratto triennale da quando sono stato ingaggiato. Una volta terminato, potrebbe succedere di tutto.

«Va bene, quindi non *odio* l'hockey,» dice Charlotte, tirandomi più vicino, con le braccia intorno a me.

La stringo più forte, facendoci rotolare in modo da sdraiarmi sopra di lei, a cavalcioni sui suoi fianchi. Il mio sguardo si fa più intenso, mentre cerco di capirla. È un mistero per me, uno che voglio svelare, ma sono preoccupato che se i fili non fossero abbastanza stretti, potrebbe semplicemente sfaldarsi.

«Lo ami segretamente?» chiedo, sospettando che ci sia più di quanto mi stia dicendo. Sa come giocare a hockey ed è piuttosto brava, il che non corrisponde al profilo di qualcuno che odia l'hockey su ghiaccio.

Mi bacia, e che sia per zittirmi o per dirmi silenziosamente che ha finito di parlare, sono d'accordo. Ci rotoliamo sul letto, lei che lotta per stare sopra, e per quanto mi piaccia dominare in camera da letto, è eccitante quando una ragazza sa cosa le piace e non ha paura di comandare.

«Sei mai stato legato?» chiede, con un sorriso crescente sul viso.

Rido sotto i baffi. «Dipende,» rispondo, le mie mani sui suoi fianchi, tracciando un sentiero delicato fino ai suoi seni e poi di nuovo giù fino all'ombelico.

Lei muove i fianchi, il sorriso che cresce sul suo viso mentre gode del mio tocco. La sto distraendo.

Bene.

Forse mi piace essere in controllo più di quanto lasci intendere.

La faccio girare, le mie mani bloccano le sue contro il

materasso ai suoi lati. Le nostre labbra si intrecciano come le nostre gambe, lottando per il controllo.

«Devi sempre avere il controllo?» mi chiede tra un bacio e l'altro, mordendomi il labbro inferiore.

Emetto un gemito per il dolore, ma c'è anche piacere dietro quel grado superficiale di sofferenza, che svanisce con ogni secondo che passa.

Dannazione, sa quello che fa.

Mi piace. Dovrei lasciarle prendere le redini se vuole guidare, ma fanculo. Non so quanto controllo avrò stasera se tirerà fuori qualsiasi tipo di costrizione.

«La maggior parte delle donne non mi combatte quando le domino in camera da letto.» La inchiodo con lo sguardo e il suo respiro le si blocca in gola. Distoglie lo sguardo, con un sorriso timido sul viso. «Guardami, piccola,» dico.

L'arrossamento si diffonde dalle sue guance giù per la gola mentre si volta lentamente, incontrando il mio sguardo. «Non sono come le altre donne che porti a casa,» dice, e questa volta c'è più certezza nella sua voce.

Charlotte mi spinge sulla schiena e striscia lungo il mio corpo, mettendosi a cavalcioni su di me.

«Forse dovresti trovare le corde,» mormoro.

«Cosa hai detto?» mi chiede, alzando lo sguardo verso di me, la sua bocca sospesa appena sopra il mio cazzo che implora di essere succhiato.

Sta pulsando, il dolore mi tormenta mentre lei mi guarda, stuzzicandomi e aspettando la mia risposta.

Davvero non mi ha sentito?

Esalo un respiro, ma il mio cuore martella nel petto. «Tu sarai la mia morte,» dico.

Lei accenna un sorriso. «Bene. Solo... non morire stasera. D'accordo?»

Prima che io abbia il tempo di rispondere, le sue labbra sensuali formano una perfetta 'O' mentre le porta contro la punta del mio cazzo. La sua lingua mi stuzzica, mi assapora, e ogni altro pensiero svanisce immediatamente.

Charlotte sa quello che fa. Non ha bisogno di istruzioni, e il modo in cui le sue mani stuzzicano i miei testicoli mentre le sue labbra si muovono sulla mia asta è seducente.

Mi si blocca il respiro in gola. Non ricevevo un pompino da mesi, beh, non uno decente. In questo momento, la sua bocca, le labbra, la lingua e tutto ciò che fa mi porta vicino al limite.

Le passo le dita tra i capelli, desiderando che mi prenda più a fondo.

Lei capisce, e sento il morbido mormorio dal fondo della sua gola mentre le scopo la bocca. È animalesco, crudo e selvaggio. Non c'è niente di dolce o carino tranne la sua figura, in ginocchio, chinata, che succhia il mio cazzo.

«Cazzo,» grugnisco mentre mi sento vicino all'orgasmo, e non durerò molto più a lungo. Le do un colpetto sulla spalla, cercando delicatamente di spingerla indietro e avvertirla.

Lei libera il mio cazzo dalle sue labbra, il sorriso innocente seguito da una risatina. «Com'era?»

Sto ansimando forte, cercando di riprendere fiato. «Devi davvero chiedermelo?»

Charlotte scuote la testa, e io la tiro a sdraiarsi con me, facendola rotolare sulla schiena e mettendomi a cavalcioni sui suoi fianchi.

Cazzo, quanto l'ho desiderata da quando l'ho vista sugli spalti, mentre urlava per la squadra avversaria, tifando per *loro*. È come una perfetta piccola sfida che voglio rovinare e rendere mia.

La stretta della possessività, come una presa scheletrica sul mio cuore, mi fa male in modi che non ho mai sentito, mai sperimentato prima.

Non è come le puck bunnies, le ragazze con cui sono abituato ad avere rapporti dopo una partita per scaricare l'adrenalina e far fluire un'altra dose di endorfine.

C'è un mistero in lei, i riccioli rossi che le cadono sulle spalle e sulla schiena, ricadendo intorno a lei come un'aureola. «Sei una che urla?» chiedo, sorridendo mentre lascio baci caldi lungo il suo torso.

Lei si contorce sotto il mio tocco, e non l'ho ancora nemmeno leccata. Ho intenzione di divorarla, rubare ogni respiro dal suo corpo.

Le sue gambe si separano, aprendosi volontariamente a me mentre le mie labbra le riscaldano l'ombelico e premono dolci baci caldi lungo il suo ventre e giù fino alle cosce. Ma non voglio darle subito il desiderio che cerca. Le mie labbra stuzzicano mentre le bacio l'interno coscia e scendo lungo la gamba, le mie dita tracciano dolci disegni mentre la tengo a me.

È già senza fiato e agitata, uno spettacolo da vedere e custodire nella memoria per sempre. Il pallore della sua pelle contro i capelli rossi brilla con un rossore che si diffonde sul suo petto.

«Mi stai fissando,» geme, ansimante, e ho appena iniziato a farla fremere di voglia. Posso vedere il bisogno nel suo sguardo e gli occhi socchiusi mentre lotta per mantenere il controllo.

Desidero che si perda nella sensazione, dimentichi tutto per un momento e lasci che il desiderio la avvolga.

Mantiene lo sguardo su di me, facendo dolere il mio cazzo dalla voglia di essere dentro di lei, ma non cederò alle mie tentazioni e ai miei bisogni finché i suoi non saranno stati soddisfatti. È lucida e gonfia di eccitazione, il suo desiderio evidente mentre gocciola lentamente tra le sue cosce, con le mie dita che tracciano un percorso leggero come una piuma lungo le sue pieghe.

La sua testa ricade all'indietro e il suo respiro diventa più forte, più veloce.

Faccio un *tsk*. «Non ancora,» dico con un sorriso malizioso. Oh, voglio che si liberi, cada nell'oblio, ma non prima di averla assaggiata mentre sono in ginocchio e ho visto il suo sguardo fisso su di me.

C'è qualcosa di primordiale nel tenerla a fissarmi, guardandola sciogliersi sotto la mia lingua.

La lecco lentamente, metodicamente, assaporando e stuzzicando il suo bocciolo mentre lei geme e le sue dita stringono le lenzuola accanto a lei.

È irrequieta, e immagino che il suo interno stia pulsando quanto il mio mentre godo della vista di lei tremante e bisognosa.

Charlotte geme, i suoi ansiti crescono più forti, più insistenti, con urgenza mentre lotta per mantenere la compostezza.

Il sorriso cresce sulle mie labbra mentre continuo a leccare e succhiare, facendo scivolare uno, poi due dita dentro il suo calore, allargandola.

Vengo ricompensato con un gemito, il suo respiro più veloce mentre trema contro il materasso. La sua schiena si inarca, e la sento vacillare sul bordo. Il suo interno freme, stringendosi sulle mie dita mentre insegue il suo orgasmo, gemendo attraverso l'intensa e avvincente estasi che le scorre dentro.

Geme e si lascia cadere sul letto, scintillante e raggiante mentre io risalgo lungo il suo corpo. «È stato incredibile,» dice.

Ridacchio e premo le mie labbra contro le sue, desideroso di assaggiarla, ancora più affamato di prima. «Non ero sicuro,» dico, scherzando solo in parte a causa della sua imprecazione alla fine del suo orgasmo. Ho sentito donne ringraziare le divinità e me stesso, ma di solito, le imprecazioni sono riservate a quando le stuzzico senza lasciarle venire.

Charlotte continua a sconcertarmi. Sono incantato da lei, ipnotizzato dalla sua complessità e dalla sua bellezza.

Le sue dita sono su di me mentre separo le nostre labbra giusto il tempo di riprendere fiato. Mi spinge sulla schiena, la sua mano accarezza il mio cazzo, provocandomi e invitandomi a entrare.

«Aspetta,» riesco a dire con voce strozzata, le parole a malapena escono dalle mie labbra. «Preservativo.»

«Cazzo,» impreca di nuovo, e i suoi occhi si spalancano, rendendosi conto di ciò che stava per succedere.

Mi ci vuole un minuto per recuperare il preservativo e avvolgere la mia lunghezza. Questa volta, sono io sopra, al comando, mentre guido il mio membro dentro di lei. Mi muovo lentamente, prendendomi il mio tempo, centimetro dopo centimetro, per lasciarle il tempo di adattarsi alle mie dimensioni.

Le sue labbra sono socchiuse, leggermente gonfie dai baci, e mi chino, coprendole, bisognoso di un altro assaggio della sua bocca mentre mi spingo più in profondità.

Lei geme mentre la riempio. «Va bene?» chiedo, guardando in basso, concentrandomi sul prendermi il mio tempo e non lasciare che i miei desideri prendano il sopravvento. Ho bisogno di sapere se è ancora con me.

Charlotte annuisce ed espelle un respiro pesante prima di avvolgere le gambe intorno a me.

È stretta e calda, ma la sensazione è fantastica. Le sue dita mi sfiorano la schiena, e le sue unghie mi graffiano il fondoschiena, tirandomi più vicino, più stretto. «Più forte,» sussurra nel mio orecchio.

Ogni respiro e ansito mi incoraggia, facendomi desiderare di soddisfarla ancora. So che è vicina, il suo interno si stringe attorno a me, ma non sono pronto perché questo finisca così presto.

Con aggressività, mi ribalta sulla schiena, cavalcandomi, le sue mani sul mio petto mentre getta la testa all'indietro.

Cazzo, è sexy. I suoi capelli sono scompigliati, le guance rosee. I suoi occhi sono semi-velati, faticano a guardarmi, ma non distoglie lo sguardo.

Le mie dita accarezzano i suoi seni, giocando con i suoi capezzoli. Le sue labbra si separano, formando una perfetta piccola 'o' che fa sussultare il mio cazzo, e si stringe, e questo è tutto ciò che serve per portarmi al limite.

«Vieni insieme a me,» dice, e le sue mani sono sul mio petto e poi sulle mie braccia, cercando di immobilizzarmi mentre mi cavalca.

«Ci sono quasi,» dico, sull'orlo del precipizio e aspettando di cadere.

I secondi si allungano mentre lei trema e si stringe, le sue pareti come una morsa attorno al mio cazzo. Geme il mio nome, e il suono è come miele che gocciola dalle sue labbra.

«Noah,» canta, e questo è tutto ciò che serve per precipitare, come onde sulla spiaggia che si infrangono sulla riva.

Charlotte crolla contro di me, il mio cuore che batte spietatamente contro il petto, e giuro di poter sentire il suo. Ansima in cerca d'aria, cercando di rotolare via da me quando la guido sulla schiena e scendo per sbarazzarmi del preservativo.

Giuro che la stanza gira, e mi tengo al bordo del letto per un momento prima di recuperare le forze.

————

Si addormenta, la stanza perfettamente silenziosa e pacifica.

Non posso passare la notte qui. Scendo dal letto, recupero i miei vestiti e me ne vado di soppiatto. Non saprei come gestire la mattina se rimanessi. Potrebbe essere imbarazzante, e poi devo alzarmi presto per l'allenamento.

Tornare a casa ha senso.

Perché mi sento così stronzo per volermene andare?

Prendo il portafoglio e le chiavi, e il leggero fruscio nella camera sveglia Charlotte. «Non devi andare,» mormora.

Sospiro profondamente e mi chino, premendo un bacio deciso sulle sue labbra. «Forse ti vedrò a una partita questa settimana?»

Un sorriso pigro si diffonde sul suo viso. «Indossando la maglia del nemico? Allora sì, ci sarò.» Uno sbadiglio le sfugge dalle labbra.

Ringhio, catturando le sue labbra con un altro bacio ardente per ricordarle cosa abbiamo appena fatto. «Indosserai la mia maglia, *Rossa*, e griderai il mio nome dagli spalti proprio come lo hai gridato stasera.»

Un rossore si diffonde sulle sue guance mentre i suoi occhi si chiudono pigramente. Sta scivolando di nuovo verso il sonno.

«Sogni d'oro,» sussurro prima di uscire dal suo appartamento.

La pioggia è cessata, e sebbene faccia freddo e sia nuvoloso fuori, è più gradevole di quanto non fosse ore prima, quando ci siamo inzuppati. Chiamo un servizio taxi, aspettando fuori, nelle strade buie e vuote, che arrivi.

Non ci vuole molto, e attraverso la città in tempo record, dirigendomi verso il mio palazzo.

«Signor Reece,» mi saluta il portiere. «Ha una visitatrice nella hall.»

A quest'ora? Non riesco a immaginare chi possa essere venuto senza chiamare o cercare di mettersi in contatto con me. Entro nell'edificio e guardo verso i sedili della hall. I suoi freddi occhi blu mi fissano di rimando.

Jasmine.

È avvolta in un parka invernale con delle piccole braccia strette attorno alla sua figura. Da quando ha un bambino?

Non che io abbia tenuto traccia di cosa facesse Jasmine. È sposata e fa parte del mio passato.

Jasmine si alza, cullando il bambino addormentato contro il suo petto. Mentre si avvicina, vedo la pelle che si scurisce e i lividi freschi sulla sua guancia pallida.

«Chi ti ha fatto questo?» Il sapore amaro, come sangue freddo e metallico, mi macchia la lingua. Non voglio nemmeno pronunciare il *suo* nome.

Lei annuisce molto lentamente, con cautela. «Mio marito.»

«Per l'amor del cielo!» ringhio e stringo le mani in pugni.

«Ho bisogno di un posto dove stare. Da qualche parte dove non possa trovarci,» dice Jasmine.

La guardo attentamente. Sembra stia dicendo la verità. Non era una cosa in cui Jasmine eccelleva. Non posso fare a meno di chiedermi se mi abbia tradito con *lui*, ma niente di tutto ciò ha importanza ora.

«E pensavi che ti avrei aiutata.» C'è disprezzo nella mia voce. Cerco di contenermi, non volendo che l'addetto alla reception senta la conversazione. «Sali di sopra.» Le parole escono dalle mie labbra, ma nel momento in cui le pronuncio, sono riluttante a dar loro seguito.

«Grazie,» sussurra Jasmine, posando la mano sul mio braccio. Non saprei dire se sia un gesto di gratitudine o qualcosa di più.

Mi libero del suo braccio. Questo è strettamente platonico. Un amico che aiuta un'amica in difficoltà. E ha ragione. Suo marito non verrà a cercare lei e il loro bambino da me.

«Prometto, è solo per stanotte.» Jasmine mi segue verso l'ascensore, e il piccolo fagotto tra le sue braccia inizia ad agitarsi. Le sue palpebre si aprono e si richiudono altrettanto velocemente. Ha le guance rosee e le labbra dello stesso colore.

Le porte dell'ascensore si aprono, e Jasmine entra per prima. Il bambino si dimena contro di lei, nascondendo braccia e viso nel suo petto. Non capisco se stia cercando di nascondersi o di tornare a dormire. Non interagisco spesso con dei bambini.

«Ha toccato il bambino?» chiedo, con la mascella tesa e i denti che digrignano. Ho paura di sentire la risposta, ma a prima vista, il piccolo non mostra segni di abusi o negligenza.

«No, non ha toccato Zayn,» dice Jasmine.

«Zayn,» sussurro, premendo il pulsante dell'ascensore, il suo nome che scivola dalle mie labbra. Non provo a fare calcoli. Il bambino sembra abbastanza grande da poter essere mio. Ma me l'avrebbe detto se fosse rimasta incinta. Non sarebbe scappata per sposare Grant. «Quanti anni ha?» chiedo. Perché quella sensazione di vuoto nel mio stomaco mi dice quello che lei non sta dicendo? «È mio?»

Jasmine ride nervosamente, e quel suono mi dilania da dentro.

Perché non ha dissipato la mia paura dicendo di no?

«Jasmine?» La mia voce sale di un'ottava, e le porte dell'ascensore si aprono. Sblocco la porta del mio appartamento e la lascio entrare.

Non dovrei farla entrare. Non dovrei aiutarla. Non se mi ha mentito. «È mio figlio?» chiedo di nuovo, questa volta, con voce più alta. Non posso impedire alla rabbia di emergere più di quanto possa impedire al sole di sorgere.

«Forse,» dice Jasmine, con voce dolce, esitante. «Non sono sicura al cento per cento.»

Maledizione! Sapevo che mi aveva tradito. Il mio stomaco sprofonda al pensiero che il bambino tra le sue braccia potrebbe essere mio.

Indico la sua guancia. «È per questo che Grant ti ha fatto questo?»

«No, mi ha colpita perché è uno stronzo.» Jasmine mi segue dentro, e accendo le luci. Sono stanco e voglio andare a letto, ma questa notizia ha pompato più adrenalina nel mio corpo di quando segno un gol durante una partita.

«Puoi restare stanotte, ma domattina devi sporgere denuncia alla polizia e fare un test di paternità.»

Lei esala un respiro leggero. «A proposito di questo...»

«Non hai margine di trattativa, Jasmine.» Il mio sangue ribolle, e percorro la lunghezza della cucina per prendere una bottiglia di birra, avendo bisogno di qualcosa che aiuti con il martellante dolore alla testa. Dubito che la birra aiuterà, ma lei mi sta facendo perdere la pazienza.

Potrebbe star mentendo sul bambino? Forse cerca di farmi provare pena per lei. Chi farebbe una cosa del genere?

Jasmine.

È sempre stata manipolatrice. Non ho mai voluto vedere i segnali d'allarme che mi fissavano palesemente in faccia.

«Non posso fare denuncia perché suo fratello è un poliziotto. È cattivo tanto quanto Grant, se non peggio,» sussurra. «Potrei scappare e nascondermi, ma Grant mi accuserebbe di aver rapito mio figlio e avrebbe tutta la polizia a cercarmi.»

«Che diavolo!» Non posso fare a meno di lasciarmi prendere dalla rabbia. Cerco di controllarla. Almeno quando sono sul ghiaccio viene incanalata nel gioco.

Non colpirei mai una donna, ma dannazione se lascerò che Grant picchi Jasmine. Ci sono alcune linee da non oltrepassare mai.

«Ho solo bisogno di un posto dove stare stanotte. Domattina andrò da mia sorella in auto.»

Una risata amara mi esce dal petto. «Tua sorella? Non pensi che ti cercherà lì?»

«Non siamo così vicine,» dice Jasmine. «Non sa dove vive. Non l'ha mai incontrata.»

La sua idea è assurda. «Lo hai detto tu stessa. Tuo cognato è un poliziotto. Non credi che possa trovare quell'informazione? E hai appena detto che non volevi scappare e nasconderti.»

«Non ho molte opzioni,» dice Jasmine. Culla Zayn al petto e gli accarezza la schiena. «Forse il test di paternità è una buona idea. Se non fosse il figlio di Grant, nessun tribunale nel pieno delle facoltà gli darebbe la custodia.»

«Nessun tribunale gli darebbe la custodia se sapesse che è un violento,» la sfido.

«Te l'ho già detto, suo fratello...»

«Ti ho sentita.» Non posso semplicemente lasciar perdere. Che il bambino sia mio o no, non merita di essere cresciuto da un mostro.

Lei esala un pesante sospiro. «Possiamo... continuare domani?»

«Sì, va bene. Tu e il piccolo potete condividere la camera degli ospiti. Non ho una culla. Ne ha bisogno?»

«Ce la caveremo per stanotte,» dice Jasmine. «Grazie.»

———

Quando arriva il mattino, non sono dell'umore migliore. È presto, ho dormito a malapena, e quando esco dalla mia camera, la porta della stanza degli ospiti è spalancata.

È andata via.

Non dovrebbe importarmi.

Tranne per il fatto che Jasmine potrebbe aver avuto mio figlio e avermelo tenuto nascosto. Mi passo una mano tra i capelli, metto su una caffettiera e mi dirigo in bagno per farmi la doccia.

Non ha lasciato un messaggio. Non che mi aspettassi che mi scrivesse una lettera, ma un qualche riconoscimento dopo la bomba di ieri sera sarebbe stato gradito.

Farà davvero il test di paternità? Forse è andata via presto per evitare di affrontare me e il fatto che il bambino sia mio, e lei lo sa.

Faccio la doccia in pochi minuti, mi vesto, e rimango in piedi vicino al bancone, versandomi una tazza di caffè.

I conti nella mia testa, sull'età del bambino, coincidono all'incirca con l'ultima volta che sono stato con Jasmine. Merda. Potrebbe essere mio.

Potrebbe anche essere il figlio di quello stronzo, nel qual caso aiuterei comunque Jasmine e il bambino, ma la mia responsabilità finirebbe con il portarli via da Grant.

Non dovrebbe nemmeno essere un mio problema, ma non posso semplicemente voltarle le spalle. Anche se ci sono stati giorni in cui l'ho odiata per quello che ha fatto, essere scappata per sposare Grant. L'aveva fatto sapendo di essere incinta ma non sapendo chi fosse il padre?

Il caffè è amaro, e lo mando giù senza una goccia di panna o zucchero. Oggi non merito nulla di dolce, né potrei sopportarlo.

Mi dirigo all'allenamento. Ho bisogno di sfogare un po' di questa energia nervosa sul ghiaccio. Ho bisogno di fare qualcosa per assicurarmi che la mia testa sia concentrata sulla partita di domani. Almeno è una partita in casa. Non dovrò preoccuparmi di viaggiare fuori città.

Anche se, in questo momento, potrebbe essere piacevole allontanarmi dal casino che ha improvvisamente travolto la mia vita.

———

«Com'è andata la tua serata?» chiede Jasper, alzando le sopracciglia in modo suggestivo con un sorriso.

«Proprio alla grande,» borbotto. Dovrei essere di umore migliore, considerando che ho passato una serata perfetta con Charlotte, ma quel ricordo sembra distante un milione di anni, come se fosse accaduto in un'altra vita.

«Cavolo,» dice Jasper, sedendosi di fronte a me nello spogliatoio mentre ci vestiamo per un'altra giornata di allenamento. «Ti ha detto che vuole che restiate solo amici?»

«No.» Non aggiungo altro. Mi cambio piuttosto velocemente e allaccio i pattini, desideroso di sfuggire a questa linea di domande. Almeno sul ghiaccio, anche facendo esercizi, posso liberare la mente e sentirmi libero.

«Notte in bianco?» chiede Kyler, guardandomi. «Hai un aspetto di merda.»

«Grazie, amico. Lo apprezzo.» Esco dallo spogliatoio, facendo del mio meglio per non picchiare a sangue i miei compagni prima di scendere sul ghiaccio. Tuttavia, fare a pugni con loro è tradizionalmente malvisto. Non abbiamo bisogno di infortuni prima della partita.

Kyler è probabilmente l'unica persona nella squadra con cui potrei parlare della situazione, almeno riguardo a Zayn. Ha un figlio suo, una figlia che ha cresciuto come padre single finché non è arrivata Emerson. Ora sono fidanzati.

Questo non succederà con Jasmine.

Il pensiero del suo nome sulle mie labbra mi fa rivoltare lo stomaco.

E pensare a Charlotte mi sembra sbagliato e sporco. Lei stessa ha detto di non volere figli. All'improvviso, la possibilità che io abbia un figlio ci metterebbe in una situazione complicata. Non le farò questo. È ancora all'università. Ha tutta la vita davanti a sé.

Io?

Posso permettermi una tata se dovesse risultare che Zayn fosse davvero mio figlio. Una cosa alla volta. Jasmine deve ancora fare il test di paternità al bambino, e non hanno bisogno di un campione del mio DNA per confrontarlo?

Non ho notizie da Jasmine per tutto il giorno. Non che mi aspetti una telefonata o un messaggio, ma c'è silenzio. E questo lo trovo ancora più preoccupante. E se fosse tornata da Grant e lo avesse perdonato?

Dopo essermi vestito, prendo il telefono dal mio armadietto e mando un messaggio a Jasmine. È passato un po' di tempo, ma presumo che il suo numero non sia cambiato. In caso contrario, non avrei alcun modo per contattarla.

Non ti serve il mio DNA per il test?

Compaiono tre puntini mentre scrive e poi scompaiono. È lenta a rispondere, e poi, finalmente, il messaggio arriva.

Sì. Ti manderò l'indirizzo del laboratorio.

«Tutto bene?» chiede Kyler, guardandomi mentre sono seduto sulla panchina di legno, chino sul telefono, dedicandogli la mia completa attenzione.

Non è esattamente il mio standard, dato che non ci sono molte persone a cui tengo abbastanza da mandare messaggi che non siano nella stanza con me.

«Sì, solo problemi con una ragazza,» mormoro.

«Non una bella serata con Charlotte?» commenta Jasper, origliando la mia conversazione con suo fratello maggiore.

«Charlotte è stata fantastica...» Le parole rimangono sospese nell'aria perché mi ero quasi dimenticato della nostra piccola scappatella di ieri sera. Esalo un sospiro. Non ha bisogno del mio bagaglio emotivo. Da quanto ho sentito, era un po' uno spirito libero, il che è un motivo in più per chiudere quella porta e lasciarle vivere la sua vita.

«Ma...?» chiede Kyler, aspettando che io continui. «Non è il tuo tipo?»

«Ha delle gran gambe e un bel culo, certo che è il suo tipo,» dice Jasper ridendo.

Lo guardo male. Sì, ho la reputazione di portarmi a letto un sacco di ragazze, ma questo non significa che non abbia degli standard. «È più del suo aspetto fisico,» dico, fulminando Jasper con lo sguardo.

Afferro la maglia sudata che ho appena indossato e gliela lancio in faccia.

Jasper la afferra prima che gli arrivi in faccia. La lascia cadere a terra, facendo una smorfia di disgusto. «Qual è il problema? Troppo appiccicosa?» chiede Jasper, cercando di capire perché non vorrei rivederla.

«No, non credo,» dico. Non sembrava sconvolta quando me ne sono andato ieri sera. Probabilmente avrei dovuto restare, ci siamo divertiti molto, e mi avrebbe risparmiato l'incontro con Jasmine quando sono tornato a casa.

«Odia l'hockey?» scherza Kyler. «Perché, che tu ci creda o no, questo si può sistemare. A meno che, ovviamente, non sia una grande tifosa di un'altra squadra. In tal caso non potrai più vederla. Scaricala e dille che a meno che non si converta alla Chiesa degli Ice Dragons, è una peccatrice.»

Sbuffo, divertito dalla sua battuta. «Tende a indossare maglie degli Island Bruisers alle nostre partite,» dico, fulminando Jasper con lo sguardo.

«Ehi! Non guardare me. È la tua ragazza quella che

ha convinto Amber a indossare quell'abominio,» scherza Jasper.

«Non è la mia ragazza,» lo correggo un po' troppo rapidamente.

Alza le mani in finta resa. «Va bene. La tua amica. Come vuoi. È la stessa cosa. Non ti ho mai saputo avere amiche con cui non finisci a letto.»

Rimango in silenzio, odiando il fatto che abbia ragione. Ho l'abitudine di andare a letto con le ragazze con cui esco, ma solo perché sono belle e ci provano con me. Non devo nemmeno fare la prima mossa perché tipicamente mi si buttano addosso.

Kyler si schiarisce la gola. Forse percepisce la tensione tra noi. Jasper ed io siamo amici da quando siamo stati entrambi scelti nella NHL. È successo lo stesso anno, quindi avevamo qualcosa in comune, non conoscendo nessuno ed essendo le matricole della squadra.

«È solo che...» Mi sfrego la nuca. Posso raccontare loro di Jasmine e del bambino? Mi agito a disagio sulla panchina. Forse posso dire loro qualcosa e omettere la parte sul bambino.

Mi fissano entrambi, aspettando che mi spieghi meglio.

«Jasmine è comparsa alla mia porta ieri sera.»

«Perché cazzo sei andato a casa?» chiede Jasper. Alza un dito. «Non rispondere... che voleva Jasmine?» Va dritto al punto.

Le parole mi pesano, come se avessi tradito Charlotte anche se non stiamo insieme. Non siamo esattamente niente, nessuna etichetta, eppure mi sento comunque una merda per questo.

«Suo marito l'ha picchiata. Voleva un posto sicuro dove stare per la notte.»

Kyler ringhia. «Ma che cazzo, amico? Ci sono rifugi e roba del genere per queste cose. Non hai bisogno che Jasmine porti i suoi problemi a casa tua.»

Quelle parole bruciano più di quanto vorrei ammettere. «Era disperata,» dico come se fosse una spiegazione sufficiente. «E suo cognato è un poliziotto. Non pensi che sappiano dove si trovano tutti i rifugi?»

Jasper impreca e scambia uno sguardo con Kyler.

«Suo marito sa del suo passato? Di te? Non hai bisogno di guai che ti seguono a casa.»

Mi prendo la testa tra le mani. «Non me lo dire,» mormoro. Sono riuscito bene a evitare tabloid e media. C'è la stampa dopo una partita, quando siamo obbligati a rispondere alle domande, ma cerco di mantenere privata la mia vita personale. E finora, non ci sono stati pettegolezzi succosi. Nulla che incoraggiasse i paparazzi a darmi la caccia.

Ma ora, con la notizia di Zayn, è come avere una nuvola temporalesca sopra la testa, in attesa di scatenare il suo diluvio.

E la gamma di emozioni, un misto di rabbia per non aver saputo che potrei avere un figlio e per il fatto che Jasmine l'abbia nascosto, alla tristezza perché ho potenzialmente perso già così tanto, è destabilizzante.

Il mio stomaco si contrae al pensiero di essere un padre.

Non è qualcosa che abbia mai contemplato. Sono sempre stato attento quando facevo sesso, perché figli e carriera da atleta di punta non vanno esattamente d'accordo. Forse alcuni ci riescono, ma io non sono il tipo dafamiglia.

Non sono io.

Non è il mio sogno.

E certamente non con Jasmine.

La mia bocca è amara quanto il mio stomaco, la nausea mi travolge.

Kyler mi dà una pacca sulla schiena, ignaro del problema del bambino perché non gliel'ho ancora detto. Non ha senso tirarlo fuori finché non è una cosa certa. Se sono fortunato, non lo sarà. Jasmine potrebbe benissimo avere un altro padre per il bambino là fuori, uno che non sia uno stronzo violento.

«Vuoi venire da me? Possiamo bere qualcosa stasera e farti dimenticare Jasmine,» propone Kyler. «Jasper e Amber possono unirsi a noi.»

«Grazie tante,» dice Jasper, facendo il dito medio a Kyler per l'invito indiretto.

«Cosa?» dice Kyler impassibile. «Ero serio. Tu e la tua ragazza siete i benvenuti.»

Jasper sbuffa. «Quell'invito sembrava accogliente quanto il tuo...»

Interrompo i due, impedendo loro di bisticciare. «Tenetevelo per il ghiaccio e la nostra partita di domani,» li rimprovero come bambini.

«Va bene, mamma,» dice Jasper, e io ringhio, facendo tutto il possibile per reprimere i sentimenti che affiorano.

«Chiudi la bocca prima che prenda la mia mazza da hockey e te la infili...»

«Reece!» mi urla Coach Malone.

Borbotto sottovoce, chiudo le labbra e mi giro di scatto per affrontare l'allenatore che ha deciso di onorarci della sua presenza nello spogliatoio.

«Due parole,» dice Coach e mi fa cenno di raggiungerlo.

«Buona fortuna,» dice Kyler con un sorriso ironico. «Ti vedrò stasera?» chiede.

Potrebbe essere una buona idea stare lontano da casa mia per qualche ora, soprattutto se Jasmine dovesse presentarsi. Non posso mandarla via, non ho il cuore di essere crudele, ma non voglio nemmeno affrontarla. Non finché non andrò in laboratorio, non farò il test e non avrò i risultati.

Ho bisogno di sapere con cosa ho a che fare e non essere ingannato da lei di nuovo.

Seguo il coach all'ingresso principale del nostro spogliatoio. Mi guarda attentamente. Sono così facile da leggere?

«Non hai giocato come al solito durante l'allenamento,» dice Malone.

«Solo una giornata no,» mi giustifico. «Sarò concentrato sulla partita domani, quando conterà davvero.»

Malone sbuffa. «Lo spero, ragazzo.» Non insiste sulla questione, e sono grato per la tregua.

Mi avvio, e Kyler è proprio dietro di me. Mi mette un braccio intorno alle spalle. «Allora, vieni stasera per bere qualcosa e cenare?»

Sembra un invito a cui non posso dire di no.

TRE

CHARLOTTE

Non mi ha telefonato né mandato messaggi da dopo la scorsa notte. Mi sento come una ragazza un po' inquietante, ossessionata, che controlla costantemente il telefono in attesa di un messaggio. Per la cronaca, non me ne ha mandato neanche uno. Ho dato un'occhiata al telefono ogni pochi minuti da quando mi sono svegliata questa mattina.

Nemmeno un messaggio o un'emoji.

È impegnato. Sono sicura che sia l'unico motivo per cui sto ricevendo silenzio. Potrei mandargli un messaggio io. Forse lo farò stasera, se ancora non avrò ricevuto sue notizie una volta finiti gli allenamenti.

Che abbia deciso di scaricarmi?

Ha detto chiaramente di volere mettere la carriera al primo posto, e pensavo di essere d'accordo.

Mi mordo il labbro fino a consumarlo, confusa da questa sensazione da stalker che mi ha travolto dal minuto in cui lui è andato via.

Non sono *quel* tipo di ragazza.

Ho avuto diverse avventure senza impegno.

È questo che è stata la scorsa notte con Noah? Non sembrava così, ma ci conosciamo appena. Lui è concentrato sulla sua carriera. Io dovrei concentrarmi sullo studio e sul mio lavoro.

Eppure continuo a fissare il telefono invece dei compiti, che sono noiosi e complicati.

Alla fine, mando un messaggio ad Amber, dato che lei almeno mi aiuta a restare con i piedi per terra.

Quanto tempo deve passare da un'avventura al primo messaggio?

Il mio telefono si illumina, e Amber non si è preoccupata di rispondere via messaggio. Mi sta chiamando.

«Sei andata a letto con Noah?» strilla Amber, e l'eccitazione euforica trabocca da lei in modo eccessivo.

«Non sono una che bacia e poi lo racconta. Ma ipoteticamente, se una ragazza va a letto con un ragazzo attraente, dopo quanto tempo dovrebbe mandarle un messaggio?» chiedo. Sono esperta in avventure e divertimenti sotto le lenzuola. Ma di solito non mi aspetto che un ragazzo si rifaccia vivo perché è sempre abbastanza chiaro che si tratta di una notte e basta Non do mai il mio numero di telefono.

«Mi stai chiedendo consigli sugli appuntamenti?» strilla, e questa volta non riesco a capire se è deliziata o preoccupata. So che non ha molta esperienza con i fidanzati a parte Jasper, che è un ottimo partito.

«Ti sto chiedendo di scoprire da Jasper quanto tempo passa in genere tra un'avventura e un messaggio.»

Amber ridacchia. «Non so se ci sia un tempo preciso, ma glielo chiederò stasera. Siamo stati invitati a cena a casa di suo fratello Kyler. Vuoi venire?»

Rimango in silenzio per un secondo, considerando le mie opzioni per stasera. «Non sono stata invitata. Non è scortese presentarmi a casa di Kyler?»

«Beh, è anche casa di mia sorella» dice Amber. «Parleranno di cose per il matrimonio. Sono sicura che a Emerson piacerebbe avere l'opinione di un'altra ragazza su tutti i preparativi.»

Arriccio il naso. Non sono mai stata particolarmente femminile. Mi trucco e adoro le gonne corte, ma il pensiero di pianificare un matrimonio mi fa rivoltare lo stomaco.

«Solo se non disturbo.» Scendo dal letto, chiudo i libri di scuola e spalanco l'armadio. Indosso dei leggins e una maglietta, qualcosa con cui non mi farei mai vedere in pubblico. Alcune ragazze riescono a farla sembrare carina. Io no.

«Non disturbi. Va tutto bene. Sarai la mia accompagnatrice» dice Amber.

«Dress code?» chiedo. Non mi aspetto un evento

formale questa sera, ma non voglio essere troppo elegante.

«Casual? L'ultima volta che sono stata lì, dopo cena hanno acceso un falò nel cortile. Porta un maglione o qualcosa di caldo per quello. Faceva freddo.»

«Mi sembra perfetto» dico. Prendo gli altri dettagli da lei prima di riattaccare e fissare il mio armadio, non trovando nulla da indossare.

Tre ore dopo, sto camminando verso la villa, cosa non facile visto l'enorme cancello all'ingresso. Premo il campanello e aspetto che mi facciano entrare. C'è una sensazione inquietante. Forse è il cielo cupo e la minaccia di pioggia sopra di me. Rabbrividisco, stringo più forte la mia giacca di pelle e mi affretto verso i gradini d'ingresso.

Prima che bussi, la porta d'ingresso si spalanca e Amber mi getta le braccia al collo. «Mi dispiace» mi sussurra nell'orecchio, e non so come interpretare le sue scuse.

Non sono invitata?

I piani della serata sono stati annullati perché è successo qualcosa?

«Chi è alla porta...» chiede Jasper, alzando un sopracciglio quando mi vede. Impreca sottovoce e si affretta lungo il corridoio.

«Entra» dice Amber.

«Sei sicura? Il tuo ragazzo non mi ha accolta calorosamente.»

Amber alza gli occhi al cielo e fa spallucce. «È solo preoccupato. I ragazzi sono già attorno al falò nel cortile mentre Kyler sta grigliando la cena. Li avviserò che sei qui.»

Mi sfilo i tacchi, lasciandoli vicino alla porta d'ingresso.

Gli occhi di Amber si spalancano. «Allora, forse dovremmo iniziare dalla cucina. Prendiamo una bottiglia di vino prima di unirci ai ragazzi fuori, dove fa freddo.»

«Il vino mi sembra un'ottima idea,» concordo. Ho le mani un po' fredde per essere stata all'aperto. Ho preso la metro dal mio appartamento fino a casa di Kyler ed Emerson, che in realtà è più una villa. Cerco di non restare a bocca aperta davanti a tanto lusso.

Seguo Amber in cucina, i miei passi leggeri e silenziosi mentre attraversiamo il corridoio.

Una bambina, di forse cinque o sei anni, ci sfreccia davanti attraverso l'ingresso. Indossa un grembiule da pittura. Le sue dita sono coperte di rosso, blu e viola e sembra un po' un uragano.

«Avete visto Emmie?» chiede Bristol, la bambina.

È la figlia di Kyler. L'ho conosciuta a una delle partite di hockey qualche settimana fa. La piccola è davvero un uragano, e mi sorprende che non abbia ancora macchiato i muri con le sue dita sporche e il grembiule con tutti quei fronzoli.

«È fuori,» dice Amber, «ma probabilmente non dovresti correre per casa.»

«Non fa niente,» dice Bristol. «Le mie mani sono asciutte.» Le strofina lungo il grembiule, un tempo probabilmente bianco, mostrandoci che la maggior parte della vernice non viene via dalle dita.

Prima che Amber possa rispondere, Bristol sfreccia lungo il corridoio e presumibilmente verso l'esterno. Dalla finestra della cucina, posso intravedere il giardino sul retro, il fuoco scoppiettante e il gruppo di ragazzi che stanno bevendo qualcosa.

«Bambini,» dico con una risata, scuotendo la testa.

Amber prende la bottiglia di vino bianco e ci versa due generosi bicchieri. Ho appena compiuto ventun anni. Lei, invece, ha ancora un paio di mesi da aspettare. Non che questo ci abbia mai impedito di concederci un po' di divertimento.

«Sento che avrei dovuto portare qualcosa stasera, una bottiglia di vino, un dolce,» dico, rendendomi conto di quanto fossi a mani vuote quando sono arrivata. La maggior parte delle feste a cui vado sono nel campus e non hanno la stessa atmosfera.

«Non preoccuparti. Va bene così.»

Bevo un sorso di vino e lei inclina la testa all'indietro, finendo il suo bicchiere in pochi secondi. «Hai paura che tua sorella ti veda bere?» È una questione tra loro. Emerson non è d'accordo che Amber consumi alcol prima del suo ventunesimo compleanno. Non sono sicura del perché. Non è qualcosa di cui ho chiesto. Ho solo notato che lo nasconde e non vuole essere vista al bar quando usa il suo documento falso.

Amber esala un respiro pesante. «Qualche notizia dal tuo appuntamento?» chiede.

«Noah?» Scuoto la testa. «Silenzio radio. Giuro che pensavo fosse interessato, che volesse più di una scopata. Ho passato ore a stare con lui. Sono così pessima nel giudicare le persone? O i ragazzi non mi trovano attraente per niente di più che una sveltina?»

È passato solo un giorno. Non dovresti essere così cotta dopo una sola notte con un ragazzo.

«Te lo giuro. Ho chiuso con i ragazzi. Con gli appuntamenti. Non andrò mai più a letto con un ragazzo solo perché è sexy. Perché sai cosa, i ragazzi più sexy sono i peggiori! Sanno di essere attraenti e che possono avere qualsiasi ragazza vogliano. E non farmi nemmeno iniziare sui giocatori di hockey e gli atleti. Ugh!» Butto giù il drink, ingoiando il contenuto del bicchiere, e allungo la mano verso la bottiglia.

Ci sono passi e movimenti, e guardo indietro, vedendo un'ombra attraversare il corridoio.

Qualcuno si aggira fuori dalla cucina. «C'è qualcuno?» grido, in modo per niente elegante. Giuro che non sono ubriaca. Un drink non basta, maè la rabbia crescente che viene da tutta la frustrazione accumulata oggi, aspettando che Noah

Reece mi chiamasse. E cosa? Perché dovrei stare seduta ad aspettare?

Perché mi fa sentire così in subbuglio?

Non ho mai provato questo per nessun ragazzo in vita mia.

Perché lui?

Cosa rende Noah diverso?

Porto la bottiglia di vino alle labbra, inclino la testa all'indietro e bevo.

«Scusa,» dice di nuovo Amber, ma questa volta la sua scusa è più dolce, e il suo labbro inferiore sporge in avanti.

«Aspetta. Perché ti stai scusando?» chiedo, sconcertata dal fatto che l'abbia detto già due volte in un giorno. La prima volta, l'avevo quasi dimenticato, ma non posso fare a meno di chiedermi a cosa si riferisca.

Noah Reece gira l'angolo del corridoio, dove presumibilmente si stava nascondendo, e fa un passo alla luce del giorno.

«Quanto hai sentito?» Lo fisso, allontanando per un momento la bottiglia di liquore, in attesa della sua risposta.

«Solo la parte in cui pensavi che sono sexy,» dice Noah.

Sbuffo. «Te lo sogni. Tu pensi di essere sexy. Non hai chiamato né mandato messaggi,» dico come se questo spiegasse il mio comportamento. Faccio un altro sorso dalla bottiglia di vino.

Noah colma la distanza tra noi, e Amber fa un passo indietro, affrettandosi fuori dalla cucina.

«Traditrice,» mormoro mentre mi lascia sola con Noah.

«Quanto hai bevuto di quella?» mi chiede, facendo un cenno verso la bottiglia di vino.

«Dovrai strapparla dalle mie fredde dita morte.»

Solleva un sopracciglio. «Non è un po' drammatico?» chiede Noah.

«Giornata pessima, e non mi piace chi sto diventando,» ammetto. «Arrestami pure se è una colpa.» Bevo un altro sorso di vino, lasciando che il sapore mi scivoli giù per la gola. Non è economico, certamente non come quello che compriamo noi.

Noah mi guarda sconcertato. «A me piaci molto,» dice.

Rido amaramente. «Sì, abbastanza da andare a letto con me. Non abbastanza da mandarmi un messaggio o chiamarmi il giorno dopo.» Faccio una smorfia, detestando la rabbia nel mio tono, il suono della mia stessa voce mi irrita ancora di più. «Mi dispiace,» dico, scusandomi rapidamente.

«Ti ho detto che metto la carriera al primo posto. Avevi detto che andava bene.»

Posso ammettere quando mi comporto un po' da stronza. Esalo un respiro pesante e finalmente rinuncio alla bottiglia di vino, offrendogliela. È il mio modo per scusarmi silenziosamente.

Noah la prende, porta la bottiglia alle labbra e beve. «Brutta serata,» confessa.

«Ahia,» dico e inciampo facendo un passo indietro contro i mobiletti. Mi strofino la nuca, le sue parole mi fanno a pezzi. «Non mi ero resa conto che il nostro appuntamento fosse stato così terribile per te. Immagino sia per questo che tu...»

«Fermati subito,» ordina, fulminandomi con lo sguardo. «Non hai diritto a un festival dell'autocommiserazione perché non ti ho chiamato. Ero impegnato. E la brutta serata è iniziata dopo che ho lasciato casa tua.»

Un brivido mi attraversa, e mi sento in colpa per averlo accusato. «Oh.» I miei occhi si spalancano mentre alzo lo sguardo dalla bottiglia di vino a lui. «È successo qualcosa mentre tornavi a casa?» Lo studio, il suo viso, la sua mascella tesa. Non sembra che qualcuno abbia tentato di rapinarlo, ma potrebbe essere successo sotto la minaccia di un'arma.

«Si può dire così,» dice con un sospiro. «Va bene. Preferirei non parlarne.»

Scuoto la testa. «Non puoi fare così. Dirmi che è successo qualcosa di orribile, e poi dire che non vuoi parlarne.»

«Perché no?» chiede Noah, fissando i mobiletti, lo sguardo lontano da me.

«Perché mi importa di te!» Sussulto alle mie parole e al mio tono. Ci conosciamo appena, ma passare la serata insieme, non solo avvinghiati tra le mie lenzuola, mi ha fatto provare più sentimenti verso di lui che verso qualsiasi altro ragazzo che abbia incontrato.

«Abbiamo avuto un solo appuntamento,» mi ricorda, e distolgo lo sguardo, incrociando le braccia sul petto.

«Sì, e allora?» Cerco di non lasciargli sminuire quello che abbiamo avuto, quello che abbiamo fatto insieme. Mi è piaciuta la sua compagnia, anche quando guardavamo un film o cenavamo.

«È stato bello,» dice Noah, la sua voce più calma, più dolce, più razionale.

Il silenzio aleggia nell'aria come una nebbia tra noi.

«Cosa è successo ieri sera?» sussurro.

«La mia ex si è presentata. Era nel mio appartamento, mi aspettava.»

«Quindi, stai tornando insieme alla tua ex,» dico, completando il suo pensiero. Non posso farlo. Fingere di non preoccuparmene. Sì, è stata una notte sola, ma non mi aspettavo di essere un ripiego. «Scusami,» mormoro, allontanandomi dalla cucina e dirigendomi verso il corridoio.

«Aspetta,» dice Noah e mi afferra il polso, tirandomi per farmi girare e affrontarlo.

Le mie labbra si schiudono, e lo fisso, aspettando che dica qualcos'altro. Che mi dia un motivo per restare, per parlare con lui, per capire questa situazione.

«Non sto tornando insieme alla mia ex,» dice Noah. «Ma è più complicato di così.»

«Più complicato?» ripeto, e i miei occhi si spalancano. «È incinta?» Sputo fuori la domanda prima di rifletterci davvero. Noah non aveva menzionato una fidanzata o una recente rottura. Ma forse non voleva parlarne ieri sera. Non sarebbe stata una bella conversazione per un primo appuntamento.

«No, non è incinta,» dice, impassibile, rifiutandosi di rivelare qualsiasi cosa. «Ma devo occuparmi dei suoi casini. È per questo che non ti ho scritto. Non volevo trascinarti nei suoi drammi.»

Okay, non incinta.

«Eravate sposati?» chiedo, cercando di indovinare quale possa essere il problema. Cosa potrebbe metterlo così a disagio?

Abbozza un sorriso. «Fortunatamente, no. Lei è sposata con un vero viscido. Sto solo cercando di aiutarla. Tutto qui. Ma non voglio trascinarti nel suo casino. Mi piaci, Charlotte. Mi piacerebbe continuare a vederti.»

«Ma...?» chiedo, aspettando che mi deluda, che mi dica che non è interessato, che preferirebbe riconciliarsi con la sua ex.

«Niente ma,» dice Noah. Mi offre un debole sorriso. «Sei un vero gioiello, e non voglio che un altro ragazzo ti porti via.»

Ridacchio alla sua osservazione. Non ci sono ragazzi alla NYU per i quali provi anche solo il minimo desiderio di conoscerli meglio. Per loro si è sempre trattato di sesso, mai niente di più.

«Non ho alcuna intenzione di frequentare qualcun altro,» dico. «Credimi, dopo il nostro appuntamento di ieri sera alla pista di pattinaggio, non credo che chiunque altro possa reggere il confronto.»

«Bene,» dice, con un sorriso che si allarga sul suo volto. I suoi occhi brillano mentre mi guarda, le sue dita scendono sui miei fianchi, tenendomi ferma e vicina a lui. «Spero che verrai alla mia partita domani. A fare il tifo per me.»

«Non me la perderei per nulla al mondo.»

Sta sorridendo, guardandomi, facendo emergere le farfalle nello stomaco. «Dopo, sei invitata a venire al Blue Line, quando festeggeremo la nostra vittoria.»

Non chiedo quale sia il piano se dovessero perdere.

«Ci sarò,» dico. Sono già stata al Blue Line con Amber quando flirtava con Jasper, e sono stata abbandonata al bar. Non che mi fosse dispiaciuto, ma questa situazione sarà molto migliore.

«Bene. E mi aspetto che indossi la mia maglia.»

Rido sottovoce. «È una richiesta esagerata, Reece.»

Lui sorride maliziosamente. «Non so nemmeno il tuo cognome.»

Inclino la testa, riflettendoci sopra. Dovrei dirglielo? «Suppongo di no.» Preferisco tenerlo sulle spine. Mi piace un po' di mistero nella nostra relazione.

Noah mi stringe più forte contro il suo corpo muscoloso. «Non hai intenzione di dirmelo?»

Scuoto la testa. «Che divertimento ci sarebbe?»

Il suo sguardo si fa più intenso. «Va bene. Tu mi dici il tuo cognome, e io risponderò a qualsiasi domanda tu abbia.»

«Oh, *do ut des*,» dico, con gli occhi che si illuminano. «Sembra divertente e un po' pericoloso.»

«Allora, cognome?» chiede di nuovo.

«Grace,» dico.

«Charlotte Grace,» dice, ripetendo il mio nome completo. «Mi piace.»

«Grazie. Voglio dire, non l'ho scelto io,» dico e alzo le spalle. Non ci ho mai dato molto peso. «Ora tocca a me.» Mi strofino le mani con una risata, entusiasta di potergli chiedere qualsiasi cosa.

«Cosa vuoi sapere, Grace?» chiede.

È strano sentire il mio cognome sulle sue labbra, ma non è una brutta sensazione, solo insolita, come un soprannome o un segreto riservato solo a noi.

«Mi avresti chiamata dopo che abbiamo dormito insieme se non ti avessi incontrato oggi per caso?»

Lui inspira bruscamente. «Onestamente, no.»

Stringo le labbra e faccio un piccolo passo indietro. Non dovrei essere sorpresa, ma la verità fa male.

«Posso spiegare, però?» chiede, e io lo lascio continuare, scegliendo di non interromperlo. «Volevo chiamarti, ma non pensavo fosse giusto coinvolgerti nel dramma con Jasmine.»

Sussulto al sentire il suo nome sulla sua lingua, sperando che lui non se ne accorga.

«Finché non metto a posto la mia vita e non allontano Jasmine, tu meriti di meglio.»

«Sta a me deciderlo, non a te,» dico. «E continuo a non capire perché la tua ex stia improvvisamente ricomparendo nella tua vita.»

«Come ho detto, ha bisogno di aiuto. Sto solo cercando di aiutarla.»

«E non può rivolgersi a nessun altro?» chiedo. Non voglio sembrare la fidanzata gelosa, ma non riesco a capire perché si stia facendo viva a meno che non stia cercando qualcosa, come i suoi soldi. Lui è un giocatore professionista di NHL. Probabilmente ha sentito del suo successo e ne vuole una parte.

«È più complicato di così,» dice. «E non è una storia che spetta a me raccontare.»

«Okay,» dico, lasciando perdere. Il primo passo in una relazione è la fiducia. E io mi fido di Noah. «Incontrerò questa tua sfuggente ex fidanzata? Viene alle tue partite?»

Lui ride sottovoce. «No, suo marito è stato ceduto l'anno scorso. Gioca per gli Island Bruisers.»

Noah fa una smorfia, i suoi occhi tremano, trattenendo qualcosa.

Non è dietro ai soldi di Noah se è sposata con un giocatore di NHL. Questo è almeno un buon segno. Ma mentirei se dicessi che non sono delusa che non siano dall'altra parte del paese.

«Quindi, lei assiste alle partite di lui.» Aggrottò la fronte. «Gli Ice Dragons non giocano contro i Bruisers più avanti questo mese?»

«Hai studiato il mio calendario?»

QUATTRO

NOAH

Okay è stato un incontro maledettamente imbarazzante quello con Charlotte all'inizio della settimana. Ci siamo scambiati messaggi in modo informale da quando ci siamo imbattuti l'uno nell'altra a casa di Kyler.

Sto ancora aspettando i risultati del test del DNA per scoprire se quel bambino è davvero mio figlio. Sono passato dalla clinica per consegnare il mio campione di DNA al laboratorio e ho detto loro di contattarmi con i risultati.

Aspettare è la parte più difficile.

No, tenere il segreto è più difficile.

Non ha senso dirlo a qualcuno se alla fine non fosse niente. Il che, conoscendo Jasmine, potrebbe benissimo essere il caso.

Non ho più visto Jasmine o il bambino dalla notte in cui si è presentata senza preavviso e senza invito. È semplicemente scomparsa, il che è inquietante.

È tornata con suo marito?

È scappata per nascondersi da lui? E in tal caso, dov'è ora? E tornerà se il bambino fosse mio?

Non sono concentrato sul gioco quando affrontiamo gli Island Bruisers. Sono ancora più distratto quando noto Charlotte sugli spalti con Amber, sedute dietro il vetro e la panchina della nostra squadra.

Charlotte indossa *la mia* maglia, e il mio cuore si gonfia d'orgoglio.

Accidenti, le sta proprio bene.

I suoi occhi incrociano i miei, e lei sorride e saluta con entusiasmo.

Faccio un breve cenno con la testa. È tutto ciò che

posso fare mentre sono sul ghiaccio. La mia attenzione dovrebbe essere sul disco e sulla partita.

Non mi sono mai preoccupato che una ragazza potesse essere una distrazione prima d'ora, ma adesso non riesco a impedire al mio sguardo di cercarla, specialmente dopo aver impedito ai Bruisers di segnare un gol e aver passato il disco a Jasper che segna per noi.

Lei si alza in piedi, applaudendo e incitando. Non posso fare a meno di immaginare che lo faccia completamente per me.

A sua discolpa, l'intero pubblico sta ruggendo di entusiasmo, ma è lei che noto tra il mare di spettatori.

Vinciamo per due gol nell'ultimo tempo, e alla fine della partita mi dirigo verso lo spogliatoio con i ragazzi.

«Ho notato che la tua ragazza era sugli spalti,» dice Jasper mentre entriamo insieme nello spogliatoio.

Rido sotto i baffi. Non sono sicuro che Charlotte sia tecnicamente la mia ragazza. Non è che ci siamo messi un'etichetta.

«Potrei dire lo stesso per te. Amber era con lei stasera.»

Avanziamo attraverso l'ingresso dello spogliatoio. C'è un lungo e ampio corridoio davanti a noi prima di girare l'angolo per cambiarci e togliere l'attrezzatura.

Kyler ci mette un braccio attorno alle spalle. «E questa è stata la prima volta che entrambe hanno collaborato e indossato *le vostre* maglie?»

Ovvio che l'avrebbe notato.

Anche se la maggior parte della squadra aveva notato qualche settimana fa che Amber e Charlotte indossavano le magliette degli Island Bruisers. L'avevo trovato divertente quando non conoscevo ancora nessuna delle ragazze.

Se Charlotte facesse una cosa del genere adesso, mi incazzerei abbastanza.

«Parla l'uomo che ha fatto indossare alla sua fidanzata una maglia da stronzo alla partita,» ribatte Jasper.

Kyler allenta la presa su di me e malmena suo fratello minore, afferrandolo per il collo e tirandolo giù, mettendolo in una presa al collo.

Jasper non accetta volentieri le sue stronzate e riesce a sferrare un paio di colpi al petto di Kyler.

«Ragazzi!» interviene l'allenatore Malone, come un padre che rimprovera i figli.

Kyler allenta la presa, e Jasper lo spinge per dargli un ultimo colpo prima di dirigerci alla panchina per toglierci i pattini e l'attrezzatura.

Dopo esserci ripuliti, fatto la doccia e vestiti, alcuni di noi devono affrontare le interviste con la stampa. Fortunatamente, Kyler, Aiden e Chase prendono il timone.

Io riesco a scappare senza dover fare una conferenza stampa, cosa di cui sono sollevato perché odio i giornalisti. Gli piace distorcere le nostre parole per avere un titolo più sensazionale.

«Vieni al Blue Line?» chiede Jasper mentre usciamo dallo spogliatoio.

«Quando mai rinuncio a qualche drink della vittoria?» Spero che Charlotte rimanga dopo la partita. «Amber verrà stasera?» Le ragazze erano insieme alla partita, il che mi fa sperare che se Amber si unirà a noi, allora anche Charlotte lo farà.

Non che le ragazze vivano insieme. Una volta abitavano vicine, ed entrambe frequentano la NYU, ma Amber vive con Jasper.

Mi sento quasi uno stalker sapendo quello che so, ma è perché Jasper non fa che parlare della sua ragazza, e io ho un buon orecchio, assimilo tutto.

Jasper fa un sorrisetto. «Me lo stai chiedendo perché vuoi sapere se Charlotte verrà al Blue Line. L'hai invitata?»

Sbuffo. «Quando mai questo ha impedito ad Amber di presentarsi?» E sebbene l'avessi accennato a Charlotte e sperassi che venisse a stare un po' con noi, non ero esattamente sicuro del punto a cui eravamo dopo qualche notte fa.

«È la mia ragazza,» dice Jasper e mi urta. «Non dimenticarlo.»

«Come potrei, quando le reciti versi di poesia e le scrivi lettere d'amore?»

Jasper mi guarda male. «*Non* faccio queste cose.»

«Certo,» dico dandogli una pacca sulla schiena. «Troppo virile per fare quelle cose cavalleresche, capisco.»

«Ehi, aspetta! Non ho mai detto di non sapere come conquistare una ragazza. Ho conquistato Amber, no?»

Sul serio? Pensa davvero di aver conquistato Amber, quando quella ragazza gli correva dietro da mesi prima che finalmente si mettessero insieme, o almeno così mi avevano raccontato?

Jasper non mi ha detto quando si sono messi insieme, ma la tensione sessuale tra loro era palpabile per mesi. E poi, un giorno, non era più così intensa.

Quindi, avevano fatto sesso.

Non che fossero affari miei. Ma il punto rimane, lui non ha dovuto conquistarla. Lei era già interessata a lui da molto tempo. Diavolo, ero io quello che cercava di convincerlo a non mettersi con lei, ma questo aveva più a che fare con il codice tra amici che con altro.

Non rispondo alla sua domanda. Se gli faccio notare che erano coinquilini e che è così che lei è finita nel suo letto, potrebbe saltarmi addosso, e preferirei limitare la brutalità fisica al ghiaccio.

«D'accordo,» dico con un sorriso tirato. Usciamo insieme, dirigendoci verso l'uscita posteriore dove le ragazze ci stanno aspettando. Do un'occhiata al mio telefono, e il mio stomaco fa una capriola.

I risultati del test di paternità sono arrivati.

Infilo il telefono nella tasca posteriore. Non sono pronto a vedere la notizia. Non sono sicuro di come mi senta riguardo a tutto questo.

Non c'è traccia di Charlotte. Non è in piedi accanto ad Amber. Sforzo un sorriso, cercando di non sembrare abbattuto quando è chiaro che non le importava abbastanza da restare. E forse è meglio così. Se sono il padre del bambino, posso davvero trascinare Charlotte in questo mio casino?

La mia carriera è sempre venuta prima di tutto. Se devo mettere un bambino in cima alla mia lista di priorità, una fidanzata scenderà ancora più in basso.

Esalando un sospiro, mi strofino il collo, le dita che prudono dalla voglia di prendere il cellulare.

No.

È l'ultima cosa di cui ho bisogno, vedere i risultati stasera davanti ai ragazzi. Ci sarebbero troppe domande da parte loro, e finché non so cosa dicono i risultati, non lo dirò a nessuno.

Jasper stringe Amber tra le braccia, le loro labbra unite in un bacio ardente. Distolgo lo sguardo, non avendo bisogno di guardarli giocare a hockey con le tonsille.

L'irritazione si insinua nelle mie vene.

Non riesco a spiegare il disagio per come la crudezza della loro gioia mi colpisce in faccia.

«Pronti per andare al bar?» chiedo, interrompendo la loro sessione di baci. Non possono aspettare fino a quando non prendiamo il nostro tavolo al Blue Line prima di iniziare?

Amber si tira indietro, sorridendo a Jasper prima di guardare nella mia direzione. «Dovremmo aspettare Charlotte. È in bagno.»

Tiro un sospiro di sollievo, sollevato che non se ne sia andata. «Oh. Avrebbe potuto usare il nostro,» dico e sposto i piedi, guardando lungo il corridoio. Stare con lei mi rende felice, e in questo momento, mi farebbe bene una dose di Charlotte Grace.

Il suo nome mi suona familiare sulla lingua, una familiarità che mi avvolge come una nebbia fitta. Ma non riesco a collocarlo. Ho già sentito quel nome prima. Ne sono sicuro. Da qualche parte.

«Che schifo,» dice Amber e mi tira fuori dai miei pensieri. Arriccia il naso. «Probabilmente puzza di sospensori o roba simile.»

«Non è vero,» dico, fulminandola con lo sguardo.

Sono sollevato quando vedo Charlotte camminare per il corridoio, dirigendosi verso di noi. I suoi capelli rossi le cascano sulla schiena, leggermente ondulati, ed è assolutamente irresistibile.

Mi schiarisco la gola e mi sposto a disagio. Dovrò mantenere i miei pensieri puliti se non voglio saltarle addosso prima di uscire dall'arena.

Questo è un modo per lasciarmi alle spalle la merda del mio passato, ma non è la soluzione migliore. È stato più o meno quello che mi ha portato nella situazione attuale in primo luogo. Beh, non esattamente. Jasmine non era una storia di una notte. Era prima dei miei giorni da giocatore professionista di hockey, quando pensavo che una relazione fosse ciò che volevo. Dopo di lei, ho fatto lo scapolo al cento per cento, andando a letto con chiunque mostrasse più interesse.

Perché lei mi aveva fatto male, e quello era il mio modo di affrontarlo.

E ora non so cosa sto cercando. Oltre a Charlotte.

La voglio.

Stasera. Domani.

La voglio per più di un'altra divertente notte tra le lenzuola a casa sua. Non che rifiuterei quell'opportunità, perché è stata fantastica. Ma voglio di più. Eppure, sono tormentato dal nodo allo stomaco, dalla preoccupazione che i risultati di paternità possano incasinare la mia vita per sempre.

Mi sto comportando da egoista.

Dovrei pensare al bambino, quello che potrebbe aver bisogno di un padre come modello anziché lo stronzo violento sotto il cui tetto ha vissuto finora.

Gli occhi di Charlotte brillano, e ogni preoccupazione svanisce.

«Ehi, bella partita stasera,» dice Charlotte con un sorriso caloroso.

La stringo tra le braccia, abbracciandola. «Sono contento che ti sia fermata per un drink,» dico. Non ammetto che temevo se ne fosse andata. Non che la biasimerei; non abbiamo messo un'etichetta a questa nuova cosa tra noi.

«Dobbiamo festeggiare. È stata una grande giocata quella che hai fatto sul ghiaccio stasera.»

Sono entusiasta che l'abbia notato. «Solo una grande giocata?» sorrido, dandole una leggera spinta mentre ci dirigiamo tutti verso l'uscita posteriore.

«Sei stato fantastico tutta la sera,» dice Charlotte, e poi i suoi occhi si spalancano, rendendosi conto delle sue parole. «Parlo di hockey.»

Ridacchio. «Certo, se lo dici tu, *Rossa*.»

Lei arriccia il naso con un sorriso adorabile e mi sfiora mentre camminiamo verso il bar. Non è lontano, e gli altri ci raggiungeranno quando avranno finito le interviste con la stampa che sono obbligati a fare.

«Com'è andata la tua settimana?» le chiedo.

«Lo stai chiedendo di me?» la sua voce squittisce per la sorpresa. È adorabile come la domanda la faccia agitare. «È stata tranquilla. Un sacco di compiti, lavoro normale e cose del genere. E tu?»

Mi trattengo dall'ammettere che mi è mancata e che i dolci messaggi erano quasi una tortura quando andavo a dormire sognandola.

Non esattamente un argomento da secondo appuntamento.

Anche se questo non si classifica come un appuntamento dato che c'è l'intera squadra con noi.

Cerco di nascondere il sorriso. L'ultima cosa di cui ho bisogno è che i miei compagni di squadra mi prendano in giro per una ragazza. «Impegnata,» dico, sfiorandola mentre camminiamo verso il bar. «Molti allenamenti e sessioni in palestra.» Ometto la parte su Jasmine e il test di paternità.

Quando entriamo al Blue Line, il nostro tavolo riservato ci aspetta in fondo. C'è già una folla e ho la sensazione che forse alcuni fan abbiano scoperto il locale dove festeggiamo dopo le partite.

Non che fosse un segreto, ma non lo pubblicizziamo nemmeno.

Parecchie ragazze indossano le nostre magliette, ammassate insieme vicino al bancone. Quando entriamo, è impossibile non notare i loro sguardi infuocati mentre sorseggiano i loro drink da ragazza al bar.

«Fan?» dice Charlotte, notando le ragazze. Non sembra minimamente intimidita, ma d'altronde non si sono ancora avvicinate spudoratamente per chiederci i nostri numeri.

Dategli cinque minuti, al massimo.

Jasper ridacchia, sentendo la domanda di Charlotte. «Più che altro ragazze che vanno a caccia di giocatori di hockey.»

Amber gli dà una pacca sul braccio. «Potrebbero semplicemente amare l'hockey,» dice. «Solo perché indossano una maglia, non significa che andrebbero a letto con ogni giocatore della squadra.»

«Sì, zero possibilità che succeda dato che sono già impegnato,» dice Jasper, stringendo Amber più forte tra le sue braccia. Le loro labbra si incontrano, e io distolgo lo sguardo, facendo segno alla cameriera di portarci un secchiello di birre mentre prendiamo posto al tavolo.

Di solito, le loro manifestazioni d'affetto non mi irritano, ma in questo momento non ho voglia di guardarli mentre si baciano al bar. Mi aggiusto sulla sedia, voltando le spalle a quei due e dando tutta la mia attenzione a Charlotte.

Lei sorride. «Voi due piccioncini siete disgustosi. Prendetevi una stanza!» scherza. «Mi sento come se avessi bisogno di popcorn. Qualcosa che possa lanciargli per interrompere la loro piccola sessione amorosa.»

Almeno siamo sulla stessa lunghezza d'onda.

«Posso darti la mia scarpa,» dico con faccia seria.

Una risata le vibra nel petto, le guance rosse. «Tentatore, Reece.»

Accenno un sorriso, mi piace il suono del mio nome sulle sue labbra, anche se è il cognome. «Non sei una fan delle grandi dimostrazioni pubbliche d'affetto?» le chiedo.

«Sì e no. Non per i baci appassionati,» spiega, «ma per le proposte di matrimonio, sì.»

«Proposte di matrimonio,» ripeto. «Sei tipo un'esperta o qualcosa del genere? Hai molti ragazzi che ti chiedono di sposarli?» La sto prendendo in giro, ma non posso fare a meno di sentire lo stomaco attorcigliarsi per un accenno di gelosia che sale in superficie.

Charlotte ride. «No, ma tendo ad essere l'amica a cui i ragazzi si rivolgono per aiutarli a organizzare le proposte alle loro fidanzate.»

«Sul serio, è una cosa che succede davvero?» chiede Jasper.

«Sì, mia cugina e la sua migliore amica, entrambi i loro mariti sono venuti da me prima di fidanzarsi. Le ragazze volevano grandi proposte, con i loro nomi e foto sul maxischermo durante una partita di hockey.»

«E tu hai le connessioni per farlo?» chiedo.

«Qualcosa del genere.» Alza le spalle e prende una birra quando la cameriera porta un secchiello. «Qualcuno di voi ha mai fatto la proposta a una ragazza?» chiede Charlotte.

Amber solleva un sopracciglio curioso. «Sì, Jasper, hai mai fatto la proposta a una ragazza?»

Rido, percependo che potrebbe facilmente ritrovarsi nei guai stasera se dovesse dare la risposta sbagliata.

«Mai,» dice Jasper, «ho occhi solo per te, tesoro.» Sta fissando Amber e la tira a sedersi sulle sue ginocchia. Non c'è molto spazio sulle sedie, ma riescono comunque a sistemarsi.

«E tu?» chiede Charlotte, aspettando che risponda alla sua domanda.

Rido e prendo una birra. «Non posso dire di averlo fatto.» Anche se il pensiero di fare la proposta a Jasmine era stato fugace, mi era certamente passato per la mente. È meglio che non l'abbia fatto, dato il fatto che mi ha tradito.

Charlotte è uno schianto con la mia maglia. È difficile per me distogliere lo sguardo da lei anche solo per un istante.

«Vedi qualcosa che ti piace?» chiede con sfacciataggine, inclinando la testa e sorridendomi.

Mi piace che non sia timida. C'è una sfrontatezza in lei che è sexy da morire, e non vedo l'ora di toglierle i vestiti e portarla a casa mia.

Ringhiando, mi alzo, afferro i suoi fianchi e la tiro contro di me.

«Perderò il mio posto,» si lamenta, ma c'è un sorriso sulle sue labbra, e in qualche modo, non credo che le importi davvero del suo posto.

Avvicino le mie labbra al suo orecchio, la mia voce è profonda mentre sussurro: «Se succede, puoi avere il mio.»

«Promesse, promesse.» La sua lingua spunta fuori e lecca la parte superiore del suo labbro.

Mi ci vuole tutto il mio autocontrollo per non divorarla nel bar. Lei è la mia àncora di salvezza, la mia distrazione dall'unica cosa che mi sta dilaniando dentro. Non voglio usarla mentre mi sento in questo modo, ma i fugaci momenti di felicità che Charlotte mi regala mi riempiono di gioia.

«Esci con me per un secondo appuntamento,» le dico, prendendo le sue mani nelle mie. Stiamo insieme solo da una settimana e non sono sicuro che quello che siamo si possa definire "coppia".

«Questa sera non è un appuntamento?» chiede Charlotte, lisciandosi la maglia da hockey che è decisamente sexy su di lei. «Mi sono vestita bene per te.» Un caldo sorriso le sfiora le labbra, i suoi occhi brillano, e lei trattiene un respiro mentre studio i suoi lineamenti, assorbendo ogni dettaglio.

Voglio memorizzare ogni particolare mentre lei mi fa capire che ha indossato il mio numero per me.

Diavolo, sì.

«Non classificherei bere qualcosa con la squadra come un appuntamento,» dico, chiarendo che quando la porterò a cena, saprà che è un appuntamento. Come quello del caffè quando l'ho portata alla pista di ghiaccio. Non faccio mai le cose a metà. Quando mi piace una ragazza, voglio che lo sappia.

«E se ballassimo?» chiede, ondeggiando i fianchi in piedi davanti a me. Mi fa cenno di raggiungerla sulla pista da ballo mentre fa un piccolo passo indietro, aspettando che io la accompagni.

Gemo ma mi ritrovo attratto da lei. Le mie mani si posano delicatamente sui suoi fianchi mentre mi chino, sfiorando con la bocca il suo orecchio. «Dovresti sapere che io non ballo.»

«Non sai come si fa?» chiede, guardandomi con occhi grandi e curiosi.

So come si fa, ma se sei alto più di un metro e ottanta, perdi parecchia grazia quando si tratta di ballare. «Non vuoi vedermi su quella pista da ballo.»

«Ora lo voglio proprio vedere,» dice, come se fosse una sfida.

Mi prende la mano e mi trascina a seguirla.

«Dove andate voi due?» chiede Jasper, guardando Charlotte che mi allontana dal nostro tavolo VIP riservato sul retro del bar.

«A ballare!» esclama lei.

Jasper non tenta nemmeno di nascondere il sorriso sulla sua faccia. «Buona fortuna con quello! Noah è fantastico sul ghiaccio, ma lo hai visto sulla pista da ballo?»

Amber gli dà una gomitata. «Sii gentile!» lo rimprovera e gli sussurra qualcosa all'orecchio.

«Perché non vi unite a noi?» grido verso di loro prima che lei mi trascini più lontano dai ragazzi, e non riesco più a vederli a causa di uno dei pilastri nella sala.

I suoi fianchi ondeggiano a ritmo di musica, e si gira dandomi le spalle, strusciandosi contro di me. Si raccoglie i capelli da un lato, tenendo le lunghe ciocche rosse mentre muove i fianchi contro il mio inguine.

Per l'amor del cielo, come dovrei sopravvivere a una notte così continuando a comportarmi bene?

Sto disperatamente cercando di non affrettare la nostra nuova storia nascente, ma lei ha appena acceso il fiammifero che farà volare le scintille.

«Balli come una dea,» le sussurro all'orecchio, sicuro che possa sentire il rigonfiamento nei miei pantaloni.

Si gira per guardarmi in faccia, e le sue braccia si avvolgono istantaneamente intorno al mio collo. «Questa frase funziona con tutte le ragazze?»

«Te l'ho detto, io non ballo.»

Ha un sorriso perfetto mentre i suoi occhi brillano guardandomi. «Hai delle belle mosse. Le ho viste,» dice. «Le ho sentite.»

Dannazione, il bar è diventato tremendamente più caldo.

Le sue guance sono rosse, non ardenti come i suoi capelli, ma quasi. Appoggio le mani sui suoi fianchi, le mie dita la tengono stretta, possessivamente contro di me.

C'è un flash di una fotocamera dall'altra parte del bar, probabilmente qualche idiota che ci sta fotografando per la sua pagina sui social media. Ci sono abituato. Non mi piace particolarmente, ma non è niente di nuovo.

Lei alza una mano per coprirsi il viso dal fotografo dilettante. Potrebbe andare peggio. I paparazzi potrebbero starci seguendo al Blue Line. Il club fa un buon lavoro nel tenerli fuori; i buttafuori e il proprietario sono bravi a lasciarci avere un po' di privacy.

Ma non puoi fermare chiunque abbia una fotocamera del cellulare.

Gli occhi di Charlotte si spalancano, e lei trattiene un respiro nervoso. «Devo....» Si libera dalle mie braccia e corre velocemente attraverso la folla verso il retro del bar. Prende la sua borsa dal privé.

«Sembravate molto intimi voi due,» dice Amber, sorridendo mentre ci vede tornare al tavolo. La sua fronte si corruga, guardando da me a Charlotte, intuendo che c'è qualcosa che non va. «Che succede?»

«Devo andare,» dice Charlotte, afferrando la sua borsa. Si dirige verso l'uscita sul retro.

Non so cosa sia successo. È preoccupata di essere vista con me? Della sua reputazione?

La lascio andare. Non sono uno che rincorre una ragazza. Di solito sono io quello che viene inseguito, e per il momento, se lei non riesce a gestire di essere sotto i riflettori, allora non è la ragazza giusta per me.

CINQUE

CHARLOTTE

Cazzo, per un pelo! Scappo dal Blue Line attraverso l'uscita sul retro e spero che la mia faccia non finisca sui notiziari o sui tabloid. L'ultima cosa di cui ho bisogno è che Noah scopra chi sono davvero, perché in questo momento pensa che sia solo una ragazza che frequenta la NYU.

E ha ragione.

Questo è parte di chi sono. Ma non è l'unica parte di me. Sono anche la figlia del proprietario degli Island Bruisers.

E mio padre ha chiarito molto bene che non gradisce quando rubo la scena.

Sono sicura che sarà ancora meno felice quando scoprirà il mio interesse per Noah Reece. Mi affretto verso la metropolitana, con i piedi doloranti mentre cammino il più velocemente possibile, da sola e nel buio.

Sento un dolore nel profondo dello stomaco, come se ci fosse un'incudine, ed emetto un respiro tremante. Sono sicura che nessuno mi abbia notata. Il fotografo stava probabilmente scattando una foto a Noah. Dopotutto, il bar era pieno di giocatori di hockey.

Per loro dovrei essere una signora nessuno.

Una lussuosa auto sportiva nera rallenta accanto al marciapiede, e il finestrino del passeggero si abbassa.

«Charlotte?»

Smetto di camminare e guardo verso il finestrino aperto, avvicinandomi lentamente al veicolo. «Non dovresti essere a festeggiare la tua vittoria?» chiedo.

«Preferirei festeggiare con te,» dice Noah.

Mi si blocca il respiro in gola, e afferro la maniglia della portiera, scivolando nel sedile del passeggero.

«Bella macchina,» dico, guardando ovunque tranne che verso di lui. La tensione è palpabile, ma forse è solo dalla mia parte, perché posso sentire il suo sguardo penetrante attraversarmi.

Le sue dita tamburellano sul volante, nervosamente.

Okay, non sono l'unica a sentire la tensione.

«Ti dispiacerebbe accompagnarmi a casa?» chiedo, anche se non mi sarei aspettata mi portasse da qualche parte che non fosse il mio appartamento.

Non ho mai visto casa sua.

Non sono sicura che la vedrò mai. Cioè, cosa diavolo siamo noi? Amici? Una coppia? C'è una zona grigia e poi c'è quello che siamo noi...qualunque cosa sia.

Lui è famoso.

Noah Reece non frequenta nessuno stabilmente. Almeno, stando a quello che ho visto e letto. Inoltre, mi ha detto che mette la carriera al primo posto, il che suona come una solida conferma. Va a letto in giro. È il playboy della squadra, e per una buona ragione. Cerco di non guardarlo perché quando lo faccio, poi è difficile distogliere lo sguardo.

«Certo,» dice Noah e mi regala quel sorriso che mi va dritto dal cuore e mi fa sentire le farfalle nello stomaco...e non solo lì.

Rimango in silenzio, e lui alza il finestrino prima di immettersi nel traffico.

È New York. La città è ancora piena di vita anche a quest'ora. I bar e i club sono aperti. Più o meno come tutto. La vita notturna è in pieno fermento, e avanziamo lentamente attraverso la città fino a quando non si dirige verso la NYU.

«Vuoi parlare di quello che è successo là dentro?» chiede Noah.

Le sue dita stanno nuovamente tamburellando sul volante.

«Del fatto che me ne sono andata?» chiedo e azzardo uno sguardo nella sua direzione.

Il semaforo diventa rosso, lui rallenta fino a fermarsi e mi guarda.

Mi si blocca il respiro in gola. L'aria è densa e pesante. Inspiro bruscamente e mi mordo il labbro inferiore. «Era diventato troppo affollato.»

Il suo sguardo vacilla, e non riesco a capire se sa che sto mentendo o se non è convinto. «Affollato,» ripete Noah.

La parola suona debole sulle sue labbra. Non sta credendo alla mia storia.

E mi rifiuto di dirgli chi è mio padre perché complicherebbe le cose. Inoltre, non posso aspettarmi che nasconda la nostra relazione al mondo, non quando mi presento alle sue partite indossando la *sua* maglia.

E non voglio nemmeno che tutto questo cambi.

«E io che pensavo che fossi semplicemente poco impressionata dalla compagnia.» Un sorriso che adorna il suo viso. È semplice. Dolce. Da ragazzino.

È difficile non innamorarsi di lui, anche se è una cattiva idea.

Ma il problema è che sono già cotta perdutamente. È stato un solo appuntamento. Una notte passionale. E ora sono diventata ossessionata da quest'uomo come una folle stalker.

Voglio dire, a parte il fatto che non lo sto fisicamente pedinando. Quel lavoro lasciamolo a qualcuno come

Amber, che sì, lo so, stava stalkerando la sua cotta online. Quella ragazza non sa tenermi nascosto nessun segreto.

«Mi piace la tua compagnia,» dico e sorrido debolmente prima che lui riporti l'attenzione sulla strada mentre il semaforo diventa verde. «Solo che, a volte, preferisco uno spazio meno affollato.»

«Sì, non ci credo, Charlotte.» Si agita, la tensione cresce, come corde nei suoi muscoli mentre stringe la presa sul volante.

La tensione prima era palpabile. Adesso è soffocante.

Apro la bocca per chiedere *cosa intendi* ma lui riprende a parlare.

«Ti ho vista uscire con Amber. Ho sentito delle storie.» Fa una smorfia e scuote la testa. «Non m'importa del passato, ma so che hai un lato selvaggio. Quindi, dirmi che non ti piacciono le folle o che la serata era troppo movimentata sono assolutamente e completamente delle stronzate. E non mi piace che mi si raccontino bugie.»

La mia voce è dolce e calma, e cerco di non peggiorare la situazione. «Che storie hai sentito?» chiedo.

«So che fai festa. Ti piace divertirti. Lasciarti andare. Qualunque cosa sia» dice con un gesto sprezzante. «Jasper ha menzionato di aver dovuto andare a prendere Amber una volta perché tu eri sparita a una festa.»

«Oh mio Dio» esclamo. So a quale festa si riferisce, e le mie guance bruciano ricordando quella notte torrida. «Stavate parlando della mia vita sessuale?» L'auto è a un milione di gradi. Come fanno i finestrini a non appannarsi? Apro il finestrino, avendo bisogno di una folata d'aria fredda perché il mio stomaco è come una barca a vela in mezzo a un uragano.

«Beh, non specificamente.» Ridacchia, e sono sollevata che non stia cercando di umiliarmi.

Tuttavia, ciò non significa che io sia meno imbarazzata a discutere l'argomento con lui. «Comunque,» dico con un po' di decisione, volendo cambiare argomento parlando di qualsiasi altra cosa. «Avevo bisogno di uscire da lì. Stavo andando verso la metropolitana quando sei apparso tu.»

«L'avevo immaginato.» Mi guarda, forse rendendosi conto che non ho intenzione di rispondere alla sua domanda sul perché me ne sia andata.

Lascia perdere. E spero che sia finita qui.

Il resto del viaggio trascorre in silenzio, principalmente ascoltando musica alla radio, ma non ci diciamo praticamente nulla. Mentre si avvicina al mio complesso di appartamenti, slaccio la cintura e lui accosta per parcheggiare l'auto.

«Grazie per il passaggio.»

Spegne il motore e apre la portiera. Non mi aspettavo che mi accompagnasse alla porta. Onestamente, non so cosa aspettarmi. Quello di stasera non era un appuntamento, ma mi sento comunque fuori posto. Mi piace, ma non sono sicura che sia la cosa giusta per me.

Ha chiarito che metterà sempre la sua carriera al primo posto. Pensavo mi andasse bene, ma la sensazione di essere emotivamente schiacciata non grida esattamente *va bene*.

E poi c'è il fotografo di stasera.

Dovrei chiuderla qui prima che uno di noi si faccia male.

Ma non voglio.

La sua mano cade sulla parte bassa della mia schiena, un gesto protettivo e assolutamente romantico. Cerco di non svenire, ma il mio cuore si gonfia di desiderio.

«Grazie per il passaggio stasera. E buona partita» dico, prendendo la chiave e aprendo l'ingresso principale del complesso di appartamenti.

Non lo faccio entrare, non di nuovo.

Sembra capire il messaggio senza che io debba spiegarglielo. Almeno non è il classico atleta stupido. «Buona notte» dice Noah, mentre entro nell'edificio, lasciandolo in piedi fuori sul gradino d'ingresso.

———

Amo il mio lavoro. Amo il mio lavoro. Amo il mio lavoro.

Continuo a ripetere la frase nella mia testa, cercando di renderla vera. Perché se continuo a dirla, forse ci crederò.

Lavoro per il distretto dei parchi di una piccola città fuori dalla metropoli. Quando non sono responsabile delle telefonate e della reception, insegno ai bambini come pattinare sul ghiaccio o giocare a hockey, che è il novanta percento del mio lavoro.

Insegno in due corsi diversi, entrambi nel tardo pomeriggio. Oggi arrivo appena in tempo per la lezione, con la neve che copre la città e i treni in ritardo.

Ma almeno non sono l'unica in ritardo sulla tabella di marcia. Sono sicura che anche i bambini arriveranno tardi, sempre se si presenteranno.

E quando finalmente arrivo alla stazione, salgo in fretta la scala mobile e cerco di correre per i tre isolati fino alla pista. Anche se il mio passo è più simile a scivolare nel fango nevoso, ed è un inferno per le mie caviglie.

Mentre potrei essere temibile sul ghiaccio con i pattini, la neve fangosa e le scarpe da ginnastica non sono la stessa cosa. Specialmente con i pedoni in abiti formali e cappotti che affollano il percorso.

Borbottando sottovoce, finalmente arrivo all'arena, spalanco la porta e, sebbene il posto sia freddo, è più caldo senza l'assalto del vento gelido che mi sferza le guance.

«Signorina Grace» grida Lotti e mi saluta con una mano mentre tiene la sua mazza da hockey nell'altra. È già sul ghiaccio, apparentemente non ha voluto aspettare l'inizio della lezione... insieme a una mezza dozzina di altri bambini.

È un corso base di esercizi e tecniche di hockey per bambini delle elementari, e mi sorprende sempre quando i loro genitori li lasciano e spariscono via. Indosso i pattini e lavoro sugli esercizi con i bambini. Sadie, l'assistente stagista, si presenta venti minuti dopo l'inizio della lezione per aiutare con i bambini. Di solito è puntuale, quindi attribuisco il suo ritardo ai treni e al tempo.

«Okay, dividetevi in due squadre,» grido ai bambini, lasciandoli scegliere in quale squadra vogliono stare. Sadie distribuisce maglie rosse e blu ai bambini mentre si sistemano.

Lei rimane da un lato della pista mentre io mi posiziono dal lato opposto, lasciando che i piccoli monelli si esercitino nelle loro abilità di hockey in una partita.

I bambini sono carini. È praticamente l'unica cosa che hanno dalla loro. Beh, quello, e il fatto che sembrano divertirsi.

Talento? Non ne vedo molto. Ma a nessuno di loro importa, ed è questo che conta.

Come squadra, sono un disastro totale. E sarebbe divertente da guardare se non stessi cercando di insegnare loro come giocare. Tutto ciò che hanno imparato negli allenamenti lo hanno completamente dimenticato, e sono in modalità sopravvivenza.

Una delle bambine pattina nella direzione sbagliata con il disco.

«Jennie!» le urlo, indicando il lato opposto della pista, cercando di attirare la sua attenzione.

La piccola Jennie sfreccia accanto a un'altra bambina con i capelli rosso fuoco che se ne sta lì a guardare mentre tiene la sua mazza da hockey. È sempre brava quando facciamo gli esercizi, ma non appena inizia la partita, sembra dimenticarsi cosa dovrebbe fare.

Sadie e io ci scambiamo uno sguardo, cercando di non ridere.

Il mio orologio digitale vibra, avvisandomi di una chiamata. Pensavo di aver messo il telefono in modalità silenziosa, ma forse mi sono distratta nella fretta di andare al lavoro.

È mio padre.

L'ultima persona con cui voglio parlare.

Rifiuto la chiamata sul dispositivo.

Lui è persistente e richiama immediatamente. Rifiuto di nuovo e concludo la partita con i bambini prima che la classe successiva si riversi nella pista.

Sfortunatamente, non ci sono solo i bambini con i loro genitori.

«Charlotte, una parola.» Mio padre mi fa un cenno con la testa, e io stringo i denti, con la mascella tesa.

Ha un tempismo impeccabile. Non so come abbia fatto a sapere che sarei stata tra una lezione e l'altra con una pausa di dieci minuti. Potrebbe essere una coincidenza, ma conoscendolo, ne dubito.

Mi trattengo dal chiedergli perché è qui e cosa vuole.

Si fa vivo solo quando ha bisogno di un favore. «È bello vederti, Char.»

Stringo le labbra, incrocio le braccia sul petto e lancio un'occhiata all'orologio appeso al muro. «Ho solo pochi minuti prima che inizi la prossima lezione.»

«Sì, me l'ha detto la mia assistente.»

Ecco come sapeva quando presentarsi senza invito. Ha fatto controllare il mio orario alla sua assistente. Non dovrei essere sorpresa, ma mi riempie comunque di disgusto.

«Cosa posso fare per te?» chiedo, dato che non è qui per chiacchierare o per vedermi insegnare a un gruppo di bambini a giocare a hockey su ghiaccio.

«C'è un evento di beneficenza a cui devo chiederti di partecipare. È per una buona causa.»

«Non lo sono tutti?» chiedo. Le mie unghie si conficcano nel braccio.

«Ho bisogno che tu sia presente come segno di sostegno, Charlotte. Ti farò inviare i dettagli dalla mia assistente.»

«Ma certo, ovviamente,» dico con un tono un po' aspro.

Ignora il mio commento come sempre. Probabilmente lo attribuisce alla mia lunaticità, che sostiene io abbia ereditato da mia madre.

«Un'altra cosa,» dice, con la mascella tesa. «Ti ho offerta come parte dell'asta.»

Sono sicura di stargli lanciando un'occhiataccia. «Devo mostrare i premi o qualcosa del genere?» chiedo, incerta su cosa mi abbia offerto di fare senza nemmeno chiedermelo.

«Sarai tu il premio, cara. Un appuntamento con mia figlia.»

Le sue parole mi tolgono il respiro. «No.»

I suoi occhi sono gelidi, facendo sembrare l'arena ancora più fredda. «Non te lo sto chiedendo, Charlotte. È solo un appuntamento. Non è niente di diverso di tutti quelli che fai al college.»

Sbuffo alla sua insinuazione. «Mio padre che mi offre come una prostituta,» mormoro a bassa voce. Non ho bisogno che le madri ascoltino la conversazione mentre aiutano i loro bambini di quattro e cinque anni a indossare l'attrezzatura per la lezione successiva.

Non batte ciglio né trasalisce alle mie parole. «Un po' drammatica, vero? È un solo appuntamento. Non ti sto chiedendo la luna. Inoltre, è per beneficenza.»

«Mi dirai almeno di quale ente benefico si tratta?»

«È una raccolta fondi per costruire una nuova ala all'ospedale pediatrico. Mi dirai che non sostieni i bambini malati di cancro?»

Ringhio a bassa voce. Doveva davvero giocare la carta dei bambini malati di cancro? Come posso dire di no, che non sostengo *quella* causa?

«Va bene, ma porterò il mio ragazzo.»

«Ragazzo?»

SEI

NOAH

Dopo aver accompagnato Charlotte a casa, non ho più avuto sue notizie per giorni. Non che io mi sia fatto vivo con lei, a dire il vero.

C'è una busta sigillata che mi sta facendo bruciare dentro, contentente i risultati del test di paternità. Non riesco a trovare il coraggio di aprirla.

Ho sentimenti contrastanti. E stanno cominciando a riflettersi nelle partite e negli allenamenti.

«Tutto bene?» mi chiede Jasper, dandomi una pacca sulla schiena dopo l'allenamento mentre ci dirigiamo verso gli spogliatoi. «Non sembri te stesso.»

Ha ragione. Ma come posso dirglielo senza che lui e gli altri ragazzi si agitino? Perché faranno sicuramente un gran casino per tutta la situazione, e io sto già camminando su un filo del rasoio. Non ho bisogno di cadere.

«Ho solo molto per la testa,» dico con un sospiro pesante. Mi tolgo l'attrezzatura e mi dirigo verso le docce, desideroso di lavarmi e di far scorrere dell'acqua calda per cancellare gli eventi della giornata. Le cabine della doccia offrono un minimo di privacy dal medio petto in giù.

«Andiamo tutti da Kyler stasera,» dice Jasper dalla sua cabina. «Falò e birra. Dovresti venire a rilassarti.»

Esito, inspirando bruscamente. «Chi altro ci sarà?» Accendo la doccia e lascio che l'acqua calda mi scivoli addosso.

Conoscendo Kyler, non avrà invitato solo la squadra. Permetterà anche a Emerson di invitare alcune amiche, delle ragazze. Una di loro potrebbe essere Charlotte.

«Me lo stai chiedendo perché vuoi sapere se Charlotte verrà?» chiede Jasper. «Vuoi vederla o la stai evitando? Da quella sera al Blue Line non riesco a capire cosa ti sta succedendo.»

«Neanch'io,» rispondo, lasciando che l'acqua mi scorra sul viso. Mi evita di dover rispondere alla domanda di Jasper.

«È un po' troppo per te?» Jasper non molla la presa.

So che ha buone intenzioni, ma io sono già sopraffatto dal fatto che potrei essere padre.

E potrei anche non esserlo.

Dovrei aprire quella dannata busta e togliere il cerotto in un colpo solo.

Kyler chiude l'acqua nella sua cabina e afferra il suo asciugamano. «Qualche bevuta a casa mia stasera. Chi ci sta?»

«Piuttosto, chi non ci sta?» replica Parker mentre si dirige verso una doccia libera.

«Falò e birra,» insiste Kyler, cercando di ricordare ai ragazzi che lui è un genitore responsabile. Non sta organizzando una festa con barili di birra.

Forse un paio di birre mi farebbero bene, per togliermi dalla testa quella dannata lettera che ho evitato di aprire. E con abbastanza alcol, troverò anche il coraggio di strappare la busta e leggere i risultati.

Solo a pensarci mi si rivolta lo stomaco.

Ho evitato di affrontare la cosa perché il peso di ciò che potrebbe significare è enorme, e non ho il tempo di fissarmici.

Non ho ricevuto notizie da Jasmine né l'ho più vista. Il che, ancora una volta, mi fa sentire sollevato ma anche preoccupato.

È tornata da suo marito? È in fuga? Sono ancora vivi?

Dopo il modo in cui Jasmine mi ha trattato quando stavamo insieme, non dovrebbe importarmi, ma se il bambino fosse mio, non posso semplicemente voltargli le spalle. Non lo farò.

Finisco di chiudere la doccia, mi asciugo con un asciugamano e mi vesto davanti al mio armadietto. Prendo la giacca e il telefono, pronto per andarmene.

«Ti è caduto qualcosa,» dice Kyler, chinandosi e raccogliendo la busta piegata che porto ovunque con me, come se contenesse i segreti dell'universo.

No, solo il mio futuro.

La gira, guardando l'indirizzo del mittente, e alza un sopracciglio incuriosito.

«Sì, non è niente,» dico, strappandogliela di mano.

Mi studia, silenzioso e pensieroso mentre piego la busta a metà e la infilo nella tasca posteriore dei miei jeans, da dove è caduta.

«Ci vediamo stasera,» dice Kyler, facendomi un cenno col capo, lasciando cadere la discussione, e gliene sono immensamente grato.

————

Dopo un paio di birre, riesco finalmente a rilassarmi all'aperto, con il fuoco che ruggisce nel cortile della tenuta di Kyler.

Amber è accoccolata sulle ginocchia di Jasper, i due praticamente si stanno divorando a vicenda.

Mi alzo, sentendo il bisogno di allontanarmi dal loro incontro romantico. Se non fossi di così cattivo umore riguardo alle relazioni, lo troverei adorabile.

Ma in questo momento, mi fa venire voglia di vomitare.

Correzione. Il pensiero di Jasmine e della lettera mi fa rivoltare lo stomaco, ma qualsiasi accenno di relazione, in questo momento, può essere gettato in quel falò e cosparso di benzina.

Il romanticismo è morto per me.

Charlotte esce con passo deciso, a testa alta, un bicchiere di vino in mano. Mi fa un cenno e sorride. «Ehi, straniero,» dice, fissandomi.

Lei è il sole, io sono la pioggia.

Non merito la sua gentilezza.

Il suo sguardo non accenna minimamente a staccarsi da me e quando si avvicina e si siede sulle mie gambe, mi ci vuole ogni grammo di energia per non cadere sotto il suo incantesimo.

Troppo tardi.

La mia mano si avvolge immediatamente attorno alla sua vita, tirandola più vicina, più stretta, desiderando sentire il suo corpo sopra il mio. È calda, e c'è qualcosa nel sentire il suo peso su di me che risveglia qualcosa dentro di me e... beh, sì, risveglia anche quello.

Si siede con naturalezza sulle mie gambe. Un braccio cade sulle mie spalle, e l'altro tiene il bicchiere di vino mentre porta il liquido rosso scuro alle labbra per un sorso.

La sua testa si inclina all'indietro, esponendo la perfetta carnagione cremosa del suo collo, e soffoco un ringhio.

Questa donna mi fa impazzire senza nemmeno provarci.

È difficile non immaginare le sue labbra avvolte attorno al mio cazzo mentre lo succhia. Abbassa la testa, le guance leggermente rosee, e accenna un sorriso quando allontana il bicchiere dalla bocca.

«Vedi qualcosa che ti piace?» sussurra, stuzzicandomi.

Forse ci sta provando eccome, e sono stato io a essere distratto stasera. I suoi fianchi si muovono leggermente contro il mio inguine, e, cazzo, mi farà morire.

Il mio respiro è pesante e denso, e mi ci vuole tutta la forza di volontà per non lasciare che le mie dita vaghino sotto la sua gonna per scoprire se è bagnata per me come sospetto.

«Stai facendo la ragazza *molto* cattiva,» dico, mantenendo la voce bassa e quieta, non permettendo a nessun altro di sentirci, anche se la maggior parte della squadra e le coppie sono assorbite nelle loro conversazioni.

Le sue labbra si incurvano verso l'alto, e il mio cazzo sussulta.

Dannazione, è sexy stasera, con quel rossetto rosso fuoco e quegli occhi bordati di eyeliner scuro. La sua bocca sembra deliziosa. E mi piacerebbe vedere le sue labbra avvolte attorno al mio cazzo, le mie dita strette nei suoi capelli, vedere quanto in profondità mi prenderebbe.

«Scommetto che questo ti eccita,» dice Charlotte.

Solleva i fianchi come se stesse per alzarsi, ma mi rifiuto di lasciarla scappare. Nel momento in cui si muove, chiunque guardi nella nostra direzione vedrà la mia erezione. Non ho bisogno che i ragazzi mi prendano in giro per il resto della stagione.

Inoltre, è bello avere una distrazione, ed è esattamente quello che Charlotte è per me. Una distrazione accogliente da cui voglio farmi avvolgere per lasciare che il mondo attorno a me scompaia, almeno per un po'.

Non so nemmeno cosa diavolo siamo. Non è la mia ragazza, ma è più di una semplice avventura da una notte e via. Il solo fatto che stia fantasticando su di lei non è tipico per me. Quella ragazza mi è entrata sottopelle.

Stringendo le labbra, le mie dita si aggrappano ai suoi fianchi, non volendo lasciarla andare. Ho bisogno di lei, e ho la sensazione che sarebbe felice di accontentarmi. «Dove pensi di andare?» sussurro, assicurandomi che senta la protuberanza su cui è seduta.

Charlotte alza un sopracciglio.

Forse ha finto di non notarlo prima, ma non la lascerò più fingere di non essere consapevole del mio desiderio per lei.

Charlotte indica il bicchiere di vino vuoto nella sua mano. «Stavo andando a prendere un altro po' di vino.» Si ferma e sorride, le guance che assumono una tonalità rosata prima di abbassare lo sguardo sulle mie labbra, studiandole per un lungo momento. «Bella partita oggi,» dice.

«Faccio solo il mio lavoro.» Cerco di non vantarmi. L'hockey è uno sport di squadra, e non sono l'unico che ha motivo di festeggiare. Ma ho impedito alla squadra avversaria di segnare.

È quasi come se fosse nervosa nel modo in cui mi fa i complimenti, come se non fosse sicura che io sapessi che era alla partita.

Lo sapevo.

Era impossibile non notarla mentre gridava il mio nome, facendo il tifo per me quando ho segnato un gol. Okay, beh, in realtà sentirla sul ghiaccio era impossibile, ma ho percepito la sua presenza, e quando ho guardato nella sua direzione dalla panchina dietro la squadra, l'ho vista in piedi, che applaudiva e urlava.

Un'altra ragione per cui sono combattuto.

Lei è la perfezione, e io sto perdendo il controllo.

La lettera brucia un buco nella tasca posteriore dei miei jeans. Non riesco a costringermi ad affrontare la verità, le conseguenze delle mie azioni, con una donna che pensavo di amare.

C'è un sapore amaro in bocca ogni volta che i miei pensieri tornano alla donna che mi ha tradito.

Anche se so che Charlotte non è *lei*, non importa. È comunque difficile ritrovarmi capace di fidarmi di nuovo, ed è per questo che quando *Rossa* è scappata quella sera al Blue Line, non ho potuto fare a meno di correrle dietro.

Porta la mano tra i miei capelli, le unghie che mi accarezzano il cuoio capelluto, avvicinando le mie labbra alle sue.

Inspiro bruscamente. Il calore del suo respiro mi solletica le labbra e il modo in cui mi guarda invia scariche elettriche direttamente al mio cazzo. Il mio cuore martella dentro il petto, sbattendo per uscire come se fosse rinchiuso in una prigione, implorando di essere liberato.

«Non hai risposto a nessuno dei miei messaggi» dice Charlotte.

«Messaggi?» Sollevo leggermente i fianchi, infilando la mano in tasca per recuperare il telefono. «Non ho ricevuto niente da te. Sei sicura di non aver scritto al tuo altro ragazzo?» la provoco con un sorriso sarcastico.

Lei ridacchia. «Giusto. Non riesco a tenere traccia di tutti i miei attraenti giocatori di hockey.»

«Pensi che io sia attraente.»

Lei apre la bocca e la richiude velocemente. La leggera sfumatura rosa di prima è ora diventata rosso acceso. «Ho detto attraenti? Intendevo...»

Prima che possa continuare, sfioro le sue labbra con le mie. Sa di ciliegie e vaniglia, e mi sporgo per rubarle un altro bacio perché il primo è una tentazione, un assaggio che ne fa desiderare altri.

«Allora, l'hai aperta?» Kyler interrompe il momento di passione, in piedi davanti a noi con una birra in mano.

«Aperto cosa?» chiede Charlotte, facendo quel seducente movimento della testa che mi fa venire voglia di tornare a baciarla e ignorare i ragazzi.

«Ti dispiace se te lo rubo per un paio di minuti?» chiede Kyler.

Charlotte si alza dalle mie gambe, lanciandomi quello sguardo lascivo che va dritto al mio cazzo.

Cazzo.

Non possiamo trovare una stanza e lasciare che il mio cazzo si diverta come merita? Voglio dire, mi aiuterebbe a dimenticare il mio attuale dilemma, che sta bruciando un buco nella mia tasca posteriore.

«Nessun problema. Dovrei andare da Amber visto che è per lei che sono qui.»

Charlotte si alza, e io le afferro la mano, intrecciando le nostre dita. «Non sono io il motivo?» le chiedo, guardandola dal basso, e lei mi regala un sorriso, arricciando il naso nel modo più adorabile possibile.

«Tu arrivi secondo, amore mio» mi prende in giro e mi stringe la mano prima di sciogliere la presa e allontanarsi ancheggiando per sottrarre Amber a Jasper.

«Voi due siete ufficialmente...qualcosa?» chiede Kyler.

Mi alzo, stiracchiando le gambe, e lo seguo dentro per prendere un'altra birra. Inoltre, se ha intenzione di tirare fuori la questione della lettera, non voglio farlo davanti agli altri.

«Non abbiamo messo un'etichetta» dico. «Ci stiamo solo... divertendo?»

Anche se abbiamo fatto sesso solo una volta, c'è chimica tra noi. In più, continuiamo a incrociarci, frequentando lo stesso circolo sociale.

Che sarebbe un motivo sufficiente per non rotolare di nuovo tra le lenzuola con lei, ma il mio cazzo la pensa diversamente, e mi trovo d'accordo con lui. Dovrebbe essere lui a prendere tutte le decisioni. Sarei decisamente più felice in questo momento.

«Non hai ancora aperto i risultati del test di paternità, vero?» Kyler va dritto al punto.

Trasalisco, lo afferro per il braccio e lo trascino in casa, chiudendo la porta dietro di noi. Nessuno deve sentire questa conversazione.

«Come fai a sapere che è per un test di paternità?» chiedo. «Voglio dire, potrebbe essere per controllare se ho il gene del cancro.»

«*Il* gene del cancro?» Ride e si passa una mano tra i capelli. «Ci sono più geni collegati al cancro, e comunque, la clinica a cui ti sei rivolto è specializzata in test di paternità. Fidati, lo so.» Kyler non aggiunge altro.

Ha una figlia di sei anni, e mentre non ho mai pensato ci fossero dubbi sulla sua paternità, forse lui ne aveva.

«Cosa dicono i risultati?» Kyler va dritto al punto.

Mi sposto sui piedi e gli volto le spalle, aprendo il frigorifero per prendere un'altra birra. Onestamente, vorrei qualcosa di più forte. Ma sebbene vorrei ubriacarmi, non farei un favore alla squadra domani.

Prendo una birra e stacco il tappo. «Non l'ho ancora aperta» dico, evitando il suo sguardo infuocato.

Lui sbuffa sottovoce. «Non ti avevo preso per un codardo.»

«Come scusa?» Mi giro di scatto, fissandolo.

«Mi hai sentito» dice Kyler, sfidandomi. «Se sei troppo cacasotto per aprire i risultati del test, dallo a me. Lo leggerò io per te.»

«Non sono cacasotto e non ho paura di niente.» Estraggo la busta bianca piegata e maltrattata dalla tasca posteriore.

Non mi tiro indietro di fronte a una sfida. Non ora. Mai.

Strappando la busta, tiro fuori il foglio stropicciato e inspiro bruscamente.

«Allora?» dice Kyler, aspettando la mia risposta.

«Dice che c'è una probabilità del 99,8% che io sia il padre di quel bambino.»

Cazzo.

SETTE

CHARLOTTE

L'aria fuori è fredda, e sto vicino al fuoco con le braccia strette intorno a me. Faccio un cenno verso Amber, lanciandole *quello sguardo* per urlarle silenziosamente di alzarsi dalle ginocchia del suo ragazzo e venire a parlare con me.

Mi ha invitata al falò per passare del tempo insieme, e tutto quello che ha fatto da quando sono arrivata è pomiciare con il suo ragazzo.

Non che sia arrabbiata. Ma ho bisogno di un'amica a cui confidare tutto il casino del *"ho mentito a mio padre, e lui pensa che io abbia un fidanzato"*.

Noah ed io non abbiamo ancora avuto quella conversazione. Quella che definisce cosa siamo o non siamo. Abbiamo fatto sesso solo una volta.

Lui ha chiarito eternamente che mette la sua carriera al primo posto, sempre. Non lo biasimo per questo. Ha reso le sue intenzioni cristalline fin dal primo giorno.

Io, d'altra parte, pensavo di essere d'accordo con questo, ma dentro sono un groviglio di emozioni, e odio quando aspetto che mi risponda a un messaggio e poi non lo fa. Mi sento come una pazza, e non mi sorprenderebbe se non volesse più vedermi. Ecco perché ho fatto in modo di non finire di nuovo a letto con lui.

Sto proteggendo il mio cuore. È strano, non è qualcosa che ho mai dovuto fare prima, ma non sono mai stata così pazza per un ragazzo prima d'ora.

E quello che abbiamo, questa cosa più che amicizia ma non proprio con benefici, sembra funzionare, per lo più. Questa settimana, è stato un po' più difficile da raggiungere.

Ho cercato di giustificarlo pensando che i suoi impegni con gli Ice Dragons lo tenessero occupato.

Probabilmente, non ha tempo per gli amici, ma poi vedendolo stasera alla festa, avrebbe potuto mandarmi almeno un messaggio questa settimana.

Eccomi di nuovo a provare qualcosa che non dovrei per un ragazzo con cui *non* sto uscendo. E metto da parte tutte quelle insicurezze e paure nel momento in cui l'ho visto. Mi sono avvicinata con disinvoltura, fingendo che niente di tutto ciò contasse, perché quando sono con lui, tutto quello che sento è pura e completa felicità.

Con le sue mani su di me, è come se avessimo trovato il nostro ritmo. Nient'altro importa, siamo solo Charlotte e Noah.

Ed è stato in quel momento che il suo compagno di squadra, Kyler, lo ha trascinato via.

Non dovrebbe importarmi. Noah non è il mio ragazzo.

Non siamo mai usciti insieme neanche per un appuntamento.

E abbiamo fatto sesso solo una volta. La prima notte in cui ci siamo conosciuti.

Il che mi mette in una posizione precaria perché ho mentito a mio padre, e sta per questo sta per ritorcersi contro di me. Oh, potrei invitare Noah all'evento per accompagnarmi, ma ci saranno un sacco di telecamere e stampa.

Se conosco mio padre come credo di conoscerlo, andrà su tutte le furie quando vedrà chi porto come mio *fidanzato*. Mi si forma un nodo allo stomaco solo a pensarci, ma chi è lui per cercare di mettere all'asta una serata con sua figlia?

Borbotto interiormente solo ripensando a tutta quella storia nella mia testa, ribollendo di rabbia.

Amber scende dalle ginocchia di Jasper e mi getta le braccia intorno alle spalle, allontanandomi dai ragazzi. «Sembri tesa,» dice Amber.

«Ho combinato un cagata colossale.»

Il naso di Amber si arriccia all'analogia. «Che schifo, e cosa hai fatto?» chiede. «Noah ti ha beccata mentre disegnavi cuoricini con le vostre iniziali al centro sul tuo quaderno?» C'è una nota di scherno nella sua voce, e io le do una gomitata nelle costole.

«Stronza.»

Amber si stringe nelle spalle. «Dimmi qualcosa che non so.» Sorride e si avvicina alle fiamme per scaldarsi. Strofinandosi le mani, mi guarda, aspettando che spieghi come ho fatto a combinare questo disastro.

«Devo mettermi in ginocchio?» chiede.

«Disse lei,» scherzo, cercando qualsiasi cosa per evitare la discussione, ma la verità è che ho bisogno della sua opinione. Voglio dire, di solito non sono nervosa con Noah o con qualsiasi altro uomo. Ma chiedergli di fingere di essere il mio ragazzo mi fa sentire le farfalle nello stomaco.

«Stai temporeggiando.» Amber mi fissa con insistenza e si avvicina. I ragazzi sono immersi nelle loro chiacchiere sull'hockey e non ci prestano attenzione.

«Mio padre mi sta costringendo a partecipare a questa asta di beneficenza il prossimo mese, e mi ha offerta come premio per la serata. Un fortunato vincitore potrà uscire con me per una sera.»

La fronte di Amber si corruga. «Immagino dalle parole *mio padre mi sta costringendo* che non te l'abbia chiesto.»

«Non chiede mai.»

«Sei adulta. Potresti dirgli di no.» Amber mi guarda. «A meno che tu non voglia uscire per un appuntamento al buio con uno sconosciuto.»

«Non è un appuntamento al buio. Voglio dire, sarò all'asta,» dico.

«Suona comunque inquietante e disgustoso che tuo padre faccia una cosa del genere.»

Emetto un respiro pesante. «Non è questa la parte peggiore.» Mi mordo il labbro inferiore e trasalisco per il dolore improvviso. «Gli ho detto che porterò il mio fidanzato.»

Gli occhi di Amber si spalancano, e tossisce, cercando di contenere il divertimento. «Scusa, cosa?» La risata continua a sgorgare, e lei è piegata in avanti con la mano tesa, dicendomi di aspettare un secondo.

Scalpito con i piedi e aspetto che lei si rialzi.

Amber ha le guance arrossate, e dopo essere finalmente riuscita a riprendere fiato, dice: «Ti sei cacciata in questo pasticcio da sola. Divertiti a uscirne.» Indica la porta sul retro della casa.

All'interno, attraverso le persiane aperte, posso vedere Noah e Kyler impegnati in qualche tipo di discussione, probabilmente sulla partita di oggi.

«Nessun consiglio saggio?» chiedo, sperando in qualche perla di saggezza. Potrei avere più esperienza con gli appuntamenti, ma Amber è stata in una relazione più a lungo di quanto io abbia mai fatto.

Io sono una da incontri occasionali, non fidanzati.

Almeno, lo ero.

Noah mi ha trasformata nella ragazza che vuole un fidanzato, e vorrei odiarlo per questo, ma è dolce e carino. Per non parlare del fatto che è un piacere per gli occhi, e quel corpo, mamma mia.

Lei mi spinge verso la casa.

«Adesso?» squittisco.

«Beh, potresti anche aspettare, ma poi dovrai trovare qualcun altro se lui dice di no.»

«Forse sarà fuori città per una partita,» dico.

«Stai seriamente cercando di convincerti a non portarlo?» chiede Amber.

Non le rispondo perché se non lo portassi, allora mio padre vincerebbe. E l'unica cosa peggiore di dover fare quello che mi viene detto è farlo portando con me il nemico.

Papà odierà Noah Reece.

Solo per il fatto che gioca per gli Ice Dragons, e papà è un tifoso degli Island Bruisers. Dopotutto, possiede e gestisce i Bruisers. Dovrebbe essere il loro più grande fan.

Noah non ha la minima idea di chi sia la mia famiglia o mio padre. Non gliel'ho detto. Non c'è stato motivo di tirarlo fuori, tranne quella sera al bar con il fotografo.

E ho evitato di dirglielo perché complicherebbe le cose tra noi.

Non che io pensi che a Noah importerà. Ma non posso affrontare il dramma e mio padre. Mio padre è il dramma.

I miei compiti e gli studi dovrebbero essere il mio focus. Non i paparazzi e la stampa che mi tormentano con domande e mi seguono fino in classe.

Ho dovuto affrontare questa situazione al liceo dopo essere stata beccata mentre baciavo uno dei fratelli minori di un giocatore degli Island Bruisers. Charlie Hayes non era ancora in squadra. Ma giocava a hockey e aveva una promettente carriera davanti a sé. La stampa ci ha sorpresi mentre ci baciavamo dietro le gradinate, e papà mi ha proibito di vedere di nuovo quel ragazzo.

Il che era impossibile dato che frequentavamo la stessa scuola.

Così, mi ha ritirata dalla scuola privata locale in cui ero iscritta e mi ha mandata in un collegio a Londra.

Sono ancora amareggiata per tutta quella faccenda. Non che papà avesse voce in capitolo su chi frequentassi o baciassi a Londra, ma mi piaceva il ragazzo da cui mi aveva strappata via.

Ma ormai è acqua passata.

Charlie e io non ci parliamo dalla notte in cui sono partita per Londra. E questo dice molto, considerando che gioca per la squadra di mio padre.

Papà ha vinto quella battaglia.

Ma non vincerà la guerra.

Entro in casa, lontano dal freddo e attraverso l'ingresso, dirigendomi di fretta verso Noah. «Dobbiamo parlare,» dico, interrompendo la sua conversazione con Kyler.

Lui si volta a guardarmi, il suo sguardo percorre il mio corpo e si sofferma un po' troppo a lungo sul mio seno.

Incrocio le braccia sul petto e noto ciò che lui vede. I miei capezzoli sono turgidi per il freddo.

Pazienza. Non è che non li abbia già visti prima, nudi.

Si morde il labbro inferiore e annuisce. «È vero,» dice, e il mio stomaco fa una capriola.

So cosa devo dirgli, ma lui cosa pensa che dobbiamo discutere?

Guardo oltre la mia spalla verso Amber, che mi ha seguito in casa, e lei mi fa un cenno con la testa e mi fa segno di andare con Noah.

Noah mi conduce lungo il corridoio e apre una porta scorrevole, facendomi entrare. Accende la luce mentre entro e chiude la porta dietro di sé.

«Ho bisogno di un favore,» dico. Le parole mi escono di bocca prima che possa riprendere fiato. Il mio cuore batte selvaggiamente mentre aspetto la sua risposta. Non che abbia elaborato la richiesta.

E perché dovrebbe accettare di farmi un favore se non gli ho detto di cosa ho bisogno?

«Dipende,» dice lui, facendo un passo più vicino.

«Da cosa?» La mia bocca è secca, e mi lecco le labbra riarse, guardandolo. Sento il calore del suo respiro, il calore del suo corpo a pochi centimetri da me.

Siamo come fulmini durante un temporale. L'energia tra noi sfrigola e scintilla, aspettando di abbattersi e prendere fuoco.

«C'è un'asta di beneficenza tra un paio di settimane, e ho bisogno di un accompagnatore. In realtà,» esalo un respiro secco, «ho bisogno di qualcuno che finga di essere il mio fidanzato perché potrei aver raccontato accidentalmente una piccola bugia bianca a mio padre.»

«Accidentalmente?» Noah ride, e le sue spalle si rilassano di fronte al mio imbarazzo. «Hai davvero bisogno di un favore,» riflette, considerando la mia richiesta.

«Sei in città il sei del mese prossimo? Cioè, se avete una partita fuori casa, è una questione irrilevante.» Non ho controllato il calendario della squadra. Avrei potuto risparmiarmi l'umiliazione di un suo rifiuto e delle risate. Amber certamente trovava la situazione divertente. Noah sta sorridendo, ma non mi sta prendendo in giro, almeno non ancora.

«Sono abbastanza sicuro di essere in città,» dice Noah. «Come si fa a dire accidentalmente al proprio padre di avere un fidanzato?» Si avvicina, la sua mano mi sposta una ciocca dietro l'orecchio mentre mi guarda dritto nell'anima.

Il mio stomaco sobbalza, e il calore si diffonde più in basso. «È una storia divertente,» dico forzando una risata.

Lui aspetta che io elabori, guardandomi come se fossi la cosa più importante al mondo. La sua attenzione è ipnotica. Noah inclina leggermente la testa, inducendomi a continuare, a dargli i dettagli che sta così pazientemente aspettando di sentire.

«Mio padre ha deciso che avrei partecipato all'asta di beneficenza come premio, un appuntamento per la serata. Sai, lo scenario in cui il miglior offerente esce con la bella ragazza,» dico in fretta. «Per farlo arrabbiare, gli ho detto che avrei partecipato al ballo di beneficenza se avessi potuto portare il mio fidanzato.»

«Aspetta, tuo padre ti sta mettendo all'asta a un evento di beneficenza? È un po' assurdo. Voglio dire, dovresti essere tu a scegliere se vuoi sostenere la beneficenza e se vuoi uscire con qualcuno. Se tuo padre vuole fare una donazione all'evento, può offrire se stesso per una serata!» Noah è un po' più irritato e accalorato per l'intera situazione di quanto lo sia io.

Gli appoggio una mano sul braccio. «Va bene così.»

«Non va bene,» ribatte Noah. «Non ti ha nemmeno chiesto il permesso, vero?»

Scuoto la testa. Ha ragione. Non ho avuto molta voce in capitolo nella situazione. Mi è stato detto di partecipare e cosa aspettarmi, tipico di mio padre.

«Parteciperò, come tuo fidanzato, ma non posso promettere che non gli dirò qualcosa sul vendere la propria figlia.»

Gli stringo il braccio. «Non mi sta vendendo, per così dire. Inoltre, è per beneficenza.»

La mascella di Noah è tesa. «Non capisco perché non possa offrirsi lui stesso come appuntamento.»

«Perché nessuno accetterebbe di uscire con lui.» È ovvio perché ha scelto me, la sua unica figlia, per essere una delle ragazze all'evento. «Inoltre, lo sta facendo per pubblicità.»

«L'asta?» Noah aggrotta la fronte. «Ci sarà la stampa all'evento,» deduce.

«Beh, sì, ma non lo sta facendo solo per sé. Pensa che mostrare sua figlia e far sì che un giocatore degli Island Bruisers la porti a un appuntamento sia positivo per la sua carriera.»

«La carriera di tuo padre o del giocatore degli Island Bruisers?» Noah è furioso. «E perché dovresti uscire con un giocatore degli Island Bruisers quando questa stella degli Ice Dragons è disposta a partecipare all'evento?»

Mi agito a disagio mentre evito la domanda.

«Charlotte?» A Noah non piace il mio silenzio.

«Mio padre è il proprietario degli Island Bruisers. Tutta la squadra sarà all'evento di beneficenza. È un requisito, uno degli eventi a cui sono tenuti a partecipare annualmente.»

Impreca sottovoce. «Aspetta, il tuo cognome è Grace. Tu sei *quella* Charlotte Grace.»

Trasalisco al modo in cui pronuncia il mio nome. «Quindi, immagino tu abbia visto i tabloid.»

«Ereditiera selvaggia. Sei stata espulsa dalla scuola privata e mandata in un elegante collegio all'estero. Londra, giusto?»

«Mi stavi forse spiando?» Non posso credere che ricordi quei dettagli.

«Continuavo solo a pensare che eri stata fortunata a sfuggire a quello stronzo di tuo padre. A quanto pare, avevo ragione.»

«Sul serio? Questo è ciò che ti è passato per la mente quando hai letto l'articolo?»

«Letto? Era dappertutto sui notiziari. Sui giornali. Non potevi sfuggirgli se eri un appassionato di hockey. Ti hanno fatto passare per una puck bunny.»

Faccio una smorfia. Non avevo realizzato che fosse *così* grave. Era stato terribile per me, ma i miei nuovi compagni a Londra facevano sembrare che stessi esagerando su quanto fosse terribile la situazione. La notizia non era diventata internazionale.

«Per la cronaca, non sono stata espulsa da quella scuola privata,» dico con orgoglio. «Avevo voti decenti. Papà non voleva più che vivessi a casa. Attiravo troppa attenzione negativa su di lui.»

Le mani di Noah sono ai suoi fianchi, strette a pugno. «E non ti ha difesa contro nessuna delle accuse della stampa.»

No, ma ho superato tutto questo. Non perdono necessariamente mio padre per ciò che ha fatto, ma cerco di considerare le sue azioni come un modo per proteggermi.

«Possiamo non parlare del passato?» chiedo. Di certo non voglio che Noah lo tiri fuori all'evento di beneficenza, o mai, se dipendesse da me.

«Mandami i dettagli via messaggio. Immagino sia un evento in smoking?»

«Lo è,» dico con un sospiro rassegnato.

Non ho nemmeno pensato a cosa indosserò al gala, ma almeno ho la carta di credito di mio padre. E ho tutta l'intenzione di fare una piccola sessione di shopping con Amber questo fine settimana se sarà libera.

OTTO

NOAH

Non ho visto né sentito Jasmine. E con i risultati del test di paternità che hanno rivelato che sono, di fatto, il padre di quel bambino, non posso ignorare la situazione.

Oh, credetemi, ci ho provato.

Ma non posso ignorare che lei sia sposata con uno stronzo violento, e non voglio che lui si avvicini a *mio* figlio.

Jasmine non ha risposto al telefono né a nessuno dei miei messaggi, e non ho tempo per stare ai suoi giochetti. Ho assunto un avvocato per discutere le opzioni di paternità e i miei diritti. Mi ha suggerito di usare il suo investigatore privato per localizzare e rintracciare Jasmine, e procedere da lì.

Un passo alla volta.

Non sono nemmeno la persona più paziente del mondo e trovare Jasmine e *mio figlio* non è economico. Non che il denaro sia un problema. Sono fortunato ad avere un flusso costante di entrate dalla mia carriera, ma non mi piace buttare i miei soldi nello studio legale e nell'investigatore privato. Preferirei spenderli per le necessità di mio figlio o per comprargli dei giocattoli.

Mi si stringe lo stomaco al pensiero di avere un bambino.

Cosa diavolo ne so io di crescere un figlio?

Non che voglia lottare per la custodia completa, ma se lei è ancora con quello stronzo, farò tutto ciò che è in mio potere per assicurarmi che mio figlio sia al sicuro.

Il mio telefono vibra mentre percorro il corridoio verso lo spogliatoio. Stasera abbiamo una partita contro gli Island Bruisers.

C'è una certa quantità di frustrazione repressa prima di ogni partita. Stasera è diverso, affrontare i Bruisers e venire faccia a faccia con l'uomo che sta crescendo mio figlio come se fosse suo.

Secondo Jasmine, lui non sa di non essere il padre, ma il suo silenzio mi preoccupa.

Prendo il cellulare dalla tasca, leggendo la notifica di un nuovo messaggio.

Apro l'app, sorridendo quando vedo da chi proviene.

Charlotte: Falli secchi.

Ridacchio sotto i baffi e le rispondo.

Noah: Oh, lo farò.

Lei non ha idea di quanto lo voglia stasera, e non solo in senso figurato. Entro a grandi passi nello spogliatoio e infilo il telefono nella tasca della giacca prima di cambiarmi e indossare la divisa.

«Novità?» chiede Kyler, venendomi accanto e mantenendo la voce bassa.

«Novità su cosa?» chiede Jasper, guardando tra noi due.

Io e Kyler non siamo mai stati così vicini, non come me e Jasper. Era inevitabile che qualcuno sentisse la notizia.

«A quanto pare sono padre» dico.

«Congratulazioni!» Jasper mi dà una pacca sulla schiena, sorridendo orgoglioso. «Sapevo che voi due ve la spassavate insieme. Quando partorisce Charlotte?»

Tossisco, sorpreso dall'ipotesi. «Non è di Charlotte.»

Jasper fa un passo indietro e incrocia le braccia sul petto. «Una delle puck bunnies?» Non sembra contento. «Dovresti fare un test di paternità se una di quelle ragazze sostiene che sei il padre.»

Mi mordo la lingua alla sua osservazione riguardo alle fan che si buttano su di noi. Non ci vuole molto per trovare una scopata facile dopo una partita, questo è sicuro. «Ti ricordi di Jasmine?»

Giuro che l'intera squadra mi sta fissando, radunandosi per la notizia. Anche se sono solo un paio di ragazzi, gli altri si stanno preparando, e ci osservano da sopra le spalle. Stanno ascoltando, però, perché si potrebbe sentire cadere uno spillo in uno spogliatoio altrimenti rumoroso.

«Sì, l'ultima ragazza con cui sei uscito» dice Jasper. Conosce Jasmine e la nostra storia insieme. Non gli piaceva molto, ma ha aspettato a dirmelo finché lei non è sparita e ci siamo lasciati. Ero abbastanza sicuro che mi avesse tradito, e Jasper mi aveva detto di non esserne sorpreso.

È anche per lei che ho giurato di non avere più appuntamenti e fidanzate e mi sono limitato alle puck bunnies. Non volevo un'altra relazione.

«Merda.» Gli occhi di Jasper si spalancano, realizzando. «Sei sicuro che non sia il figlio di quel giocatore dei Bruisers? Voglio dire, lei ci è andata a letto quando stavate insieme.»

«Sono sicuro. Ho fatto un test di paternità e Zayn è mio figlio.»

Owen impreca sottovoce, sentendo tutta la conversazione a pochi passi di distanza.

Jasper alza un sopracciglio. «Congratulazioni?» Questa volta, sta chiedendo, incerto se sia qualcosa da celebrare.

È esattamente così che mi sento.

Incerto riguardo a tutta la situazione.

Ho sempre pensato che un giorno sarei diventato padre, ma non mi aspettavo che accadesse così, ritrovandomi ad assumere un avvocato o un investigatore privato per proteggere mio figlio.

Mi volto verso il mio armadietto, indicando che la conversazione è finita mentre inizio a prepararmi per la partita.

«Cosa ha detto Charlotte quando gliel'hai detto?» chiede Kyler, avvicinandosi al suo armadietto e togliendosi la maglietta, spogliandosi. Potrebbe essere entrato nello spogliatoio prima di me, ma è l'ultimo a iniziare a prepararsi.

«Non l'ho fatto.»

«Un bel segreto da mantenere,» dice Jasper.

«Di cosa state blaterando, ragazzi?» chiede l'allenatore Malone, entrando nello spogliatoio. «Dovreste essere già pronti. Sbrigatevi, dannazione! L'altra squadra non vi aspetterà.»

———

Cerco di concentrarmi sulla partita, ma la mia mente

è altrove. Non aiuta il fatto che l'uomo che disprezzo, Grant Brass, sia nella squadra avversaria.

Lui conosce la storia che ho avuto con Jasmine, ma lei mi ha detto che non sapeva che io fossi il padre di Zayn.

Che sia cambiato qualcosa?

Brass ha alcuni graffi sul viso. Guardandoli attentamente, potrebbero essere segni di unghie. È difficile dirlo sotto il casco che gli copre la faccia.

Sono di Jasmine, oppure se li è procurati durante un'altra partita o all'allenamento? Forse ha l'abitudine di maltrattare belle ragazze. Non mi sorprenderebbe da parte di quel pezzo di merda.

Il disco scivola sul ghiaccio mentre Brass ed io lottiamo per il controllo. È più alto di qualche centimetro e ha venticinque chili più di me. Li usa a suo vantaggio, sbattendomi contro il muro e alzando la mazza con una mossa alta, colpendomi alla mascella.

Il dolore brucia e pulsa. Impreco sottovoce.

«Vuoi provarlo in faccia?» mi provoca Brass.

Gli arbitri sembrano non notare il colpo scorretto. Posso reagire o ignorare il suo atteggiamento arrogante e concentrarmi sulla partita.

Scelgo la seconda. «Sei un stronzo,» ringhio.

«Mia moglie dice lo stesso di te. Una volta ti piaceva leccarle il culo. Puoi leccare il mio tutta la notte se vuoi.» Mi fa l'occhiolino, ridendo, divertito dalla sua battuta.

Il calore mi invade nonostante l'aria sia fredda. «Vaffanculo, Grant.»

«No, grazie. Ma accetterò la tua offerta per quella graziosa rossa.»

Come diavolo fa a sapere di Charlotte?

I miei occhi tremano, e lui ridacchia con un ghigno malvagio mentre lottiamo per il disco, spingendoci avanti e indietro contro il muro. La battaglia tra noi sembra infinita.

«Puoi ringraziare il tuo amico per quell'invito,» mi provoca.

Chi diavolo degli Ice Dragons è amico con *lui*? Ignoro il suo commento. Non ho intenzione di farmi mandare in panchina punizione o espellere da una partita per alcune parole che ha scelto di usare per provocarmi.

Mi rifiuto di lasciare che mi colpisca.

«E hai visto il suo video porno? Starebbe benissimo con la bocca avvolta intorno al mio cazzo.»

Il mio cervello si incendia di imprecazioni. Non posso ascoltare queste stronzate che dice su Charlotte.

Mi scaglio contro Brass, con il disco ai suoi piedi mentre lo sbatto contro le barriere. Il mio bastone da hockey rimane nella mia presa, mentre lotto per il disco prima di lasciarlo in favore dei miei pugni. Colpo dopo colpo li sferro sul suo petto e sul suo viso.

Lui ride, chiaramente compiaciuto di avermi fatto arrabbiare, ma non se ne sta lì fermo a subire. Grant sferra pugni contro il mio petto, ma non li sento.

Poi, il suo casco vola via e solo allora i miei compagni mi trascinano lontano, , mentre gli arbitri cercano di separarci.

Veniamo entrambi mandati nelle rispettive panchine in punizione, la panca dei peccati.

Accidenti, ne è valsa la pena.

Ma le sue parole continuano a ronzarmi in testa.

Video porno.

———

Come abbiamo fatto a vincere? La mia testa non era nella partita, e i ragazzi hanno giocato come se fossero distratti.

Ma una vittoria è una vittoria. Non importa che abbiamo preso il vantaggio solo alla fine e siamo riusciti a cavarcela per un pelo con un 3-2.

Ci facciamo la doccia e ci vestiamo. Alcuni ragazzi gestiscono l'incontro con la stampa mentre Jasper ed io usciamo dagli spogliatoi per dirigerci al Blue Line a festeggiare.

«È stata una partita fantastica!» Charlotte sta aspettando con Amber ed Emerson vicino alle porte.

Un sorriso compiaciuto mi tira le labbra. «Non

sapevo che fossi alla partita,» dico, fissando Charlotte.

Lei arrossisce, le guance non così rosse come i suoi capelli fiammeggianti, ma fa un passo verso di me e si alza in punta di piedi, lasciandomi un bacio sulla guancia.

«Congratulazioni per la vittoria,» dice, con voce dolce e titubante.

La ragazza indossa dei sexy stivali neri con un tacco che le regala un paio di centimetri in più. Sono gli stessi tacchi che portava durante il nostro appuntamento. È più alta del solito, e oso ammettere che mi piace questa altezza aggiunta. La tiro verso di me. Le mie braccia le circondano istantaneamente la vita.

«Vuoi andare via da qui?» le sussurro nell'orecchio.

«Blue Line?» chiede, leccandosi le labbra.

È dove gli Ice Dragons vanno sempre dopo una vittoria per festeggiare. Abbiamo la nostra sezione VIP con un tavolo in fondo riservato per noi, anche nelle serate in cui non vinciamo e vogliamo affogare i nostri dispiaceri.

«Sì, i ragazzi ci raggiungeranno lì,» dico.

Vorrei portarla a casa mia e divorarla, ma la mia coscienza continua a ricordarmi che ho già troppo da gestire nella mia vita personale per complicare la sua.

Abbiamo concordato di tenere le cose casuali e divertenti. Nessun impegno. Lei sa benissimo che metto l'hockey al primo posto. Molto presto, metterò mio figlio, Zayn, al primo posto.

Non credo che Charlotte o qualsiasi altra ragazza sarà entusiasta di essere al terzo posto nelle mie priorità.

E Jasper ha ragione. Devo dire a Charlotte di mio figlio, degli avvocati e dell'investigatore. È semplicemente molto da elaborare, e siamo ancora piuttosto all'inizio di qualunque cosa ci sia tra noi.

Una notte bollente, e da allora stiamo costruendo un'amicizia. A quanto pare, con Charlotte faccio le cose al contrario.

«Aspetterò Kyler,» dice Emerson, salutando sua sorella con la mano. «Vi raggiungo al bar.»

«Va bene,» dice Charlotte con un sorriso.

Ci dirigiamo lungo il corridoio verso l'uscita sul retro. «Scommetto che non avresti mai pensato che sarebbe arrivato il giorno in cui tua sorella avrebbe detto quelle parole!» scherza Charlotte, guardando Amber.

«Beh, siamo a sei giorni dai ventun'anni,» cinguetta Amber, «Speriamo che stasera ci sia uno dei nuovi baristi di turno.»

Ridacchio sottovoce. I clienti abituali sanno che Amber non ha ancora ventun anni. Ma il Blue Line ha assunto tre nuovi baristi negli ultimi mesi. Durante la stagione di hockey, il posto si riempie perché lo frequentiamo spesso, e hanno sempre bisogno di più personale.

«Non preoccuparti, tesoro. Ci penso io,» dice Jasper, avvolgendo un braccio attorno alla vita di Amber mentre le struscia il naso sul collo.

«È vero!» esclama Charlotte. «Dobbiamo organizzare una festa di compleanno per i tuoi ventun'anni.»

«Mi accontenterei di andare in un bar e poter bere legalmente,» dice Amber. «Pensate che noteranno che il mio documento è cambiato e ha un nome diverso?»

Ridacchio. «Ne dubito. Vedono così tanti documenti diversi. Probabilmente andrà tutto bene.»

«Probabilmente,» dice Amber. «Sì, è proprio quella parte che mi preoccupa. Il probabilmente.»

Jasper la stringe più forte a sé. «Rilassati, tesoro. Ci penso io. Non credo che chiameranno la polizia per qualcosa che hai fatto in passato. Sarebbe controproducente per loro. E se lo facessero, sai che ti tirerei fuori di prigione.»

«Carino,» dice Charlotte, dandomi una leggera spinta mentre camminiamo verso il bar. «Tu mi tireresti fuori di prigione?» Mi guarda con occhi scintillanti e un sorriso entusiasta.

Sbuffo alla sua domanda. «Dipende per cosa sei finita dietro le sbarre,» la stuzzico.

La sua mascella si abbassa in finto stupore. «Sul serio?»

Alzo le spalle, tirandola più vicina, con il braccio che le avvolge la vita. «Beh, voglio dire, se vieni arrestata per omicidio, non credo che la cauzione sarebbe sufficiente. Ma anche se lo fosse, non ho bisogno che tu mi uccida e mi faccia a pezzettini mentre dormo.»

Jasper mi guarda. «Hai visto troppi documentari sui serial killer, fratello.»

«Sto solo dicendo che non lascerei un'assassina a piede libero.»

«Primo, si è innocenti fino a prova contraria,» ribatte Charlotte. «E secondo, davvero? Pensi che ti ucciderei nel sonno? Lo farei guardandoti in faccia.» Mi fa una linguaccia in modo scherzoso.

«Ne prendo atto.»

Jasper scuote la testa. «Voi due avete un senso dell'umorismo contorto.»

«Ecco perché sono perfetti insieme,» dice Amber con un sorriso malizioso, come se sapesse qualcosa che io non so. Quelle due ragazze sono sempre pronte a combinare qualche guaio.

Non riesco a smettere di pensare alle parole di Grant di prima, *video porno*. Era solo una provocazione per entrarmi in testa, giusto? Ma non riesco a lasciar perdere.

«Posso chiederti una cosa?» Mantengo la voce bassa, non volendo che altri ascoltino la conversazione tra noi.

«Qualunque cosa,» dice Charlotte, regalandomi quel sorriso che allevia tutte le preoccupazioni.

«Hai mai fatto un video porno?»

Lei alza un sopracciglio, guardandomi incuriosita. «È un po' inaspettato,» dice. Non sembra minimamente tesa o imbarazzata dalla domanda. «No. E tu?»

Sorrido e le faccio l'occhiolino. «Una volta.»

Entriamo nel bar, ci dirigiamo verso il tavolo VIP in fondo, e la cameriera porta immediatamente un secchiello di birre. Non dobbiamo nemmeno chiedere.

Il mio telefono vibra nella tasca, lo prendo ed esalo un respiro pesante quando vedo il nome del chiamante sullo schermo.

Charlotte mi guarda e non dice una parola, ma sono abbastanza sicuro che abbia visto il nome *Jasmine* apparire sul mio schermo.

«Devo rispondere,» dico e accetto la chiamata

mentre mi dirigo fuori nell'aria gelida per avere un po' di privacy.

«Dove diavolo sei?» Sono furioso dopo la notizia di mio figlio e non aver avuto modo di mettermi in contatto con lei.

«Te lo spiegherò stasera. Posso passare da casa tua?» chiede Jasmine.

Mi trattengo dal dirle che non sono a casa. Dovrebbe saperlo, visto che la squadra di suo marito ha giocato contro la mia stasera. «Se porti mio figlio, Zayn,» dico. È l'unico motivo per cui voglio vedere Jasmine.

Le sue parole sono come un'incudine sul petto, che mi schiaccia quando parlo con lei. Non mi sono mai sentito così stressato e frustrato, nemmeno durante una delle nostre partite di hockey.

«Certo,» dice, come se non me l'avesse tenuto nascosto negli ultimi anni, mentendomi.

Non capisco nemmeno perché chieda il permesso di passare. Non me l'ha chiesto l'ultima volta. È semplicemente apparsa e mi ha aspettato.

«Sto arrivando.»

Mi mordo forte il labbro inferiore. Non voglio lasciare Charlotte o i ragazzi. Voglio festeggiare la vittoria che abbiamo appena ottenuto. Ma non posso farlo sapendo che mio figlio è nell'atrio con sua madre, aspettandomi a casa mia.

Ringhio con rabbia e chiudo la chiamata, rientrando precipitosamente nel bar.

«Tutto bene?» chiede Jasper, alzando un sopracciglio.

«Devo andare,» dico. Sforzo un sorriso verso Charlotte. Vorrei baciarla e mostrarle che significa il mondo per me, e questa è solo un imprevisto lungo il cammino, ma l'imprevisto è mio figlio. E non è un piccolo ostacolo destinato a scomparire.

È meglio di no.

Charlotte ha la fronte aggrottata mentre mi fissa. Sta aspettando che mi spieghi meglio? Non dico altro. Mi giro, lasciandola in sospeso, ma almeno è con la sua amica. Non la sto abbandonando.

Questo non è un appuntamento.

Non frequento nessuno e non ho relazioni. Jasmine è il mio costante promemoria del perché.

Le relazioni mi esplodono in faccia.

Il tradimento taglia profondamente, come un coltello nella schiena. Torno a casa, e anche se preferirei essere fuori, devo fare la cosa responsabile da adulto, che è affrontare il fatto che ho un figlio.

Domani, chiamerò l'avvocato e l'investigatore privato dopo aver raccolto tutte le informazioni possibili da Jasmine.

Ma non sono entusiasta di tornare a casa, e questo pensiero sta dolorosamente bruciando un buco nel mio petto e nel mio cuore.

Il mio telefono suona mentre sono nel retro del taxi, e do un'occhiata al messaggio di Charlotte.

Charlotte: Spero che vada tutto bene. Sei andato via in fretta.

Non rispondo al suo messaggio.

Non so cosa dire. Inoltre, ciò che dovrei dirle non può essere comunicato via messaggio, tipo: Sono un padre e a quanto pare, ho un figlio di cui non ho mai saputo nulla fino a poco tempo fa.

Sarebbe una cosa da codardi. Mi rifiuto di farlo con Charlotte.

E glielo dirò. Sto solo aspettando il momento giusto.

Mi manda un altro messaggio dopo un paio di minuti. È un'emoji con un cuore rosso.

Trasalisco e inizio a digitare una risposta, poi cancello il mio messaggio. Non voglio spezzarle il cuore. E qualsiasi cosa dica stasera potrebbe farlo.

NOVE

CHARLOTTE

Non posso credere che se ne sia andato così, senza dare spiegazioni.

E ho visto il nome di una donna apparire sul suo telefono.

Chi diavolo è Jasmine?

Forse non ho il diritto di essere gelosa dato che io e Noah non stiamo ufficialmente insieme. Non abbiamo mai parlato di esclusività, ma ho lo stomaco in nodi al solo pensiero che lui scappi di corsa per un'altra ragazza.

Quando diavolo mi sono lasciata coinvolgere così da Noah?

Ah, giusto, la notte in cui abbiamo dormito insieme. Quando avevo giurato che per me sarebbe stata solo una serata divertente senza impegni, visto che lui non era uno da relazioni e, beh, nemmeno io.

Almeno, lo ero.

Ma dal momento in cui se n'è andato da casa mia quella volta, sono un disastro totale. E mi odio per questo.

Sono diventata il tipo di ragazza che disprezzo. Quella che aspetta vicino al telefono o manda una dozzina di messaggi, in attesa di una risposta.

Mi sono trattenuta dall'inviare tutti i messaggi che avrei voluto mandare, ma comunque gliene scrivo uno, sperando che risponda.

Non capisco perché sia corso via per stare con *lei*.

Forse sta cercando una scopata facile e lei è quella che chiama solo per fare sesso.

Prendo una birra dal secchiello e la stappo.

«Cosa sta succedendo con Noah?» chiedo, fissando Jasper, aspettandomi che lui o Amber mi dicano la verità. Qualcuno deve sapere qualcosa. E odio essere tenuta all'oscuro o essere l'ultima a sapere le cose.

«Si sta comportando in modo strano,» dice Amber, lanciando un'occhiata al suo ragazzo.

Jasper alza le spalle, con gli occhi spalancati mentre afferra la sua bevanda per evitare di dover rispondere.

«Sputa il rospo!» dico colpendogli il braccio.

Lui borbotta mentre la birra trabocca, e appoggia la bottiglia sul tavolo. «Non sta a me dirlo. Dovresti parlare con Noah,» dice Jasper.

«Questo è criptico.»

Kyler ed Emerson si uniscono a noi al tavolo insieme ad un paio di altri giocatori e le loro compagne, che non conosco bene.

«Dov'è andato Noah?» chiede Kyler. «A prendere altro da bere?»

Jasper scuote la testa in silenzio, e giurerei che si stanno scambiando qualche messaggio silenzioso.

«Se n'è andato di corsa dopo aver ricevuto una chiamata da Jasmine. È la sua sveltina?» Cerco di non sembrare gelosa, ma so che sto fallendo miseramente.

Mi mordo il labbro inferiore per evitare che il mostro verde della gelosia mi porti le lacrime agli occhi. È stupido. Non dovrebbe nemmeno importarmi. Ma la verità è che mi importa eccome.

«È con Jasmine?» chiede Kyler passandosi una mano tra i capelli.

«Chi è Jasmine?» chiede Emerson, evidentemente ignara quanto me riguardo alla misteriosa chiamante. Mi sento un po' meglio che non lo sappia nemmeno lei, visto che sta con Kyler da un po' e sono fidanzati.

«Solo una sua ex,» dice Kyler scrollando le spalle. «Non c'è nulla di cui preoccuparsi.»

Come può liquidare così facilmente il fatto che l'ex di Noah l'ha appena chiamato e lui è corso da lei?

Apro la bocca ma la richiudo subito. Non convincerò Kyler di nulla. È amico di Noah. Sono sicura che sta solo difendendo il suo compagno di squadra e amico.

«Giusto, perché non stiamo insieme,» dico ed emetto uno sbuffo. Mi sposto sulla sedia, il sedile è scomodo e ho lo stomaco contratto. Non posso semplicemente stare qui seduta a chiedermi cosa stia succedendo.

Prendo un taxi e vado a casa sua?

E se stessero scopando a casa di lei? O peggio, se stessero scopando nel suo appartamento e io mi presento non invitata?

Sembrerei disperata.

Amber mi dà una gomitata mentre stacco l'etichetta dalla bottiglia della mia birra. Sono nervosa e inquieta.

«Gli piaci,» dice con tono deciso. «Sono sicura che questa Jasmine non è niente. Forse è tutto un malinteso, e ha anche una cugina che si chiama Jasmine?»

Vorrei che le sue parole fossero convincenti, ma non ricordo che abbia mai menzionato parenti nelle vicinanze. «Sì, forse,» dico e lancio un'occhiata a Jasper.

La sua mascella è tesa.

Non è decisamente sua sorella o sua cugina, a giudicare solo dal suo sguardo. Lui sa qualcosa, e si gira verso Kyler, portando argomento verso la partita che hanno giocato stasera.

Un'ora passa con lo stesso ragazzo ci provi con me per ben due volte, e guarda caso è un grande fan di hockey. Non posso fare a meno di chiedermi se ci sta provando con me per entrare nella cerchia interna dei ragazzi.

Rifiuto educatamente il suo invito a ballare e anche il drink che mi porta. È abbastanza carino, ma non ho alcun interesse per lui. Non c'è chimica e nemmeno la minima scintilla.

Lascio un po' di contanti sul tavolo per coprire le mie bevande e la mancia.

«Stai tornando a casa?» chiede Amber.

«Me ne vado,» dico e la tiro in disparte. «Hai l'indirizzo di Noah?» chiedo.

Lei esita un attimo e poi annuisce. «Credo di averlo salvato sul telefono. Siamo andati a una festa nel suo attico un paio di mesi fa.»

Mi dà il suo indirizzo e lo inserisco nel mio telefono. «Grazie.»

«Se te lo chiede, non te l'ho dato io,» dice e fa l'occhiolino. Ci scambiamo abbracci e convenevoli prima che chiami un taxi. Quando il veicolo arriva, esco nella notte frizzante e salgo sul sedile posteriore. Sono più sveglia di quanto dovrei essere, con le mani sudate che mi asciugo sui pantaloni.

L'indirizzo che ho dato è quello dell'attico di Noah. Spero solo di non star facendo un enorme errore.

DIECI

NOAH

Sarei arrabbiato che Jasmine mi abbia chiamato dopo la partita se non fosse per il fatto che ho passato giorni a cercare di contattarla e lei non ha mai risposto alle mie chiamate o messaggi.

Persino l'investigatore privato non aveva trovato molto, ma erano passati solo pochi giorni dai risultati di paternità.

Entro nell'edificio, attraverso le porte principali, quando scorgo Jasmine. Ha un occhio nero spaventoso, e il bambino ne ha uno identico.

Impreco mentre la conduco all'ascensore e poi su per le scale.

«Pensavo stessi lasciando la città!»

«Stavo per farlo» dice Jasmine, «ma volevo aspettare i risultati di paternità.»

Premo il pulsante per l'attico, la mascella tesa mentre osservo il bambino tra le sue braccia. Non ho bisogno di chiedere chi abbia provocato quell'occhio nero.

«Avresti dovuto stare in un hotel o in un rifugio. Un posto sicuro.»

«Lo so. È per questo che ti ho chiamato.»

Mi segue attraverso la porta d'ingresso e sistema Zayn sul divano, facendo come se fosse a casa sua. Gli slaccia il cappotto e gli sfila le scarpe prima di lasciargli un bacio sulla guancia. «Resta qui, va bene?»

Lui annuisce in silenzio, e lei mi afferra il braccio, trascinandomi lungo il corridoio fuori dalla portata d'orecchio del bambino.

«Sto lasciando la città.»

«Cosa?» La mia voce sale di un'ottava. «Non puoi tenermi lontano da mio figlio.»

«Non è quello che voglio fare. Voglio che rimanga con te, dove è al sicuro» dice Jasmine. «Tu hai le risorse per proteggerlo. Io no.» I suoi occhi si inumidiscono e io esalo un respiro pesante.

«E il tuo ex?»

«Non sarà un problema. Non gli importa di Zayn, ora che sa che il bambino non è suo.»

«Gliel'hai detto?» Sono furioso mentre cammino avanti e indietro per il corridoio. Il bambino è ancora seduto sul divano ma è a diversi metri di distanza, quasi fuori dalla portata d'orecchio.

«Ha visto i risultati di paternità. Sa solo che lui non è il padre, e mi ha detto che era contento perché non doveva prendersi cura del *piccolo*.»

Da come dice *piccolo* penso che quelle non fossero esattamente le sue parole. Probabilmente erano più colorite e volgari. Sussulto e annuisco. «Non ci vorrà molto prima che capisca che sono io il padre. Metterà insieme due più due. Sa che stavamo insieme prima che voi due vi sposaste.»

Non l'aveva menzionato stasera sul ghiaccio, ma forse l'ha scoperto dopo la partita.

«Anche se tentasse di lottare per la custodia, non è biologicamente imparentato con Zayn. E ho documenti legali che cedono i miei diritti a te. È tutto dal mio avvocato.» Infila la mano nella tasca del cappotto e tira fuori un biglietto da visita.

«Se hai un avvocato, perché non richiedi il divorzio e un'ordinanza restrittiva?» Non posso credere che abbandonerebbe suo figlio, il nostro bambino.

«Te l'ho detto, Grant ha un fratello nelle forze dell'ordine. Inoltre, non è questo che vuoi? Me fuori dalla tua vita e la custodia di tuo figlio?» Jasmine mi fissa, con gli occhi lucidi.

Mi mordo la lingua. «Pensavo che avresti voluto condividere la custodia.» Ma mi era passato per la mente che, se avesse scelto di restare vicina a Grant Brass, avrei lottato per proteggere mio figlio.

«Dovrei andare.»

«Dove?» chiedo, fissandola. «Se hai bisogno di soldi o di un posto dove stare, posso procurarti un hotel e aiutarti...»

«Non voglio la tua elemosina» dice Jasmine.

Sussulto. Non era inteso come elemosina o carità. È la madre di mio figlio, anche se non mi piace particolarmente come persona da dopo che mi ha ferito.

Esalo un sospiro. «Non puoi tornare da lui.»

«Perché no?» chiede, guardandomi. Il suo labbro inferiore sporge in fuori, e io distolgo lo sguardo verso la grande vetrata che si affaccia sullo skyline di New York. È splendida di notte, ma in questo momento sembra caotica e opprimente.

«Ti picchierà a morte. Non è un motivo sufficiente? Guarda cosa ha fatto a nostro figlio!» La mia voce rimbomba e un brivido la percorre.

Dovrei scusarmi per aver alzato la voce, ma sono arrabbiato con Jasmine e ancora di più con Grant per quello che ha fatto, per aver alzato le mani su Zayn.

«Ed è per questo che lo lascio con te. Devo assicurarmi che Grant lascerà in pace te e Zayn prima di andarmene.»

«Quello che dici non ha alcun senso.» Finirà sicuramente per farsi uccidere se resta con quel mostro. «Hai già detto che non gli importa di *lui*.» Faccio un cenno verso il soggiorno.

«Sì, è quello che ha detto, ma devo assicurarmi che le sue azioni confermino quella promessa. Che davvero non gli importi.»

«Quello che stai facendo non è nobile o coraggioso. È stupido. Tornare dal tuo marito violento ti farà solo prendere a botte, e sarai fortunata se non ti ucciderà.»

«Tu non capiresti.»

«Capisco benissimo» sibilo, facendo un passo verso Jasmine.

Lei indietreggia allontanandosi da me, sbattendo contro il muro.

Un lampo di paura le attraversa il viso mentre cerca di fuggire. Crede davvero che le farei del male? «Devo andare.» La sua voce si incrina in gola, e si affretta verso il divano. «Fai il bravo con Noah, va bene?» dice a Zayn.

Mi si spezza il cuore che il piccolo non mi conosca come suo padre ma come Noah.

Zayn annuisce con occhi grandi e curiosi.

Lei gli bacia la guancia e lo abbraccia prima di esalare un respiro secco. «Devo andare.»

«Mamma!» urla Zayn mentre lei si dirige verso la porta.

«Non devi andartene» dico. Ci deve essere un altro modo. «Resta nella camera degli ospiti. Domattina contatteremo il mio avvocato. Sarà in grado di aiutarti. Ne sono sicuro.»

«Grant verrà a cercarmi.» Scuote la testa. «Il mio compito come madre è proteggere Zayn a tutti i costi. Oggi non sono riuscita a farlo.» Esala un respiro tremante.

«Quello che ha fatto quel mostro non è colpa tua.»

«Devo andare.» Jasmine si affretta verso la porta. C'è dolore nei suoi occhi, agonia.

Zayn continua a piangere, le sue lacrime scendono come due fiumi mentre i suoi singhiozzi diventano isterici, e scende dal divano, rincorrendo sua madre mentre lei esce dalla porta d'ingresso.

UNDICI

CHARLOTTE

Non avevo pensato fino in fondo a questa cosa di presentarmi senza invito a casa di Noah Reece. Per cominciare, c'è la sicurezza e un ascensore privato. Non posso semplicemente entrare come in un hotel senza essere notata.

«Posso aiutarla?»

«Sì, sono qui per vedere Noah Reece,» dico.

Mi guarda da capo a piedi e annuisce. «Lasciate che lo chiami. Non ha menzionato altri visitatori per questa sera.»

Altri visitatori? Il mio stomaco si agita. Almeno è a casa.

L'addetto di turno prende il telefono, e io mi guardo intorno nella hall. È piuttosto stravagante, con soffitti alti e un lampadario di cristallo, per non parlare della vetrata colorata sul retro, oltre gli ascensori.

Dopo un momento, riaggancia. «Può andare all'ascensore.»

Una guardia di sicurezza mi aspetta vicino all'ascensore e usa la sua chiave per sbloccare l'accesso all'attico. Mi offre un caloroso sorriso e un breve saluto: «Come sta questa sera?» Che suona più come se me lo stesse chiedendo perché deve farlo e non perché vuole davvero saperlo.

Dopo aver sbloccato l'accesso, esce, permettendomi di salire sull'ascensore da sola. Le porte si chiudono, ma non mi sento sollevata.

Sono più nervosa perché Noah non mi aspettava, e mi sto presentando senza invito. Non sono sicura di come la prenderà dopo averci abbandonati al Blue Line per *Jasmine.* Chiunque sia, non mi piace.

Le porte dell'ascensore si aprono, e Noah è in piedi

davanti alla porta, che mi fissa con aria decisa. «Cosa ci fai qui?»

Addio convenevoli.

«Sei andato via di fretta. Volevo assicurarmi che stessi bene.»

Sento un bambino piangere da qualche parte in casa dietro di lui. A meno che non abbia acceso la televisione, ma ne dubito. Sembra decisamente reale.

«Sto bene. I ragazzi ti hanno dato il mio indirizzo?» Non c'è scintilla nel suo sguardo, nessun sorriso. Non sembra felice di vedermi.

Ma non mi ha respinta o detto di andarmene.

«Mamma!» piange il bambino, e io supero Noah, invitandomi da sola dentro casa sua. Il bambino, che ha circa due anni, è sdraiato sul pavimento della cucina, che piange e urla per la sua mamma.

Il mio cuore si stringe per il piccolo. «Hai l'abitudine di rapire bambini?» Faccio una smorfia alla mia domanda. È uscita più dura di quanto intendessi, ma lui mi aveva detto che non avrebbe mai voluto dei figli e trovare un bimbo che urla sul pavimento della sua cucina rende l'intera la situazione sconcertante.

«È mio figlio,» mi rimprovera Noah.

Non credevo davvero che avesse rapito il bambino. Noah non sembra il tipo. Ma chiaramente mi ha mentito sul fatto di non volere figli, perché...ne ha uno. Significa forse che non lo voleva?

Mi chino, accovacciandomi al livello del piccolo. «Ehi,» sussurro, con voce dolce e calda.

Il bambino alza lo sguardo e tira su col naso. Il mio cuore si frantuma in un milione di piccoli pezzi quando vedo l'occhio nero e blu del bambino.

«Chi ti ha fatto questo?» chiedo, con la voce che mi si strozza in gola.

«Papà,» sussurra il bambino, e altre lacrime sgorgano come se fosse la stagione dei monsoni.

Sollevo il bambino da terra e lo prendo tra le mie braccia protettivamente. «Sei un mostro!» grido a Noah, afferro il telefono dalla tasca e chiamo immediatamente il 911.

«Charlotte, che diavolo stai facendo!» mi urla Noah, con la voce furiosa mentre si dirige a grandi passi verso di me per afferrare il telefono. «Dammi quel maledetto telefono!»

L'operatore del 911 sente lo scambio prima che io possa dire altro. «È una situazione domestica, signora?»

«Sì,» dico. «Il mio ragazzo, Noah Reece, ha picchiato suo figlio.» Urlo l'indirizzo del condominio al telefono.

«Charlotte, non è quello che è successo!» Mi strappa il telefono dalle mani e lo scaglia contro il muro, rompendolo.

«Davvero? Non l'hai colpito?» Avvolgo le braccia attorno al bambino, proteggendolo mentre volto le spalle a Noah. «Hai intenzione di picchiare anche me, codardo?»

«Non ho colpito mio figlio, cazzo!»

«Papà mi ha colpito,» singhiozza il bambino.

«Sei un maledetto bugiardo!» urlo a Noah, dirigendomi verso la porta.

Noah mi impedisce di uscire. La sua mano preme contro la porta mentre si rifiuta di lasciarci andare.

«Sul serio?» Non posso credere alla sua sfacciataggine. «Hai intenzione di tenerci entrambi come ostaggi? Perché io uscirò da quella porta, e tu non vedrai mai più tuo figlio!»

«Non puoi farlo. Ascoltami, Charlotte, non stai vedendo il quadro completo.»

«Oh, lo vedo piuttosto chiaramente!»

«Papà mi ha colpito!» grida il bambino tra le lacrime.

«Lasciami spiegare.»

«Spiegare come hai colpito tuo figlio?» Mi rifiuto di ascoltare qualsiasi scusa che possa darmi. So che è duro sul ghiaccio. Non è insolito che i giocatori si mettano a fare rissa, ma colpire un bambino, non c'è scusa che tenga. Nessuna spiegazione che possa giustificare ciò che ha fatto.

Sentiamo bussare alla porta d'ingresso, e la determinazione di Noah crolla. Fa un passo indietro, e io colgo l'occasione per fuggire.

Spalanco la porta, e un poliziotto ci tira fuori dal cammino e praticamente ci spinge lungo il corridoio verso l'ascensore mentre altri due agenti si precipitano dentro per fermare Noah.

Un momento dopo, Noah è ammanettato. Tutta l'aria viene risucchiata dai miei polmoni. Ho lo stomaco in gola. Riesco a trattenere la birra che ho bevuto prima, ma non so come.

Sto tremando, il bambino piange, e non so come sia potuto succedere tutto questo.

«Lei è la madre del bambino?» chiede l'agente.

«No, sono un'amica di Noah.»

«Quando ha chiamato il 911, ha detto di essere la sua ragazza?» chiede. Apre il suo taccuino, annotando qualcosa. «Come si chiama il bambino?»

Scuoto la testa. «Non... Non sapevo nemmeno che avesse un figlio fino a stasera.»

«Credo che sarebbe meglio se venisse alla stazione di polizia a rilasciare la sua dichiarazione mentre cerchiamo di localizzare la madre del bambino.»

DODICI

NOAH

«Devo stare con mio figlio! Non capite cosa è successo.»

«Papà mi ha picchiato,» ripete Zayn come se fosse l'unica frase che il bambino sa dire. Ed è anche dannatamente incriminante perché ho appena detto a Charlotte che sono il padre del piccolo.

Capisco come appare la situazione, ma lei dovrebbe conoscermi abbastanza bene da capire che non farei mai del male a un bambino.

«Dove state portando mio figlio?» grido agli agenti che scortano Charlotte e Zayn verso l'ascensore esterno.

Nel frattempo, io sono ammanettato e costretto a guardarli andare via.

«Quindi, ammette di essere il padre del bambino?» chiede l'agente con i baffi strani, squadrandomi.

«Ho scoperto dell'esistenza di Zayn meno di una settimana fa.»

«Dov'è la madre?» chiede l'altra agente. Per fortuna, la sua pistola è nella fondina perché sembra pronta a spararmi.

«Immagino sia tornata a casa dal marito violento, Grant Brass.»

«Un'accusa bella grossa da parte di un maltrattatore di minori,» dice l'agente donna, leggendomi i diritti mentre mi scorta all'ascensore.

«Non ho picchiato mio figlio.»

«Certo, è stato l'altro papà.» L'agente ride mentre mi afferra il braccio e mi strattona per farmi seguire.

«Il bambino non mi conosce nemmeno. Si riferisce a Grant Brass.» Provo a spiegare ulteriormente, ma è come parlare a un muro di mattoni.

Mentre vengo scortato fuori dall'edificio, oltre la sicurezza e il portiere, ci sono alcuni ospiti nella hall che scattano foto o registrano video con i loro telefoni.

Meraviglioso, domattina sarà su tutti i notiziari. La mia carriera nell'hockey sarà ridotta in polvere prima ancora che io possa raccontare la mia versione dei fatti.

La cara vecchia Charlotte Grace, la ragazza che mi ha rovinato in più di un modo.

Non c'è traccia di Zayn o Charlotte. «Dov'è mio figlio?» chiedo.

Gli agenti si rifiutano di rispondere mentre vengo scortato sul retro di una volante. È umiliante. Ma niente di questo importa.

Sono seduto dietro, le mani strette nelle manette di metallo.

Ho fatto tutto secondo le regole, sono rimasto lontano dai guai, e ho avuto la mia parte di opportunità, dato il mio status di giocatore professionista di hockey.

Farmi arrestare non faceva parte del piano.

«Ascoltatemi. Non potete rimandare Zayn da sua madre, Jasmine.» Cerco di ragionare con gli agenti mentre mi portano verso la stazione.

«Ah sì, e perché?» uno di loro finalmente mi risponde.

«Lei vive con Grant Brass. È lui che ha fatto questo a Zayn. Jasmine l'ha portato a casa mia per proteggerlo. Può confermare la mia versione.»

«Mmh-mm,» dice l'agente, con tono poco convinto.

———

Gli agenti mi schedanoo, poi mi trascinano nella cella di detenzione, gettandomi dentro e rimuovendo le manette prima di chiudere la porta.

«Non ho diritto a una telefonata? E la cauzione?» Non ho intenzione di passare un altro minuto dietro le sbarre.

«Potrai presentarti davanti al giudice domattina per vedere se ti concede la cauzione,» dice l'agente, con un sorriso compiaciuto. «Questo è quello che ti meriti per aver picchiato un bambino innocente.»

«Non l'ho picchiato, cazzo!» urlo.

Non sono solo nella cella. Sembra più un posto per smaltire la sbornia che altro, stasera. Un uomo è sdraiato sul pavimento e fissa il soffitto. Potrebbe essere fatto. Non sono del tutto sicuro di cosa abbia preso, ma essere qui non sembra turbarlo.

L'altro tizio mi osserva. Ha una barba, sembra un tipo trasandato, ma non ha l'aria di essere ubriaco o drogato. C'è qualcosa in lui che lo fa sembrare oscuro e ruvido. Regale ma non aristocratico.

Faccio del mio meglio per tenere la testa bassa. L'uomo potrebbe essere della mafia per quanto ne so. Sembra una campagna pubblicitaria per *come non finire in prigione ma farla franca con affari loschi*. La sua fortuna è finita.

«Ehi, tu che maltratti i bambini,» dice con il suo forte accento russo, cercando di attirare la mia attenzione.

Fantastico.

«Non ho toccato quel dannato bambino,» dico, alzando lo sguardo verso di lui.

«Mi sembri familiare,» dice. I suoi occhi sono scuri, ma brillano di ilarità mentre mi fissa. La sua mascella ha un fremito quando realizza chi sono.

Ride sottovoce. Una risata profonda e gutturale. Roca.

«Sei uno sportivo. Hockey.» Mi indica mentre mi riconosce, ma forse non è molto bravo con i nomi.

«Squadra Dragons.»

«Ice Dragons.» Non ha senso negarlo. Sarò su tutti i notiziari con quella foto segnaletica dall'espressione impassibile, mentre guardo dritto nella telecamera, contrariato.

«Giusto. Giusto,» dice e mi fa cenno di sedermi accanto a lui. «Mikhail Barinov,» dice, presentandosi.

Non sono sicuro se quel nome dovrebbe significare qualcosa, ma Barinov suona russo, come il suo accento.

Sono finito in una cella con la Mafia russa?

Non è una domanda che scelgo di fare ad alta voce. Meglio tenermela per me se voglio sopravvivere la notte in questo inferno.

«Noah Reece.» Sospiro pesantemente e mi siedo sulla panca accanto a Mikhail. Preferirei non sedermi sul pavimento di cemento lurido che non sembra solo scomodo, ma anche appiccicoso. Non voglio sapere quanti uomini abbiano vomitato o urinato su quel pavimento.

«È vero. Giochi come difensore sinistro nella squadra.»

«Sei un fan?»

Mikhail si stringe nelle spalle. «Non sono mai stato a una partita, ma quando entrambi usciremo di qui, forse prenderò dei biglietti per vederti giocare.»

«Forse?» Non dovrei nemmeno chiedere. Il tipo è pericoloso. Diventare suo amico non è nel mio interesse.

«Dipende se uscirai, campione,» dice, squadrandomi.

Rido sotto i baffi. «Forse ci vedremo lì, ammesso che tu esca,» rispondo, cercando di ribaltare la situazione a mio favore. Non so nemmeno di cosa sia accusato.

«Ho buoni avvocati.» C'è una certa presunzione in lui, e incrocia le braccia sul petto, compiaciuto di sé.

«Per cosa sei dentro?» chiedo.

Ridacchia. «Un consiglio. Non chiedere a un altro detenuto una cosa del genere a meno che tu non voglia *davvero* saperlo.»

La mia bocca diventa momentaneamente secca.

L'agente non avrebbe messo un assassino nella cella di sicurezza insieme a qualcuno accusato di aver fatto del male a un bambino, vero?

Le mie mani si chiudono a pugno. Ogni respiro diventa più forte, più faticoso e marcato. Cerco di mantenere la calma, di fingere di non essere minimamente intimidito, perché combatto con tipi sul ghiaccio quasi ogni maledetto giorno.

Ma questo è diverso.

Lo sento.

«Tentato omicidio,» dice, fissandomi, mantenendo la calma. La sua voce è uniforme e bassa, ferma. «Questo tizio ha toccato un capello di mia figlia. Pensava di poterla attirare nel suo furgone con la promessa di un cucciolo e dei leccalecca. Pensi che l'abbia lasciato andare via e basta?»

La mia voce si blocca in gola.

Il tentato omicidio potrebbe essere una delle accuse, ma il tizio è chiaramente colpevole come il peccato stesso. E non sembra nemmeno pentito.

Sebbene, se qualcuno cercasse di attirare Zayn in un furgone, non posso dire che non perderei la testa e non andrei fuori controllo anche io. Chi sa di cosa sarei capace in quel preciso momento per proteggere mio figlio?

«Quanti anni ha tua figlia?» chiedo, cercando di nascondere il martellare del mio cuore che batte selvaggiamente nel petto.

«Ha quattro anni,» dice. Scioglie le braccia e abbassa lo sguardo sulle sue mani, rivelando il nome *Kira* tatuato in corsivo sulla pelle tra l'indice e il pollice.

TREDICI

CHARLOTTE

Il bambino è seduto sulle mie ginocchia mentre aspetto alla scrivania di un agente per rilasciare la mia dichiarazione.

È passata un'ora dall'arresto di Noah, e ogni secondo sembra lento e doloroso, come se avessi un elefante sul petto.

Ma so di aver fatto la cosa giusta. Dovevo allontanare il bambino dal suo aggressore. È tutto ciò che contava, a costo della relazione.

«Come ti chiami?» chiedo al bambino, che finalmente mi regala un debole sorriso.

«Zayn» sussurra e indica me, «Tu nome?» Le parole si fondono insieme e suonano quasi come un'unica sillaba dalle sue labbra.

Le sue parole sono difficili da decifrare, ma cerco di dar loro un senso. «Io sono Charlotte» dico.

Si stringe a me. «Voglio mamma» dice, e io lo abbraccio protettiva.

«Lo so, piccolo. Stiamo cercando di trovarla per te.»

Un'agente donna che era sulla scena ma che non avevo ancora incontrato si avvicina a noi e si siede alla scrivania. «Sono l'Agente Bradley» dice.

Ha un taccuino in mano e gira la pagina, leggendo velocemente i suoi appunti mentre apre il cassetto della scrivania. Porge a Zayn un lecca-lecca, togliendogli la carta.

«E lei è Charlotte, e questo è Zayn» afferma l'agente, assicurandosi di avere le informazioni corrette.

«Esatto» dico, esalando un respiro tremante. «Sono Charlotte Grace. Non conosco il cognome di Zayn.»

«È Brass» risponde lei, sapendo già più cose sul bambino di quante ne sappia io, che ho passato più tempo con lui. Non molto di più, ovviamente. Solo il tempo di aspettare che l'agente raccogliesse la mia testimonianza.

«Mi può raccontare cosa è successo?» chiede l'Agente Bradley.

Le spiego cosa è accaduto, cosa ha detto Zayn, e indico il suo occhio nero.

«Ha visto Noah Reece colpire il bambino?» chiede l'Agente Bradley.

«Beh, no» dico. «Ma ha un occhio nero.»

«Sì, lo vedo» dice lei.

«Il bambino mi ha detto che è stato suo padre» dico, indicando Zayn, che è seduto sulle mie ginocchia. Lui muove il suo piccolo sederino e guarda l'Agente Bradley con curiosità mentre succhia il suo lecca-lecca all'arancia.

L'agente sorride calorosamente a Zayn. «Puoi dirmi chi ti ha fatto quello?» Indica il suo viso ma non tocca il livido recente.

Lui aggrotta la fronte quando il dito di lei si avvicina, ma si rilassa quando capisce che non gli farà male. «Papà mi ha picchiato.»

«Sai come si chiama il tuo papà?» chiede l'Agente Bradley.

«Papà» dice Zayn, ma la parola esce un po' confusa dal lecca-lecca che stringe come se da quello dipendesse la sua vita.

«Va bene, così non funziona» dice Bradley. Mette giù il taccuino e digita velocemente sullo schermo del computer sulla scrivania davanti a lei.

«Mi dispiace, non so molto altro» dico.

L'agente continua a digitare sulla tastiera per un altro minuto prima di appoggiarsi allo schienale.

«Sono riuscita a rintracciare l'indirizzo e il numero di telefono di sua madre. La chiamerò per farle venire a prendere il bambino, così non dovremo coinvolgere i servizi sociali.»

«Bene,» dico, accarezzando la schiena di Zayn. Odio l'idea che possa finire nel sistema, anche solo per una notte.

———

Rimango seduta alla scrivania dell'agente quando una coppia entra nella stazione di polizia. Dal mio posto, osservo attentamente la donna, e lo stesso fa Zayn.

«Mamma!» esclama Zayn con gioia.

«Oh, bene, eccolo qui,» dice lei, sforzando un sorriso. Mentre si avvicina, sotto la dura luce fluorescente, il correttore che la donna ha tamponato sulla guancia e sotto l'occhio traspare abbastanza da rivelare che Zayn non è l'unico con un occhio nero.

Dietro di lei, un tipo robusto la segue da vicino. Indossa un cappello e occhiali da sole, come se stesse cercando di passare inosservato. È buio fuori, e non si è tolto gli occhiali neanche dentro.

Nonostante il suo cosiddetto travestimento, riconosco il suo viso. Grant Brass. Gioca per gli Island Bruisers.

«Mamma!» Zayn scende dalle mie ginocchia e alza le braccia perché la donna lo prenda in braccio.

«Ho solo alcune domande,» dice l'agente Bradley, fissando Jasmine e Grant.

«Papà,» Zayn indica Grant e si stringe ancora di più tra le braccia di Jasmine.

Grant guarda l'orologio e si sposta da un piede all'altro. «Le domande sono davvero necessarie?» chiede. «Avete trovato nostro figlio. Voglio portare lui e mia moglie a casa. Domani ho una giornata impegnativa.»

«Sì, capisco, ma ho un'indagine da condurre, viste le accuse di abuso.»

«Abuso per mano di quel giocatore di hockey psicopatico, Noah Reece. Farete bene a tenerlo dietro le sbarre e buttare via la chiave,» dice Grant con aria compiaciuta.

«Signore, se non le dispiace seguirmi così possiamo parlare...» dice l'agente Bradley, cercando di riprendere il controllo della situazione.

«Mi dispiace eccome,» dice Grant. «Ho la mia famiglia, ho finito. È ora di andare a casa.»

«Non potete ancora andarvene,» dice l'agente Bradley. «Devo prendere la sua deposizione insieme a quella di sua moglie.»

«Ah no? A meno che non ci stiate trattenendo e accusando di un crimine, non potete tenerci qui.» Avvolge un braccio attorno alle spalle di Jasmine e la conduce con forza fuori dalla stazione di polizia, insieme a Zayn.

Mi si stringe lo stomaco quando mi rendo conto del mio errore, avendo consegnato il bambino direttamente nelle braccia del suo aggressore. «Vorrei ritirare le accuse contro Noah Reece,» dico, guardando l'agente Bradley.

Lei emette un pesante sospiro. «È stato un gran casino stasera,» mormora, scuotendo la testa con sgomento. «La prossima volta che fai un'accusa, assicurati di stare dalla parte giusta,» mi avverte.

Come se non sapessi già di aver fatto un casino. Sono nauseata e confusa quando mi rendo conto che non solo ho potenzialmente rovinato la vita di Noah, ma anche del pericolo in cui ho messo Zayn.

«Cosa succede adesso?» chiedo. «Ha visto l'occhio nero che aveva Jasmine in faccia.»

«Devo coinvolgere i servizi sociali e far iniziare un'indagine. Nel frattempo, fammi vedere come ritirare le accuse e far rilasciare il tuo ragazzo. Resta qui.»

Più facile a dirsi che a farsi. Mi sento uno schifo, e

posso solo immaginare quanto Noah mi odi dopo quello che ho fatto.

QUATTORDICI

NOAH

Esco dalla stazione di polizia, e c'è una folla di reporter che si accalca con le telecamere pronte e le riprese in corso.

«Noah, cosa hai da dire sulle accuse di abuso su minore mosse nei tuoi confronti dalla tua ragazza?» chiede una giornalista.

Mi spinge il microfono in faccia, e faccio un respiro profondo, trattenendomi dal ficcarglielo su per il sedere.

Non è la sua battaglia. Sta solo facendo il suo lavoro.

Anche se odio la stampa e i paparazzi, trasformano la versione dei fatti nella storia che farà più vendite. Non si tratta mai della verità.

«Nessun commento,» dico, seguendo il consiglio del mio avvocato quando l'ho chiamato dalla stazione dopo che le accuse sono state ritirate. Avevo bisogno di sapere quali sarebbero stati i passi successivi per allontanare Zayn da Grant e riportarlo a casa con me.

È un processo lungo, secondo lui, lottare per la custodia. E tutto ciò che faccio davanti alle telecamere può essere forgiato in una buona o cattiva campagna per i loro avvocati.

L'unica soddisfazione che provo è che anche Grant sarà sotto lo stesso scrutinio. E sicuramente commetterà un passo falso.

L'aria fredda e pungente è ancora più gelida quando poso gli occhi su Charlotte. È appostata all'ombra sul marciapiede. Il suo labbro inferiore stretto tra i denti mentre guarda dal suo cellulare a me.

«Mi dispiace tanto, Noah,» dice, avvicinandosi a me sotto il lampione. «Mi sento male per tutta questa situazione, se avessi saputo...»

Alzo una mano per fermarla. Non voglio sentire le sue scuse patetiche. La parola rabbia non inizia nemmeno a descrivere il furore che cresce dentro di me. E non ho altra scelta che domarlo, visto che i reporter stanno filmando la nostra conversazione.

«Mio figlio è con quel mostro a causa *tua*,» ringhio contro di lei. Quello che ha fatto è imperdonabile. Il taxi arriva proprio in tempo. Non credo che potrei sopportare un altro secondo con Charlotte o essere nelle sue vicinanze senza urlarle contro. «Non voglio mai più vederti.»

Strattono la portiera posteriore del taxi e salgo, dando all'autista l'indirizzo del mio avvocato.

Non mi volto a guardare Charlotte. Non merita un altro secondo del mio tempo. Quello che avevamo è finito.

Sul sedile posteriore del taxi, il mio telefono vibra per un messaggio. Mi aspetto a metà che sia Charlotte con un'altra scusa, il che mi ricorda che devo bloccare il suo numero, ma il suo telefono è rotto, quindi dubito che la sentirò almeno per stasera.

Il messaggio è dell'allenatore.

Malone: Nel mio ufficio alle 9.

Borbotto e mi muovo a disagio sul sedile posteriore del taxi. «Tu sei quel giocatore di hockey, vero?» chiede l'autista. Il suo sguardo incrocia il mio nello specchietto retrovisore prima di concentrarsi di nuovo sulla strada.

«Sì, sono io.» Non aggiungo altro.

«Posso avere un autografo per mio figlio?»

«Certo,» dico. «Anche se non ho niente da firmare, né una penna.»

Quando ci fermiamo a un semaforo, mi porge un blocco di carta e una penna. «Forse potremmo fare una foto quando arriviamo a destinazione?» chiede il tassista. «Mio figlio ne sarebbe entusiasta.»

«Certo.» Forzo un sorriso.

La radio nel taxi, una stazione di notizie locali, snocciola il bollettino meteorologico. Un'altra giornata fredda e amara domani, seguita da possibili nevicate.

«Cosa stavi facendo alla stazione di polizia?» chiede, guardandomi di nuovo nello specchietto retrovisore. «Aiutando un amico? Ho sentito che voi ragazzi avete fatto una raccolta di cibo lo scorso inverno alla stazione di polizia della zona nord.»

Il reporter della stazione radio fornisce un notiziario aggiornato con il sottoscritto come protagonista.

Tra le altre notizie, Noah Reece, giocatore professionista di hockey degli Ice Dragons, è stato arrestato e rilasciato dopo le accuse di abuso su minore da parte della sua nuova ragazza. Altri dettagli sulla storia dopo questi messaggi.

«Sei stato arrestato?» chiede il tassista e si muove a disagio sul sedile del conducente. Le sue mani rimangono sul volante, la sua presa stretta.

«Non ho picchiato mio figlio, è stato il suo patrigno a farlo, ma a nessuno interessa la mia versione dei fatti. Puoi cambiare stazione radio?» borbotto e incrocio le braccia sul petto.

Quando il tassista mi lascia, non scende per quella foto che aveva richiesto, e sono abbastanza sicuro di averlo visto appallottolare l'autografo che ho fatto per suo figlio e gettarlo sul pavimento dal lato del passeggero.

La mia reputazione è stata rovinata, tutto da una

misera telefonata e un'accusa per un crimine che non ho commesso.

Metterei la mia vita in pericolo e mi butterei davanti a un autobus in corsa piuttosto che permettere che succeda qualcosa a Zayn.

Come ha potuto Charlotte non capire questo di me?

Mi dirigo all'indirizzo che il mio avvocato mi ha dato. Mi rendo conto solo una volta arrivato che si tratta del suo appartamento, non del suo ufficio. Mi fa entrare, e abbiamo una breve discussione sui passi successivi per riavere Zayn e su come funziona il processo.

«Ho bisogno che tu ti presenti davanti alle telecamere dopo la tua partita di hockey.»

«Perché?» chiedo. Odio i media. Tutto ciò che li riguarda mi fa accapponare la pelle. Non c'è nemmeno la minima possibilità che le domande dell'intervista riguardino la partita di hockey. Mi bombarderanno con l'arresto, le accuse e il fatto che ho un figlio e non sono stato presente per lui, tralasciando il fatto che non sapessi nemmeno della sua esistenza.

Inevitabilmente, sarà colpa mia perché è così che funzionano le notizie.

«Mi stai dicendo che Grant non manipolerà questa storia in centinaia di modi diversi per farti apparire male?»

Ha ragione. È per questo che l'ho assunto, perché è il migliore. Questo non significa che sono contento del suo consiglio. «Va bene.»

«E fammi un favore, cerca di sembrare felice. Vuoi che la gente ti apprezzi, perché quel giudice vedrà e sentirà cose che non possono essere dimenticate. Anche se giurano di non basare le loro decisioni sulle informazioni dei media, tutti hanno dei pregiudizi, anche quando non ne hanno l'intenzione.»

«Meraviglioso,» dico forzando un sorriso.

«Pensa solo, Noah, che lo stai facendo per Zayn.»

———

Dopo essere tornato a casa dall'avvocato, ho bisogno di rilassarmi. La mia mente corre, il cuore non smette di battere forte, e desidero disperatamente farmi una doccia dopo aver trascorso del tempo in quella cella di prigione.

Quell'assassino, il russo, è uscito di prigione?

Non sono preoccupato che possa trovarmi. Non ho nessun problema con lui, ma in qualche modo io sono al centro della notizia quando è lui quello che praticamente ha ammesso di aver ucciso un uomo.

E io sono quello innocente.

Il mondo delle celebrità nel suo splendore. Questo mondo è completamente distorto.

Lancio il telefono sul letto e mi spoglio per una bella doccia calda. Non è rilassante come vorrei, con i pensieri che mi turbinano in testa e la rabbia che cova nei confronti di Charlotte.

Provavo dei veri sentimenti per lei, e ha rovinato tutto. Mi sta bene per aver pensato che un giorno avrei potuto avere di nuovo una ragazza.

Le donne deludono sempre.

Prima Jasmine, che mi ha tradito e ha sposato quello stronzo sinistro di Brass.

L'acqua della doccia è bollente e mi lascia la pelle arrossata, ma mi sento insensibile mentre mi scorre addosso dalla testa ai piedi.

E la dolce, adorabile Charlotte che mostra i suoi veri colori astuti quando ha tirato fuori gli artigli per distruggermi.

Le dispiace.

Pfft.

Non ci credo. Il dispiacere non giustifica né cancella quello che ha fatto. Ha rimesso mio figlio nelle braccia del suo aguzzino.

Mi lavo i capelli e insapono il corpo mentre l'acqua si raffredda prima di diventare gelida. Chiudo il getto e afferro un asciugamano da avvolgere intorno alla vita prima di uscire dal bagno ed entrare nella mia camera da letto.

Non sono per niente stanco, ma devo dormire se domani mattina devo incontrare Malone, il che mi ricorda che devo rispondere al suo messaggio.

Dirigendomi verso il comò, prendo un paio di boxer e li indosso dopo essermi asciugato completamente con l'asciugamano.

Prendo il telefono dal letto e vedo che i miei messaggi sono esplosi. Ci sono dozzine di messaggi dai miei compagni di squadra. Sembra che abbiano tutti sentito dell'arresto ormai.

Rispondo a Malone, facendogli sapere che sarò lì di buon'ora, solo per lui.

Mi lascio cadere sul materasso, con il telefono in mano, fissando il soffitto prima di scorrere i messaggi. Praticamente ogni compagno di squadra degli Ice Dragons mi ha scritto, oltre alla chat di gruppo principale che Kyler ha creato con alcuni dei ragazzi con cui è più in confidenza.

Kyler: Ha davvero chiamato la polizia e ti ha fatto arrestare?

Jasper: Arrestato?!? Chi è stato arrestato?

Parker: Sorprendentemente, non tu!

Jasper: Non è divertente. CHI È STATO ARRESTATO?

Kyler: Smettila con le maiuscole!

Asher: Beh, non gli hai risposto.

Jasper: GRAZIE.

Asher: Ok, adesso sta diventando fastidioso.

Parker: Chase?

Kyler: Potresti pensarlo, ma no.

Aiden: Ci farai indovinare?

Parker: Chi è nella chat ma non ha ancora risposto?

Jasper: Noah!

Asher: Noah

Aiden: Owen

Kyler: Due su tre non è male.

Jasper: Questo è il mio dito medio per te, fratello.

Parker: Perché è stato arrestato?

I ragazzi si stanno scambiando messaggi mentre fisso lo schermo e finalmente aggiungo il mio contributo.

Noah: Perché la mia ex ragazza è un'idiota.

Kyler: Jasmine?

Jasper: Non mi è mai piaciuta.

Parker: Perché Jasmine ti avrebbe fatto arrestare?

Mi passo le dita tra i capelli con frustrazione. Non voglio entrare nei dettagli con i ragazzi su quanto accaduto, almeno non via messaggio, ma loro non mollano.

Owen: Passatemi i popcorn.

Asher: Sei uno stronzo.

Owen: Io?

Chase: Scusate, la mia ragazza mi stava facendo un pompino. Noah è stato arrestato?

Asher: Grande, Chase!

Jasper: OMG

Kyler: Nessun commento.

Jasper: Questo è precisamente un commento.

Questi ragazzi, giuro, saranno la mia morte. Non posso fare a meno di ridere, anche dopo la giornata di merda che ho avuto, e mi strofino gli occhi. Mi bruciano per aver riso così forte. Giuro che stanno cercando di farmi piangere.

Noah: Smettetela di farmi esplodere il telefono, idioti.

Kyler: Smettila di omettere i dettagli succosi. Detenuto.

Noah: Va bene. Charlotte ha chiamato la polizia. Mi ha fatto arrestare lei.

Asher: Che fregatura.

Jasper: Cavolo. Devo chiamare Amber.

Noah ha abbandonato la chat.

Non riesco a sopportare le loro buffonate stasera. Fortunatamente, nessuno dei ragazzi mi aggiunge di nuovo alla chat e se stanno discutendo della mia disastrosa vita sentimentale e dell'arresto, almeno non devo leggerlo. Spengo le luci e cerco di dormire qualche ora.

Domani giochiamo in casa contro i Wolverines, e devo dare il massimo, soprattutto se devo parlare con Coach Malone per farmi mettere a disposizione della stampa dopo la partita.

Per metà della notte, mi rigiro nel letto, preoccupato per Zayn. L'altra metà la passo cercando di immaginare cosa dirò davanti alla stampa, come convincerli che è tutto un malinteso e che non sono il bruto violento che pensano io sia.

———

«Noah, vieni a sederti,» dice Malone mentre mi accoglie di buon'ora nel suo ufficio.

Sto andando avanti con circa tre ore di sonno e già due tazze di caffè. Ho giocato con meno sonno, ma ci sono altre cose che mi fanno girare la testa, principalmente Zayn.

Il mio avvocato non ha ancora aggiornamenti. Sta contattando l'avvocato di Jasmine per scoprire se mi ha davvero assegnato la custodia esclusiva e se è stato emesso un ordine restrittivo contro Grant Brass. Ne dubito.

«Sembri stare in piedi a malapena.»

«Si nota così tanto?» chiedo. Mi passo le dita tra i capelli, cercando di mantenere un minimo controllo. «È stata una lunga notte.»

Malone annuisce. «Non me lo dire. Ho sei diversi reporter che chiedono informazioni sul tuo arresto. È su tutte le testate che avresti aggredito tuo figlio. Non sapevo nemmeno che avessi un bambino!»

Faccio una smorfia. Suppongo di aver nascosto alcune cose al Coach. «È tutto piuttosto recente. Ho scoperto dell'esistenza di Zayn solo da poco, e il test di paternità ha confermato che è mio figlio la settimana scorsa.»

Mi fissa. «Era di questo che tu e i ragazzi stavate discutendo l'altro giorno,» dice come se improvvisamente tutto gli fosse chiaro.

«La prossima volta, vieni da me,» dice Malone. «Lascia che sia io a occuparmi dei ragazzi, dei media, di tutto. Hai fatto un bel pasticcio, ragazzo.»

Mi trattengo dal dirgli che non sono un ragazzo e mi mordo la lingua. Coach Malone ha sempre buone intenzioni. È un brav'uomo e cerca di proteggere la squadra il più possibile, ma a volte ha le mani legate.

«Sì, signore,» dico, mostrandogli il rispetto che sicuramente si aspetta da me.

«Suppongo che questo scandalo di abusi sia solo questo, uno scandalo,» dice Malone, guardandomi direttamente negli occhi.

«Giuro che non ho mai colpito Zayn. Jasmine si è presentata alla mia porta, ed entrambi avevano un occhio nero.»

Stringe le labbra e il suo sguardo si fa più intenso. «E le accuse della tua ragazza?»

«Non ha visto nulla. È arrivata e ha visto un bambino con un occhio nero che piangeva. E per la cronaca, signore, non è la mia ragazza,» dico, rapido a troncare quel titolo prima che finisca sui giornali. Lei non è niente per me.

«Ex ragazza,» dice Malone e si schiarisce la gola, correggendosi. «Bene. Quindi, posso presumere che non continuerà a essere un problema.»

QUINDICI

CHARLOTTE

Ho fatto un errore madornale. Dopo quello che è successo la notte dell'arresto, Noah non risponde alle mie chiamate né ai miei messaggi.

Ho preso un nuovo telefono, con lo stesso numero, quindi sa che sono io. E mi sono scusata ripetutamente tramite messaggi vocali e di testo. Posso solo presumere che ormai mi abbia bloccata.

Gli ho mandato un biglietto di scuse. È tornato indietro al mittente. Non si è nemmeno preoccupato di aprirlo.

Certo, se la situazione fosse invertita, neanch'io vorrei perdonarlo, ma ho commesso un errore.

Non so cos'altro fare.

Andare avanti?

Più facile a dirsi che a farsi.

«Stasera esci con me,» dice Amber. «Sono stanca di vederti così abbattuta, e poi non abbiamo festeggiato il mio compleanno insieme.»

«Sono abbastanza sicura che il mio invito alla tua festa di compleanno sia stato revocato,» dico, fissandola.

Amber fa una smorfia. «Noah ti ha chiesto di non venire, e io non potevo non invitare il mio ragazzo e mia sorella. Mi dispiace. Sono un'amica terribile?»

Scuoto la testa. Non posso rimanere arrabbiata con Amber. Avrei potuto uscire solo con lei per festeggiare, ma i nostri orari sono stati frenetici nelle ultime settimane. «No, me la sono cercata da sola.»

E poi, non è che posso andare a casa sua. Vive con Jasper, e mi sento esclusa dal loro gruppo. Non che lui abbia detto qualcosa esplicitamente. Mi sento in colpa per quello che ho fatto a Noah, anche se non era intenzionale. Odio sapere di averlo ferito.

L'unica cosa peggiore di averlo ferito è che ho consegnato suo figlio a un violento.

«Dai, usciamo stasera. Divertiamoci. Dimentichiamoci di tutta la follia che è successa ultimamente. Potresti persino trovare un ragazzo attraente con cui passare la notte se sei fortunata.»

«Non sono interessata ad avventure al momento.»

Amber mi fissa, poco convinta. «Certo, giusto. Come vuoi.»

«Sul serio!»

«Perché sei ancora cotta di Noah?» chiede Amber, alzando le sopracciglia in modo ammiccante.

Stringo le labbra, riflettendo su come rispondere. «Non merito di essere felice finché Noah e suo figlio non saranno riuniti.»

Amber esala pesantemente e viene a sedersi accanto a me sul divano. «È una richiesta esagerata. Insomma, sta facendo tutto il possibile, legalmente, per ottenere l'affidamento, ma non è un processo che avviene dall'oggi al domani. A quanto pare la madre, Jasmine, non vuole più rinunciare alla custodia di suo figlio. Qualcosa a proposito di suo marito che promette di non picchiarli mai più. E sta facendo causa per la custodia esclusiva.»

«Che stronzata!» Mi alzo, camminando avanti e indietro per il mio appartamento, che non mi offre molto spazio. «Non può fargli questo.»

«Sì, lo so. È proprio una stronza,» dice Amber. «Voglio dire, questa donna ha tenuto nascosto a Noah il fatto che fosse padre, poi ha sganciato la bomba e non vuole il suo coinvolgimento. Che razza di persona fa così?»

Amber sembra sapere più cose di Jasmine rispetto a me.

Tira su le gambe accanto a sé sul divano, osservandomi mentre continuo diligentemente a camminare per la stanza. «Finirai per rovinare il tuo pavimento in legno se continui così.»

«È laminato,» dico e forzo un sorriso. «Cosa sai di Jasmine?» Noah non mi ha detto nulla. Quell'uomo è pieno di segreti.

È stato su tutti i notiziari, con la stampa che lo intervistava sull'arresto, le accuse e le sue prestazioni durante le partite più recenti che ha giocato. È sempre sorridente e gentile e riesce a placare la stampa con una risata.

Ma c'è di più dietro la superficie e il sorriso artificiale che mostra.

Ha chiarito che l'argomento di suo figlio è off-limits. Che è in una battaglia per la custodia in corso e non può commentare ulteriormente la questione.

«Jasmine è la sua ex ragazza. Questo è tutto quello che so da Jasper. Ho sentito che lo ha tradito ed è scappata per sposarsi con il suo attuale marito, Grant Brass. Non so però se sia un fatto accertato.» Amber scende dal divano e mi afferra il braccio. «Basta parlare di Noah. Usciamo.»

Quaranta minuti, mezza bottiglia di lacca per capelli e sei cambi d'abito dopo, siamo finalmente pronte per andare nei locali. Amber ha insistito per farmi il trucco e scegliere i miei vestiti per stasera.

Indosso una gonna di pelle nera e una maglietta rossa che copre a malapena il mio ventre. È sexy da morire, ma non la indossavo da secoli.

Ha anche insistito perché indossassi gli *stivali del sesso*, come lei chiama i miei stivali di pelle che si allacciano fino alle ginocchia. Sono sexy, ma non sentivo né loro né l'outfit finché non li ho indossati entrambi.

Giurerei che si è messa in testa di farmi portare qualcuno a letto stasera.

Do un'occhiata allo specchio mentre mi passo il rossetto rosso fuoco sulle labbra. Cavolo, sono davvero sexy, ma non sono sicura che un'avventura occasionale possa riparare un cuore spezzato.

«Andiamo!» grida Amber, praticamente trascinandomi fuori dall'appartamento. Di solito sono io a fare così, insistendo perché venga con me alle feste universitarie o nei bar per una serata divertente.

Stasera, voglio restare a casa, starmene in pigiama e mangiare una ciotola di gelato Rocky Road, che mi sembra appropriato perché descrive perfettamente la mia attuale vita sentimentale.

Camminiamo insieme verso la metropolitana più vicina.

«Ti dispiace se andiamo al locale vicino a casa mia?» chiede Amber.

Onestamente, stasera non ho preferenze. «Come vuoi tu. È il tuo compleanno che stiamo festeggiando.» Forzo un sorriso, facendo del mio meglio per entrare nell'atmosfera di una serata di balli e drink.

«Perfetto. C'è un nuovo bar. È super carino e alla moda. Volevo andarci con Jasper, ma è stato così occupato questa stagione che non siamo usciti quanto avremmo voluto.»

«Ti ho sempre considerata più una casalinga.»

«Oh, lo sono, ma a Jasper piace portarmi fuori, e a me non dispiace essere il suo gioiellino al braccio,» dice Amber.

Attraversiamo la città insieme, e c'è già una fila che comincia a formarsi per il bar dove Amber vuole entrare. Ci mettiamo in coda, l'aria fredda aggredisce le mie cosce. Tutto ciò che sta sopra i miei stivali è gelido.

La fila si muove lentamente e do un'occhiata al mio telefono.

«Aspetti una chiamata o un messaggio?» osserva Amber. Mi legge dentro.

Scuoto la testa e infilo il telefono nella borsa. «Nessuna possibilità che Noah accetti le mie scuse, vero?»

Amber si stringe le labbra e mi fissa. «La verità?»

«Lo so. Mi odia per quello che ho fatto. Ma non avevo idea che avesse un figlio! Non è che mi abbia detto di essere padre. Come potevo sapere cosa stava succedendo?»

«Parlando. Comunicando,» dice Amber. «Capisco. Se tornassi a casa e trovassi Jasper con un bambino con l'occhio nero, probabilmente prenderei a pugni Jasper io stessa e poi chiamerei la polizia, pensando che abbia rapito il bambino.»

Rido sottovoce. «Beh, il bambino lo ha chiamato papà.»

«L'ha fatto?» chiede Amber, fissandomi intensamente. «O è quello che hai creduto di sentire?»

Avanziamo mentre la fila si muove molto lentamente.

Apro la bocca e la richiudo. «Il bambino ha detto che

suo padre l'ha colpito.» Questo, lo ricordo. È impresso nella mia mente.

«E sono abbastanza sicura che Noah mi abbia detto di essere suo padre.»

«Abbastanza sicura?»

«Lo ha fatto,» dico, riaffermando la mia posizione. «Non che importi. Non risponde alle mie chiamate o ai messaggi. Gli ho persino scritto una lettera di scuse, e me l'ha rimandata per posta. Non l'ha nemmeno aperta. Gli manderei dei fiori, ma dubito che gli interessino cose del genere.»

«L'hai fatto arrestare,» dice Amber, fissandomi con decisione. «E poi hai rimandato suo figlio nelle mani dell'uomo che lo ha maltrattato.»

«Lo so!» Faccio una smorfia. «Mi sento uno schifo. Okay?»

Amber annuisce e mi appoggia una mano sul braccio. «Andrà tutto bene. Sta combattendo per la custodia completa.»

«L'ho sentito al telegiornale,» dico, «della battaglia per la custodia. Non sapevo fosse per la custodia totale, ma ha senso.»

«Basta parlare del tuo ex,» dice Amber mentre ci avviciniamo all'ingresso del locale. Tiro fuori il documento d'identità mentre siamo le prossime a entrare nel club. «Siamo qui per divertirci. Riesci a immaginare questo posto dopo le nove di sera?»

La musica si riversa dalla porta aperta mentre il buttafuori lascia entrare solo poche persone alla volta. Sono impaziente di lasciare la strada, bere, ballare e dimenticare tutte le schifezze che stanno accadendo in questo momento, compreso il prossimo gala di beneficenza.

Dopo esserci congelate il sedere fuori, veniamo finalmente fatte entrare nel locale. È rumoroso, e la musica pulsa, facendo vibrare il pavimento.

«Andiamo a prendere da bere. Offro io,» grido ad Amber indicando il bar. La prendo per mano, assicurandomi che non ci separiamo nel caos del club.

Mi segue da vicino e ordiniamo quattro shot da dividere, buttandoli giù in pochi secondi prima di avviarci sulla pista da ballo.

Non devo convincerla a ballare. Si unisce a me, entrambe buttiamo la testa all'indietro godendoci il ritmo. Balliamo e ci muoviamo ondeggiando, la musica è elettrizzante. «Seguimi,» dice, prendendomi per mano e trascinandomi più in profondità nella folla. «Scusa, mi è sembrato di vedere qualcuno.»

«Il tuo ragazzo?» La sto prendendo in giro. Gli Ice Dragons non giocano stasera, ma non so cosa stiano facendo Jasper e la squadra adesso.

«Mia sorella.»

«Ci stiamo nascondendo o andando verso di lei?» chiedo. Amber ed Emerson hanno un rapporto strano per essere sorelle. Non sembrano particolarmente vicine, da quello che ho visto e da come Amber parla della sorella maggiore.

Amber ride, guardandomi da sopra la spalla. «Non devo più nascondermi da lei. Ho ventun anni,» dice con orgoglio.

Non c'è traccia di Emerson, ma il posto è affollato. Sarebbe difficile trovare chiunque nella folla.

Continuiamo a ballare per un po' prima che io indichi il bar. «Da bere?» chiedo, mentre la leggera ebbrezza sta già svanendo.

«Sì!» grida Amber e mi segue verso il bancone, dove ordino sei shot per noi. «Stai cercando di farmi ubriacare?»

«Questo è il piano,» dico, desiderando di dimenticare momentaneamente tutte le stronzate che stanno succedendo ultimamente.

«Sì!» squittisce Amber con gioia, e prendiamo i nostri bicchierini e li facciamo tintinnare insieme prima di buttarli giù simultaneamente.

Restiamo al bancone per qualche minuto, Amber si siede sullo sgabello mentre io rimango in piedi accanto a lei.

«Ci sono bei ragazzi là fuori?» chiede, sorridendomi.

«Dimmelo tu.»

«Io ho un fidanzato. Tu hai bisogno di scopare!»

È rumorosa, ma la musica copre la maggior parte della conversazione. Borbotto: «Non voglio un cazzo qualsiasi.»

Gli occhi di Amber si spalancano e ridacchia profusamente. «Tu vuoi il cazzo di Noah,» dice con un sorriso sfacciato.

«Ma lui non vuole nemmeno ascoltare le mie scuse.»

«Dovresti venire da me stasera. Fare un pigiama party. Jasper e Noah stanno passando la serata insieme. Possiamo fare i popcorn e guardare un film sdolcinato.»

Prendo il telefono dalla pochette.

«Che stai facendo?» chiede Amber, sporgendosi per guardarmi.

«Lo chiamo.»

«Non risponderà.»

Ha ragione. Noah non risponderà, ma non devo chiamare Noah per raggiungerlo. «Sto chiamando il tuo fidanzato,» rido. «Qual è il numero di Jasper?»

«Non ci provare con il mio fidanzato.» Il sorriso scompare dal suo viso mentre mi squadra. La ragazza non potrebbe mai giocare a poker perché ha troppi segni rivelatori.

«Rilassati. Dobbiamo farli venire qui. Jasper ti verrà a prendere se mentiamo e diciamo che sei ubriaca. Giusto? Poi ci porterà a casa tua per farci riprendere e Noah sarà lì.»

«Io sono ubriaca,» dice Amber.

«Bene. Così, sii convincente.»

Amber cade dallo sgabello addosso a me, ridacchiando mentre la spingo di nuovo sul sedile prima che qualcun altro lo prenda.

«Fai così quando arriva. Va benissimo.»

«Fare cosa?» chiede Amber, fissandomi, ridendo. «Lo sgabello sta girando.»

Le sorrido. «Non è vero.»

«Sì, invece! È come una di quelle giostre che girano al luna park. E a Noah non piacerà se vieni. Ti odia già.»

Ignoro il suo commento su Noah. È arrabbiato con me. Non mi odia. C'è differenza. Ho fatto un casino e prima lui capisce che mi dispiace, prima potremo tornare ad essere almeno amici.

«Dammi il tuo telefono,» dico, rimettendo il mio nella borsa. Non sono sicura che Jasper risponderà se lo chiamo io.

Amber mi spinge addosso tutta la sua borsa. Prendo

il suo telefono, lo sblocco usando il suo anno di nascita come codice, e trovo il numero di Jasper.

Premo chiama, e lui risponde dopo due squilli.

«Avete già finito al club?» chiede Jasper rispondendo al telefono, riconoscendo il numero di Amber. Non c'è nemmeno un classico saluto di *ciao*.

«La tua fidanzata pensa che lo sgabello del bar sia una giostra.»

«No!» strilla Amber ridendo sopra la musica e avvicina le labbra al telefono. «È come una di quelle tazze rotanti.»

«Sto arrivando. Dove siete?»

Gli do le informazioni e mi mordo la lingua. «Spero di non interrompere i tuoi piani per stasera,» dico.

«Cerca solo di non farle fare niente di stupido. Okay?» Jasper attacca e rimetto il telefono di Amber nella sua borsa, restituendogliela.

«Vuoi ballare finché non arrivano i ragazzi?» le chiedo.

Amber scuote la testa e fa una smorfia. «Non credo

di poterlo fare,» dice e fa una faccia. «La stanza deve smettere di girare.»

Avevo dimenticato quanto poco regga l'alcol la mia migliore amica. «Ti senti male? Vuoi che ti porti in bagno?» chiedo, preoccupata per lei.

«Oddio, spero di no,» mormora. «I compleanni dovrebbero essere divertenti.» Borbotta a bassa voce.

Appoggio una mano sulla sua spalla. «Stai bene?»

«Sì, ma c'è Atlas Storm.»

Non ho bisogno di chiedere chi sia per conoscere Atlas. È in uno dei mie corsi all'università e sembra che anche Amber lo conosca. È il fratello minore di Knox Storm, il giocatore stella degli Island Bruisers.

«Ehi, ragazze,» dice Atlas, avvicinandosi con una birra in mano. Ci guarda come se stesse decidendo se è interessato o meno in base al nostro aspetto. Se il suo sguardo che ci scruta non è già abbastanza oggettificante, il fischio e il suo malvagio ghigno da lupo mi fanno venire la pelle d'oca.

«Non siamo interessate,» dico, rendendo chiaro che non succederà nulla. Farebbe meglio a passare alla prossima donna con cui vuole provarci.

Atlas sorride, con lo sguardo fisso su di me. «Sei sicura, principessa? Ho sentito che tu e Noah Reece vi siete lasciati. Ti prometto che sono molto meglio a letto di quanto lui possa essere, e non deluderai il tuo papà.»

Mi sposto a disagio sui piedi. «Mio padre non sceglie i miei appuntamenti, e credimi, qui non c'è assolutamente chimica.» Indico lo spazio tra noi. «Sento più scintille vicina a un sasso che accanto a te.»

Lui ridacchia e sorseggia la sua birra. «È un peccato.»

«Sparisci, Atlas.» So cosa sta cercando di fare. L'ha detto lui stesso, vuole entrare nelle grazie di mio padre, il capo degli Island Bruisers. Probabilmente si sta iscrivendo al draft della NHL e vuole un posto garantito.

«Andiamo,» dice, facendo un passo più vicino. Mette la mano sul mio braccio, con le dita ferme ma senza farmi male. «Ho visto come mi guardi in classe. Potremmo essere qualcosa di grandioso insieme.»

In classe, ci prova con ogni ragazza in gonna.

Non mi sta usando per ottenere una scelta al draft. «Chiedi aiuto a Knox. Io non sono la tua ragazza. E toglimi le mani di dosso, Atlas.» Cerco di liberarmi dalla sua presa, ma la sua stretta si rafforza, e l'altra mano mi circonda il fianco.

«Non lo faccio per la scelta al draft,» si china e sussurra.

Non gli credo.

«Toglile le mani di dosso,» risuona la voce di Noah dietro di me.

«Ce ne andiamo,» dice Jasper, venendo al mio fianco e aiutando Amber ad alzarsi.

Atlas allenta la presa e alza le braccia in una finta resa. «Scusa, amico. Non sapevo che stavate ancora insieme,» dice, cedendo come se io fossi proprietà di Noah e gli appartenessi.

«Andiamo,» ringhia Noah nel mio orecchio. Afferrandomi il braccio, mi trascina fuori dal bar con Jasper e Amber al seguito.

Uscendo nell'aria fredda, allenta la presa su di me. «Devi sempre cacciarti nei guai ovunque vai?» chiede Noah, con un tono tagliente, e io stringo le labbra.

Non credo stia cercando una risposta.

«Dov'è la macchina?» chiede Amber, barcollando mentre cammina. Jasper le circonda la vita con un braccio per aiutarla a stare in equilibrio.

«Siamo solo a un paio di isolati da casa. Non sarei riuscito a parcheggiare molto più vicino,» dice lui.

Chiamare Jasper è stata una cattiva idea.

Il calore dello sguardo di Noah mi fa stringere lo stomaco, o forse sono finalmente gli shot che fanno effetto. Non posso essere sicura di cosa mi faccia sentire peggio. Lui non vuole stare vicino a me. Perché ho pensato che interrompere la loro serata fosse una buona idea?

«Prenderò la metropolitana per tornare a casa,» dico vigliaccamente, e mi dirigo nella direzione opposta.

Noah sbuffa sottovoce. «Non ci andrai da sola.» I suoi passi si adeguano ai miei, anche quando accelero. Non mi tocca. Le sue mani rimangono lungo i fianchi.

Ci avviciniamo alla stazione della metropolitana, ma un cartello ci avvisa di un lungo ritardo.

Lui sospira e si passa una mano tra i capelli. «Torna a casa con me,» dice.

So che non è quello che vuole. È l'ultima cosa al mondo, e anche se me lo sta offrendo, è solo per pietà.

«Puoi andare a casa. Io aspetterò. Va bene così.»

«E rischiare che tu cada sui binari perché sei ubriaca?» La sua risata è cupa, i suoi occhi spalancati. «No. È l'ultima cosa di cui ho bisogno che la stampa lo venga a sapere. Torni a casa con me.»

Non discuto. Non ha senso.

Mentre vorrei avere tempo per spiegare e parlare con lui, non è così che me l'ero immaginata.

Risaliamo le scale della metropolitana verso la strada. Non è una camminata troppo lunga, un paio di isolati nel buio prima di entrare nel suo edificio elegante.

Posso sentire gli occhi del portiere e del concierge fissarmi. Erano di turno la notte dell'arresto di Noah?

Mi sento come se stessi tornando sulla scena del crimine.

Ho lo stomaco annodato.

Il silenzio si allunga tra noi. Non riesco a capire perché mi abbia portata a casa, anche se dice che è perché è preoccupato che io possa cadere sui binari. Potrebbe semplicemente mettermi in un taxi. C'è così tanto non detto tra noi. L'aria è densa, e il mio battito cardiaco aumenta mentre barcollò sui piedi.

Noah mi circonda la vita con un braccio mentre mi accompagna nell'ascensore. «Di sopra.» È un ordine. Non c'è da discutere con lui stasera. Ha deciso che mi porterà a casa sua.

Saliamo insieme nell'ascensore, e non mi sono mai sentita così claustrofobica in vita mia. Le pareti danzano, cedendo su di me. Ogni respiro è più pronunciato mentre ansimo in cerca d'aria, ma non ce n'è abbastanza.

Sto soffocando.

Macchie punteggiano la mia visione prima che tutto diventi nero.

SEDICI

NOAH

Non sarei mai dovuto andare con Jasper al bar, ma quando ho saputo che Amber e Charlotte avevano bisogno di un passaggio perché stavano bevendo, non volevo lasciare che Jasper si occupasse da solo di entrambe le ragazze. Amber è la sua.

Charlotte, beh, non è esattamente la mia ragazza. Ma mi sarebbe piaciuto considerarci amici prima di ciò che è successo recentemente.

E una piccola parte di me vuole vendetta.

Forse mi sono presentato perché volevo vederla ubriaca fradicia e miserabile per aver rovinato la mia vita. Questo fa di me il cattivo? Non è che l'abbia spinta io a bere.

Ma avevo anche bisogno di assicurarmi che tornasse a casa sana e salva.

Sono arrabbiato con lei, ma non sono uno stronzo. Non voglio che a Charlotte accada qualcosa di terribile o tragico. Non potrei vivere con me stesso se si buttasse nel traffico e venisse investita da un'auto o se ordinasse un taxi e finisse nel veicolo sbagliato.

In qualche modo, mi sono ritrovato a portare la carina e adorabile Charlotte Grace a casa mia. Per la cronaca, quello che ha fatto alla mia vita personale e professionale supera di gran lunga la dolcezza che emana.

Dovrei odiarla.

Ma tutto ciò che provo è preoccupazione mentre sono in piedi accanto a lei nell'ascensore, e lei crolla a terra.

Non l'avevo previsto.

A quanto pare, c'è molto che non riesco a prevedere quando si tratta di Charlotte. Quella ragazza ha facilmente messo la mia vita sottosopra.

O forse sono le donne in generale. Non è che avessi anche solo il minimo sospetto di essere padre.

«Charlotte?» dico, chinandomi per controllarla. Ha un battito regolare, e la sollevo facilmente tra le mie braccia mentre le porte dell'ascensore si aprono al piano attico.

La porto dentro casa mia, la conduco nella mia camera da letto e la adagio sul materasso.

«Noah?» la sua voce assonnata mormora il mio nome, e questo fa reagire il mio membro.

Odio come riesca ancora a influenzare il mio cuore e il mio corpo. Non desidero altro che metterla da parte e non vederla mai più, come le dissi la notte in cui mi fece sbattere dietro le sbarre, ma qualcosa mi trattiene.

Rabbia.

Desiderio.

Lussuria.

Si mescolano e bruciano dentro di me. Mi piacerebbe dimenticarla e chiudere un'altra porta su qualunque cosa ci sia stato tra noi, ma ho bisogno di risposte, come perché mi ha tradito. Perché ogni parola che ha detto la notte dell'incidente, tutto è svanito nel calore della rabbia che mi ha consumato.

Non dovrei provare nulla per lei, ma c'è una tristezza, una perdita per qualcosa che non è mai stato, che mi consuma. E forse quelle emozioni e quei sentimenti si intrecciano con mio figlio, che non ho potuto crescere o conoscere fin dall'inizio.

Odiare Charlotte per questo è ingiustificato. Non è colpa sua se Jasmine mi ha tenuto nascosto Zayn. E forse è il mio dolore per quella perdita che mi consuma tanto quanto ciò che lei ha fatto quella notte.

«Riposa» dico, restando in piedi al bordo del letto, rifiutandomi di sedermi o di sdraiarmi accanto a lei. Prendo un cestino e lo metto vicino al letto.

Esco dalla camera da letto per prendere una bottiglia d'acqua dal frigorifero e un paio di aspirine. Inoltre, ho bisogno di un minuto per schiarirmi le idee.

È solo una ragazza. I miei sentimenti per lei sono morti. Beh, dovrebbero esserlo, ma non sono esattamente piatti. La rabbia ribolle in superficie, mescolandosi con il disgusto.

Sulla strada verso il soggiorno, la sua borsa è abbandonata sul pavimento, e la raccolgo per evitare di inciamparci.

Il suo telefono vibra all'interno.

Probabilmente è Amber che si assicura che stia bene. Dovrei lasciar perdere, ma lo scomparto non è chiuso con la zip, e lascio "accidentalmente" cadere il telefono sul bancone della cucina mentre ci appoggio anche la sua borsa.

Lo schermo si illumina con una dozzina di messaggi, ma nessuno è della sua amica. Sono tutti di suo padre.

Se stessimo insieme, mi sembrerebbe altamente inappropriato leggere i suoi messaggi, ma sta venendo bombardata dai messaggi di suo padre.

È per questo che è uscita con Amber stasera e si è ubriacata? Jasper aveva accennato al ventunesimo compleanno di Amber, ma non sono sicuro che Charlotte non avesse un motivo ulteriore.

Leggo l'inizio di uno dei messaggi sullo schermo, ma sblocco il telefono per leggere l'intera conversazione, cosa non difficile visto che indovinare la sua password è facile. L'ho vista digitarla sul telefono, il suo mese di nascita, ripetuto.

Beh, se voleva mantenere il telefono sicuro, probabilmente avrebbe dovuto scegliere un codice migliore.

Scorro i messaggi di suo padre, senza guardare le altre conversazioni o da chi provengono. Non dovrebbero essere affari miei. So che sto invadendo la sua privacy, infrangendo ogni confine che avrebbe stabilito se stessimo insieme... ma non stiamo insieme.

Non che questo renda giusto ciò che sto facendo. So di comportarmi un po' da stronzo controllando il suo telefono. Ma sto leggendo solo i messaggi di suo padre.

E se fossero importanti? E se avesse degli impegni e se ne fosse dimenticata, e ora lui è preoccupato che lei sia morta in un fosso o stia chiamando la polizia per diramare un avviso di persona scomparsa?

Okay, non è di questo che parlano i messaggi, ma sono accesi e tutti unilaterali. Charlotte non ha risposto a nessuno dei suoi messaggi nell'ultima settimana, ma la maggior parte di essi è arrivata oggi.

Papà: Faresti meglio a partecipare all'evento di beneficenza da sola. Non portare quel bradipo di Reece alla MIA festa.

Papà: Non ho bisogno di drammi da Ice Dragon sul mio territorio.

Papà: Abbi almeno la decenza di rispondere a tuo padre!

Papà: Non m'importa che tu non voglia andarci. Farai come dico io.

Papà: Non hai intenzione di rispondermi? Se non ti presenti, ti taglio i fondi. Niente retta universitaria. Niente appartamento. Niente soldi.

I messaggi continuano, ma mi fermo su quello con il mio nome. Gli aveva detto che aveva un fidanzato e mi aveva chiesto di partecipare. Era prima dell'arresto. Aveva detto a suo padre che ero il suo fidanzato, o lo aveva dedotto dai notiziari, perché chiunque a New York City avesse una televisione o passasse davanti a un'edicola non poteva essere all'oscuro del dramma che si era recentemente verificato?

Scorro ancora più su, volendo vedere cos'altro potrebbe avergli detto su di me.

Charlotte: Verrò al tuo stupido evento a una condizione: non mi metti all'asta come un premio.

Papà: Ho già messo il tuo nome su tutti i volantini. Sarà ottimo per la beneficenza.

Charlotte: Vai a farlo tu. Ho un fidanzato.

Do un'occhiata alla data del messaggio. Era il giorno prima dell'arresto. La risposta di suo padre arriva due giorni dopo.

Papà: Noah Reece? Ti ho insegnato a fare di meglio che uscire con un giocatore di hockey.

Charlotte non gli ha risposto dopo, probabilmente perché pensava che non avrei più partecipato all'evento. E non dovrei. Le starei facendo un favore mentre lei mi ha fregato. Ma la verità è che coglierei qualsiasi opportunità per fregare un'altra squadra, specialmente gli Island Bruisers.

Stringo le labbra e so che sto giocando con Charlotte, ma dannazione se non deve ricevere un po' di punizione per quello che mi ha fatto. Rispondo a suo padre dal suo telefono.

Charlotte: Vengo al tuo stupido evento. Il fidanzato viene anche lui. Preparati a conoscere Noah.

Spengo il suo telefono, sperando che questo soddisfi suo padre e le permetta di continuare a ricevere i soldi per la retta universitaria. Non voglio rovinare il suo futuro o la sua istruzione. Prendo il mio caricabatterie e collego il suo cellulare, lasciandolo in cucina con la sua borsa mentre porto la bottiglia d'acqua e l'aspirina come previsto.

Lei brontola e si strofina la fronte. «Non ricordo di essere andata a letto» dice, vedendomi entrare nella camera da letto.

«Sei svenuta nell'ascensore.» Ho visto uomini adulti perdere i sensi per l'alcol, ma non ho mai visto nessuno di loro svenire. «Come va la testa?» Avrei dovuto prenderla. Avevo il braccio attorno alla sua vita, sostenendola, e lei è scivolata dalla mia presa.

Il senso di colpa mi pesa addosso.

«Bene» sussurra, guardandomi. Il suo sguardo si sposta per la stanza, esaminando l'ambiente.

Segue un altro silenzio.

«Dovrei portarti in ospedale?» Non sono sicuro di cosa fare dopo il suo svenimento. È dovuto all'avvelenamento da alcol?

Sono sollevato di averla portata a casa mia e di non averla messa in un taxi per tornare a casa da sola.

In silenzio, scuote la testa.

«C'è una bottiglia d'acqua e un po' di aspirina sul comodino se riesci a mandarla giù.»

«Grazie» mormora e si siede, prendendo un sorso d'acqua insieme alle pillole.

La osservo con cautela, volendo assicurarmi che non soffochi o vomiti l'acqua e le pillole. «Sei sicura che non dovrei portarti al pronto soccorso?»

«Mi sento bene.» Si siede sul letto, e io l'aiuto a sistemare i cuscini dietro di lei mentre beve dalla bottiglia d'acqua. «L'ascensore era un po' soffocante, e credo di aver solo bisogno di più acqua.» Scuote delicatamente la bottiglia verso di me.

Sorseggia l'acqua in silenzio, finendo la bottiglia mentre la fisso, non volendo che le accada altro sotto la mia sorveglianza.

«Ti succede spesso di svenire quando bevi?»

«C'è sempre una prima volta» sussurra prima di spostarsi indietro sul materasso e infilarsi sotto le coperte. «Mi dispiace... per tutto.»

Non le chiedo per cosa: per stasera, per aver rovinato la serata con Jasper, o per l'arresto. Forse si sta scusando perché ha fatto riportare mio figlio dal mostro che ha abusato di lui e di sua madre.

«Mi dispiace non annulla quello che è successo.» Sono ancora furioso, anche quando non vorrei esserlo.

Stringe le labbra e annuisce, con un'espressione cupa sul viso. «Hai tutto il diritto di odiarmi.»

«Puoi scommetterci.»

«Se hai bisogno che scriva una lettera al giudice o che testimoni per dirgli che ti ho fatto arrestare falsamente, che è stato un malinteso...»

«Non ho bisogno del tuo aiuto» sibilo. Pensa davvero che mi fiderei di lei dopo il casino che ha combinato? È colpa sua se mio figlio non vive sotto il mio tetto.

«Sono veramente dispiaciuta. Se c'è qualcosa che posso fare per aiutare con il casino che ho creato, chiedimelo.»

Ha ragione, è un casino, ed è interamente colpa sua.

Ora che Jasmine è a casa con Grant, entrambi vogliono la custodia esclusiva.

L'unica grazia salvifica è la lettera che Jasmine aveva scritto con il suo avvocato per darmi la custodia esclusiva, che avevo ritirato il giorno seguente non appena lo studio legale aveva aperto, prima che Jasmine avesse il tempo di chiedere che la lettera fosse distrutta.

Ora è tra le prove per la nostra prossima udienza per la custodia. Il mio piccolo raggio di speranza che il giudice mi conceda la custodia esclusiva, data la sua richiesta scritta, che aveva fatto autenticare.

Nel frattempo, i servizi sociali stanno investigando l'attuale situazione abitativa di Zayn con Grant e Jasmine. È previsto che riferiscano anche loro i risultati all'udienza per la custodia.

Prende il mio silenzio come una risposta. «Di nuovo, mi dispiace. Puoi sdraiarti sul letto. Posso tenere le mani a posto» dice Charlotte.

È una cattiva idea. Dovrei lasciarla dormire mentre io vado nella stanza degli ospiti. Ma anche lasciarla da sola sembra una cattiva idea.

Sono combattuto.

E se perdesse i sensi e vomitasse nel sonno? Potrebbe soffocare.

DICIASSETTE

CHARLOTTE

Mi rigiro e mi strofino gli occhi assonnati, la mia vista mette a fuoco una camera da letto sconosciuta.

Non sono a casa mia.

I ricordi della notte mi travolgono con flash di Noah che mi accompagna a casa sua. Lancio uno sguardo accanto a me, da dove proviene un certo calore, e vedo una figura addormentata.

Noah Reece.

È profondamente addormentato.

È ancora presto, il sole è appena sorto, e sto cercando

silenziosamente di scappare dalla sua camera prima che si svegli.

Dobbiamo parlare?

Sì, ma stamattina non me la sento. Inoltre, tutte le scuse del mondo non risolveranno questo pasticcio. Dovrei prostrarmi a terra? Implorare il suo perdono?

Noah è testardo, e non è che io abbia commesso un piccolo errore.

L'ho fatto arrestare.

Il mio stomaco si annoda al solo ricordo di lui portato via in manette.

Cammino in punta di piedi fuori dalla sua camera e lungo il corridoio, trovando la mia borsa e il telefono collegato a un caricatore sul bancone della cucina. Stacco il telefono e lo infilo nella borsa prima di scappare dal suo appartamento.

O ha il sonno pesante, o ha finto di rimanere addormentato per permettermi di fuggire.

———

«Non hai ancora parlato con lui?» chiede Amber, osservandomi mentre provo l'ennesimo vestito per l'evento di beneficenza.

«Chi? Noah?» Non ho menzionato il dramma con mio padre. È strano che abbia smesso di mandarmi messaggi. A quanto pare, nella mia confusione da ubriaca, gli ho scritto che avrei portato Noah all'evento.

Papà sarà sollevato quando Noah non si presenterà, perché ci sono zero possibilità che io riesca a convincere Noah a farmi un favore, qualunque esso sia.

Non mi preoccupo nemmeno di chiederglielo. Gli ho menzionato l'evento prima della catastrofe tra noi, e non oso pensare di come sarebbe ricordargli l'appuntamento promesso.

Sarebbe un disastro, noi due che andiamo insieme all'evento. Tanto per cominciare, l'asta di beneficenza è una raccolta fondi per l'ospedale pediatrico locale. La maggior parte degli ospiti speciali sono giocatori degli Island Bruisers.

«Sì,» dice Amber, fissandomi mentre le mostro l'abito nero che è troppo aderente per i miei gusti. Mi fa cenno di girarmi per darle modo di giudicare completamente il vestito.

«Questo vestito potrebbe spaccarsi in due se mi siedo.»

Amber ridacchia alla mia risposta e mi fa cenno di tornare nel camerino per provare un altro abito.

«Intendevo Noah,» dice, e sono sollevata che la tenda stia nascondendo la mia espressione mentre fisso il mio riflesso nello specchio.

«Noah?» squittisco. «Non c'è alcuna possibilità che venga. Mi odia.» Apro la cerniera dell'abito e me lo sfilo.

«Non ti odia,» ribatte Amber. «È solo... riservato, e sai che è complicato. Questa settimana, andrà in tribunale per l'affidamento di suo figlio.»

«Davvero?» Sbircio con la testa dal lato della tenda. «Non me l'ha detto.»

Per la cronaca, non mi ha detto nulla su Zayn dalla notte in cui ho rovinato completamente le cose per lui e suo figlio.

«Non vuole illudersi e rimanere deluso, ma il suo avvocato pensa che abbia un caso solido. Hai ragione, però. Probabilmente sarà troppo impegnato per l'evento di beneficenza se si ritroverà con un figlio a casa.»

C'è qualcosa nella voce di Amber che mi mette in allerta. Indosso un altro vestito. «Ho bisogno che tu mi chiuda la zip dietro.»

«Ooh,» fa Amber eccitata e mi aiuta a chiudere la cerniera.

Il vestito è nero, come tutti gli altri che ho provato per questo evento formale.

Ma questo si allarga sui fianchi, lasciandomi più spazio per ballare e muovermi. Inoltre, il design ha cuciture intricate nel corpetto che rivelano un'abbondante scollatura. Giusto quanto basta per far arrabbiare papà. È carino, elegante e valorizza la mia figura.

«Questo è *il* vestito,» dice Amber, già innamorata dell'abito che indosso prima ancora che glielo abbia mostrato completamente.

«Vorrei che tu potessi essere il mio accompagnatore per l'evento di beneficenza.»

«E avere a che fare con tuo padre?» Scuote la testa, con gli occhi spalancati come quelli di un cerbiatto. «Preferirei camminare sui carboni ardenti.»

«Non credo che dovrebbe essere così doloroso. Voglio dire, non lo fanno nei centri benessere o roba simile?» chiedo.

«L'hai mai provato?» chiede Amber.

«Beh, no,» dico, e non ricordo nemmeno di conoscere qualcuno che l'abbia fatto.

«Appunto. Possono anche dire che non sia un grosso problema, ma sono carboni ardenti! No, grazie.» Amber stringe le labbra. «Quello è il vestito. Compralo.»

«Pensi davvero?» Faccio una piroetta per lei, e Amber sorride, inclinando la testa.

«Sì, per favore. Non credo di poter restare qui un altro minuto a guardarti provare un altro vestito nero a meno che non sia per il tuo funerale.»

Le faccio una linguaccia. «Sei impossibile.»

DICIOTTO

NOAH

La mia testa non è stata concentrata sulla partita, non durante gli allenamenti e tantomeno mentre giocavamo contro i Wolverines.

Mi sorprende che il Coach Malone non mi abbia messo in panchina, ma sembra che il morale dell'intera squadra sia stato basso questa settimana. So perché io sono un disastro, ma per quanto riguarda il resto dei ragazzi, non riesco a immaginare quale sia la loro scusa per essere così distratti.

Non riesco a smettere di pensare a Zayn. L'udienza per l'affidamento è questa settimana. Ho cercato di evitare le notizie perché uno dei ragazzi ha menzionato che Brass stava rilasciando un'intervista, insistendo drammaticamente sul fatto che potrebbe perdere il suo unico figlio, il bambino che ha cresciuto fin dalla nascita.

Mio figlio.

Ha avuto anni con Zayn quando avrei dovuto esserci io.

Sono grato che non abbiamo in programma di giocare contro gli Island Bruisers fino a dopo l'udienza della prossima settimana. In questo momento, non sono sicuro che non riuscirei a pestare a sangue Grant Brass se lo vedessi, e non sarebbe un bene se lui non avesse almeno il disco tra le mani.

Tieni a freno la rabbia.

Questo è stato il consiglio datomi dall'avvocato.

Il DCFS sta esaminando attentamente la casa attuale di Zayn, ma vuole anche assicurarsi che, se mi venisse concesso l'affidamento, io sia un genitore adatto. Non posso biasimarli per volere questo per mio figlio. E potrebbe essere facilmente distorto in tribunale che ho "problemi di rabbia" se le risse nell'hockey venissero prese fuori contesto.

Di nuovo, devo tenere a mente il saggio consiglio del mio avvocato.

Evitare quante più risse possibile e mantenere il gioco pulito per quanto possibile. Queste tendono ad essere anche le regole di Coach Malone, ma ciò non significa che non succedano scaramucce sul ghiaccio.

Non ho mai giocato in una partita dove qualcuno non finisse in panchina a un certo punto. È un rischio del mestiere.

Ma in questo momento, sono sotto la lente di un microscopio insieme a Grant Brass. Ho guardato i filmati delle sue partite fino a tarda notte, registrandole per vedere dove ha sbagliato e quale aggressività ha mostrato sul ghiaccio.

E lui è caduto ripetutamente nella trappola della brutalità come prima cosa. Il gioco veniva al secondo posto.

Mi rifiuto di fare lo stesso.

«Ho bisogno di un favore.» Prendo Kyler da parte dopo la partita contro i Wolverines, con il casco in mano. Abbiamo preso una bella batosta là fuori sul ghiaccio, e anche se abbiamo perso, è stata una partita combattuta.

«Dimmi,» dice Kyler, annuendo mentre si spoglia dell'equipaggiamento da hockey.

«Se ottenessi l'affidamento di Zayn...»

«Quando,» mi corregge Kyler. Non ha mai avuto dubbi che mio figlio sarà riunito con me e che questo sia solo un ostacolo lungo il percorso. Vorrei avere la sua sicurezza in questo momento.

«Quando,» dico e faccio un respiro profondo. Questa settimana ci sarà l'udienza in tribunale. È stato difficile mantenere la testa completamente sul gioco. «Quando otterrò l'affidamento di Zayn, potrei aver bisogno di qualcuno di cui mi fido per tenerlo ogni tanto.»

«Oh, certo.» Gli occhi di Kyler si illuminano. «Avrai bisogno di una tata per quando hai partite e allenamenti. Non puoi avere la mia, ma posso aiutarti dandoti qualche nome.»

«Lo apprezzo, ma stavo pensando più a una babysitter a ore. Potrei dover uscire una sera. In particolare, per un evento di beneficenza.»

Jasper si gira di scatto, avendo origliato la conversazione. «È questo il gala di cui Amber non smette di parlarmi, quello a cui parteciperà Charlotte e in cui è coinvolto suo padre?»

«Proprio quello,» grugnisco. Non sono un fan del suo vecchio, anche se in base alle interazioni che ho letto e di cui ho sentito parlare, neanche lei lo è. «Se ottengo l'affidamento di Zayn questa settimana, avrò bisogno di aiuto per tenerlo per una notte.»

«Sono sicuro che a Em non dispiacerà di badare ai bambini. Puoi portare Zayn da noi, e potrà fare un pigiama party a casa nostra,» dice Kyler. «Quale sera?»

«Sabato. E spero di poterti chiedere un altro favore.»

«Stai esaurendo i favori, Reece,» dice Kyler. «Continua.» Mi fa cenno di proseguire.

«L'evento di beneficenza è per gli Island Bruisers. Voglio smuovere un po' le acque.»

«Smuovere le acque?» commenta Jasper con un sorriso malizioso. «Contate su di me.»

«Anche su di me,» aggiunge Kyler. «Se si tratta di mettere i bastoni tra le ruote ai Bruisers, sapete che ci sto.»

———

Giuro che sto per prendermi l'influenza intestinale, dal modo in cui la nausea mi travolge e la mia pelle è umida, ma sono abbastanza sicuro di essere sano.

È la paura che si insinua nelle mie vene che mi fa stare male per la preoccupazione.

«Sei pronto?» chiede Deon. È il mio avvocato e lo sto pagando profumatamente per aiutarmi a vincere la causa per la custodia.

Anche se immagino che Grant stia finanziando gli avvocati di Jasmine per la custodia, perché Deon sembra conoscere il legale della controparte. Ha chiacchierato con lui mentre io sono rimasto fuori dall'aula, in attesa della nostra udienza.

Non voglio entrare. Perché allora diventerà tutto fin troppo reale.

«Sì,» dico con un pesante sospiro.

Lui annuisce e porta la sua valigetta con sé nell'aula.

Il sudore mi imperla la fronte. Non sono riuscito a mangiare nulla per tutta la mattina. Non sono nemmeno riuscito a mandare giù un caffè, e in questo momento sono contento di essere a digiuno perché, altrimenti, sono sicuro che avrei vomitato tutto sul pavimento.

Jasper è seduto con Amber nell'aula. È qui per darmi sostegno morale, così come Kyler, Owen e un paio di altri ragazzi della squadra. Inspiro bruscamente quando poso lo sguardo su Charlotte.

Cosa ci fa qui? Do un'occhiata al mio avvocato, chiedendomi se ha intenzione di usarla come testimone o qualcosa del genere, quando la porta dietro di noi si apre ed entra Jasmine con il suo avvocato e il mio bambino.

Grant non sembra essere in aula, il che è un sollievo, ma probabilmente non è molto lontano. Dubito che lasci Jasmine fuori dalla sua vista dopo l'ultima volta, quando lei ha lasciato Zayn con me e mi ha ceduto la custodia.

Seguo il mio avvocato, facendo come mi indica. L'intero processo richiede più tempo di quanto dovrebbe mentre il giudice legge i risultati del DCFS, la lettera che Jasmine aveva originariamente fatto autenticare, insieme ai rapporti della polizia. Uno psicologo infantile che Zayn ha recentemente iniziato a vedere da quando sono iniziati i problemi di custodia commenta che sta seguendo mio figlio e ritiene che dovrebbe continuare con le sessioni di consulenza, ma a questo punto non può giungere ad altre conclusioni se non che il bambino ha alcuni problemi comportamentali che si trovano spesso nelle case violente.

Sembra pietra contro pietra, nessuno di noi cede. Se non ci fossero problemi di abuso, senza dubbio il giudice permetterebbe l'affidamento congiunto, ma posso vedere la sua mente che lavora, cercando di determinare chi sia realmente a perpetrare i maltrattamenti e chi no.

Ed è allora che il mio avvocato, Gregory Deon, chiama Charlotte Grace a testimoniare, volendo sentire il suo resoconto degli eventi che hanno portato al mio arresto.

Cerco di non accigliare il volto, le mani che si stringono a pugno, e la porta dell'aula cigola aprendosi.

Se non è una sciagura, è un'altra:Grant Brass entra a grandi passi nell'aula e si siede accanto a sua moglie, Jasmine Brass.

DICIANNOVE

CHARLOTTE

72 ore prima

«Dimmi cosa devo fare perché Noah mi perdoni?» chiedo, guardando Jasper. È il migliore amico di Noah. Deve sapere cosa ci vorrà per ottenere il perdono di Noah.

«Non credo ci sia nulla che tu possa fare. Credimi. Lo hai ferito profondamente.»

. . .

Sbuffo al suo commento. «L'ho fatto arrestare, ma le accuse sono state ritirate.»

«Pensi che all'altro avvocato importi? È stato arrestato. Grant, nel frattempo, non è mai finito dietro le sbarre. Questo fa sembrare Noah un genitore inadeguato.»

«Non è giusto! Grant non è nemmeno il padre biologico,» dico. Sorseggio il mio caffè mentre Jasper tiene il suo tra le mani.

Sono riuscita a convincere Jasper a incontrarmi per un caffè in modo da poter parlare di Noah, e lui ha accettato più facilmente di quanto mi aspettassi.

Pensavo che avrei dovuto convincere la sua ragazza, che è anche la mia migliore amica, a trascinarlo in caffetteria, per poi tendergli un'imboscata. Jasper sembra un tipo piuttosto in gamba e un buon amico.

.   .   .

«Finché Jasmine rimane sposata con Grant, lui resta nel quadro.» Jasper esala un pesante sospiro. «Vorrei avere una soluzione migliore. Mi hai chiesto tu di vederci. Cosa avevi in mente?» Il suo sguardo si fa più intenso mentre cerca di capire cosa voglio.

E ha ragione. Non l'ho chiamato all'improvviso solo per un caffè.

L'udienza per l'affidamento di Noah è questa settimana.

«Grant dovrebbe essere dietro le sbarre. Non posso credere che Jasmine non voglia sporgere denuncia contro di lui.»

«Lo so. Ma non c'è nulla che possiamo fare a riguardo,» dice Jasper. «Credimi, mi sono già informato. E possiamo anche malmenare Grant sul ghiaccio, ma resta comunque uno stronzo quando torna a casa da Jasmine e Zayn.»

· · ·

«Ho bisogno del nome dell'avvocato di Noah.»

«Cosa? Perché?» Jasper fa scivolare indietro la sedia di diversi centimetri, con il metallo che raschia sul cemento. «Cosa hai intenzione di fare?»

«Niente di male.»

Mi sta fissando, studiandomi. Jasper sta cercando di capire se gli sto mentendo o se sono semplicemente pazza?

«Ho bisogno di più di *niente di male*,» dice.

«Voglio testimoniare a favore di Noah. Probabilmente non posso testimoniare come testimone del carattere, ma sono io la ragione per cui è stato arrestato. Se spiego al giudice cosa è successo, come si è trattato di un malinteso, e come Grant sia il vero colpevole, forse posso aiutarlo.»

· · ·

Jasper appoggia le mani sul tavolo e poi le gira palmo in su. «O forse peggiorerai ulteriormente la situazione.»

———

Lo sguardo di Noah mi brucia, facendomi contrarre lo stomaco, e mi mordo la lingua per tenere a bada la nausea crescente.

Lo sto facendo per lui, per aiutarlo a ottenere la custodia di suo figlio.

Se non dovesse funzionare, mi odierà, insieme a tutta la sua squadra. Non sono nemmeno sicura che Amber vorrà ancora essere mia amica. Non è che le abbia raccontato il mio piano, e nemmeno Jasper l'ha fatto, dato che lei ha ammesso di essere sorpresa nel vedermi quando ci siamo incontrate all'ingresso del tribunale.

Quando vengo chiamata al banco dei testimoni, passo davanti a Noah ed esalo un respiro tremante.

Potrebbe odiarmi per sempre per averlo colto di sorpresa.

Lui si sporge verso il suo avvocato e gli sussurra qualcosa all'orecchio mentre presto giuramento e prendo posto.

Tutti gli occhi sono puntati su di me, ma gli unici che contano sono quelli di Noah, e lui sembra non riuscire a incrociare il mio sguardo. La sua attenzione è concentrata sul tavolo davanti a lui. È preoccupato per quello che dirò?

Racconto la mia storia, la notte dell'arresto di Noah, e dettagliatamente, spiego come non sapessi che Noah fosse padre perché non me l'aveva detto fino a quando non ho incontrato suo figlio, con cui lui aveva fatto conoscenza da poco tempo.

Spiego la chiamata al 9-1-1, cosa aveva detto Zayn in casa, e ciò che avevo visto quando sua madre era venuta a prenderlo dalla stazione di polizia con un occhio nero mal nascosto dal correttore.

Il giudice alza una mano, interrompendo l'avvocato di Jasmine, che si fa avanti per contestare la mia testimonianza.

«Sentiremo la testimonianza di Jasmine Brass?» chiede il giudice in modo diretto.

«Sì, Vostro Onore,» dice l'avvocato di Jasmine.

Jasmine sembra agitata mentre suo marito siede accanto a lei, con un sorriso compiaciuto sul volto. Non sono sicura che Jasmine avesse intenzione di testimoniare, ma è chiaro che il giudice vuole sentire la sua versione di quanto accaduto.

Non c'è modo che Jasmine ammetta che Grant la picchi di fronte al suo aguzzino. Il giudice non se ne rende conto? Sarà costretta a infrangere il giuramento di dire la verità se il marito resterà in aula.

«Ha altre domande per la signorina Grace?» chiede il giudice all'avvocato di Jasmine, «Se no, suggerirei di fare una pausa pranzo e ricominciare dopo.»

«Solo una, Vostro Onore.» L'avvocato di Jasmine si fa avanti, venendo a posizionarsi di fronte a me. È più alto di Noah ma esile. Il suo completo è sartoriale e dà un'occhiata ai suoi appunti. «Ha una relazione intima con Noah Reece?»

«Obiezione, Vostro Onore. Irrilevante,» interrompe l'avvocato di Noah.

«Lo permetterò,» dice il giudice.

Sul serio? Cerco di non impallidire al pensiero di dover rispondere alla domanda dell'avvocato di

Jasmine. Il mio viso rimane impassibile mentre rispondo con tono uniforme.

«No, attualmente non abbiamo rapporti intimi.»

«Ma li ha avuti con lui,» insiste l'avvocato di Jasmine.

«Sì, prima di scoprire che avesse un figlio, abbiamo avuto rapporti.»

«E più recentemente?»

«Obiezione, Vostro Onore. Irrilevante,» interrompe l'avvocato di Noah.

«Vada al punto, avvocato,» dice il giudice, lanciando un'occhiata significativa all'avvocato di Jasmine. «Non siamo qui per discutere della vita sessuale della signorina Grace.»

. . .

«Riformulerò la domanda,» dice il suo avvocato, offrendo un sorriso forzato. «Signorina Grace, aveva una relazione stabile con Noah Reece quando ha scoperto che aveva un figlio?»

«Obiezione, Vostro Onore. Irrilevante,» interrompe l'avvocato di Noah.

Giuro, a questo punto, quell'uomo deve essere un pappagallo.

«Devo concordare con l'avvocato Deon. Lo stato della sua relazione con Noah Reece non è rilevante.»

«Il signor Reece ha la reputazione di playboy, e sto solo cercando di determinare se ciò sia un fatto con la testimonianza della signorina Grace. E se lo è, questo lo rende un padre adeguato?»

Il giudice scuote la testa. «Non trasformerò la mia aula in un circo a tre piste. La questione non è mai stata sulla reputazione o promiscuità del signor Reece. Da quanto posso vedere, lui vuole far parte della vita di suo figlio, e non ci sono prove che possano impedirlo. L'arresto è stato un malinteso, e apprezzo le azioni della signorina Grace, che ha fatto ciò che credeva fosse nel migliore interesse del bambino. Detto questo, l'unica domanda che mi rimane è se gli debba essere concessa la piena custodia. Dopo pranzo, vorrei anche che il signor Reece salisse sul banco dei testimoni. Ho alcune domande per lui,» dice il giudice.

———

«Ancora non posso credere che quel bastardo di avvocato continuasse a chiedere della mia vita sessuale,» dico, dando un morso al mio panino. Sono seduta di fronte ad Amber, e Jasper è accanto a lei. Kyler è seduto accanto a me.

«Avvocato pervertito,» dice Amber, sorseggiando la sua cioccolata calda.

. . .

Siamo seduti a un tavolo da picnic all'aperto, a un isolato dal tribunale. L'aria è frizzante, ma non ci sono molti posti dove pranzare nelle vicinanze, solo un carretto di hot dog dall'altra parte della strada e un venditore di panini all'isolato successivo, vicino al parco.

«Stava solo facendo il suo lavoro, cercando di far apparire Noah in cattiva luce,» dice Kyler. «Ma lui sarà un padre migliore di Grant.»

«Questo sì che alza l'asticella,» dice Jasper e ride.

«Cosa pensate che il giudice voglia chiedere a Noah?» chiedo, dando un altro morso. Non abbiamo molto tempo e voglio assicurarmi di rientrare prima che il giudice rientri dal pranzo.

«Probabilmente un elenco delle sue recenti conquiste,» scherza Jasper. «Forse vuole il suo numero di telefono?»

· · ·

Amber gli dà un colpetto sul braccio. «Smettila di fare lo stronzo. Probabilmente vuole sapere come crescerà un figlio con una carriera nell'hockey a tempo pieno. Voglio dire, sarebbe la mia prima domanda.»

Inspiro bruscamente. «Noah ci ha pensato? Ha parlato di assumere una tata, o ha familiari che possono aiutarlo?»

Kyler si sposta sulla panchina, rivolto verso di me. «Ho parlato con lui di una tata, ma non è che abbia già qualcosa di organizzato. Noi tutti saremmo disposti ad aiutare, ma per i viaggi e le serate di partita, avrà bisogno di qualcun altro con Zayn finché non assume una tata.»

«La sua famiglia non è un'opzione,» dice Jasper. «Non è in buoni rapporti con sua madre, lei ha alcuni problemi di salute mentale, e i suoi genitori sono ancora sposati. Suo padre è un narcisista e si aspetterebbe qualcosa in cambio. Non credo che

Noah si fiderebbe di loro con Zayn. Non ha nemmeno fratelli o sorelle.»

Non ricordo che Noah abbia mai parlato dei suoi genitori, ma non è un argomento che abbiamo mai affrontato.

«Potrei farlo io» dico afferrando la mia bibita e prendendo un sorso. «Forse non mi vuole intorno, ma il mio orario mi lascia libere le sere e i fine settimana. Posso sempre portare Zayn con me al lavoro. È solo durante le lezioni che qualcun altro potrebbe doversi occupare di lui.»

«Che lavoro fai che ti permetterebbe di portare un bambino piccolo con te? Hanno un asilo nido o qualcosa del genere?» chiede Kyler.

«Lavoro per il distretto dei parchi. C'è un asilo nido al centro ricreativo. Non ci avevo nemmeno pensato, ma di solito passo i pomeriggi insegnando ai bambini a pattinare sul ghiaccio o a giocare a hockey.»

«Aspetta, ti piace davvero l'hockey?» Gli occhi di Kyler si spalancano. «Puoi convincere Em che non è così male e che è uno sport divertente?»

Jasper sorride. «Forse un po' di quell'amore per l'hockey potrebbe contagiare anche Amber.»

«Ehi, sono proprio qui!» Amber pizzica il braccio di Jasper. «Sii gentile.»

«Io sono gentile. Sei tu quella che mi sta pizzicando il braccio» brontola lui.

———

Dopo pranzo, torniamo dentro il tribunale. Noah è in piedi accanto al suo avvocato nel corridoio.

· · ·

Lentamente, mi avvicino a lui, con le mani intrecciate, piene di energia nervosa. «Ehi» dico, offrendo un sorriso caloroso.

Noah emette un leggero sospiro.

«Vi lascio un momento, ma fate in fretta. Dobbiamo rientrare in aula tra cinque minuti» dice il suo avvocato.

«Non ci metteremo molto» dice Noah, fissandomi, e io aspetto che mi interrompa o mi urli contro, ma non fa nessuna delle due cose.

«Mi dispiace per l'agguato di questa mattina» dico. Sposto il peso da una gamba all'altra, a disagio sotto il suo sguardo intenso.

Noah è attraente, elegante nel suo completo nero. Probabilmente è uno degli abiti che indossa dopo una partita quando è costretto ad andare in TV. So che non gli piace stare sotto i riflettori, ma ultimamente li ha affrontati a causa mia.

«Vedremo se ha funzionato» dice. I suoi occhi sono tesi, la mascella contratta.

«Prima di pranzo sembravano buone notizie.»

«Qualsiasi cosa può cambiare. Non mi faccio illusioni» dice Noah. Guarda il suo orologio. «Dovrei rientrare.»

«Aspetta» dico, espirando nervosamente. «So di essere l'ultima persona al mondo di cui vuoi l'aiuto, ma ci sono per te e per Zayn. Se hai bisogno di aiuto finché non trovi una tata, considerami disponibile. D'accordo?»

Apre la bocca, e penso che stia per discutere con me quando annuisce. «Sì, okay. Devo rientrare.»

. . .

Lo lascio andare, guardandolo allontanarsi. È solo a pochi passi da me, ma fa male. È come se mi avesse voltato le spalle, non che io meriti di meglio.

I suoi compagni di squadra e Amber sono già scomparsi dal corridoio. Seguo silenziosamente in aula e mi siedo di nuovo accanto ad Amber. Qualunque cosa accada, tutti noi vogliamo essere qui per Noah.

Noah sale sul banco dei testimoni e, come previsto, la prima domanda del giudice è: «Come intende gestire suo figlio e una carriera professionale nell'hockey? Siete nel bel mezzo della stagione. Immagino che il tempismo non sia ideale.»

«È mio figlio. Lo metterò sempre al primo posto. Non gestirò mio figlio, Vostro Onore. Lo crescerò. Altri giocatori professionisti di hockey hanno figli e famiglie che li supportano. I miei compagni di squadra si sono offerti di aiutarmi mentre assumo una tata, e ho amici che si sono offerti di intervenire se avessi bisogno di assistenza all'inizio» dice Noah, e il suo sguardo si blocca sul mio.

E per un momento, questo mi dà speranza. Forse non tutto è completamente perduto.

«Ho tutto sotto controllo. Le assicuro, questa non è una decisione presa sul momento» dice Noah. «Ho già acquistato un letto e dei giocattoli. Ho trasformato quella che era la mia camera degli ospiti nella camera da letto di Zayn. Voglio portarlo a casa con me, Vostro Onore, e proteggerlo come un padre dovrebbe proteggere suo figlio.»

«Ho sentito abbastanza. Vorrei chiamare la signora Jasmine Brass al banco dei testimoni» dice il giudice.

Noah scende e gli occhi di Jasmine si spalancano mentre sussurra qualcosa al suo avvocato.

«Vostro Onore, posso parlare con Lei in privato?»

. . .

Entrambi gli avvocati e il giudice lasciano momentaneamente l'aula.

Sono sbalordita, incerta su cosa stia succedendo.

Dieci minuti dopo, gli avvocati tornano ai loro tavoli e il giudice rientra in aula.

«Ho preso la mia decisione» dice il giudice.

VENTI

NOAH

È difficile non fissarla dall'altra parte della sala. Non mi ha visto e non sa che sono qui, ma per me è stato facile entrare all'evento di beneficenza.

Mi riconoscono sempre tutti.

Ecco perché odio questo tipo di funzioni. Si aspettano tutti che apra il portafoglio e contribuisca con lo stipendio di un mese senza battere ciglio, cosa che non mi dispiacerebbe fare se non fossi sommerso da un milione di altre cose. Una di queste include il pagamento dell'ultima parcella al mio avvocato per le spese legali riguardanti l'udienza per l'affidamento.

Non è stato economico.

E questo non è il peggio. Non ho tempo di partecipare alla serata di gala stasera, ma le sono debitore. Dire che sono stato occupato è un eufemismo.

Ma ho fatto una promessa a Charlotte Grace, e mantengo sempre le mie promesse.

Non che lei sappia che ci sarò. Non mi ha ancora visto. Si nasconde vicino al bar, con un bicchiere di champagne in mano. Sta sorseggiando le sue bollicine mentre si guarda intorno, probabilmente in cerca di un volto familiare.

Sono a metà della sala e alle sue spalle. Non si è ancora girata completamente perché io possa ammirare il suo vestito o il modo in cui indossa l'abito, che è sexy da morire.

Ho sentimenti contrastanti su Charlotte. La odio per avermi fatto arrestare, ma apprezzo ciò che ha fatto in aula. Si è esposta e ha ammesso i suoi difetti ed errori.

Credo sinceramente che sia stata la testimonianza di Charlotte ad aiutare il giudice a comprendere il mio arresto e a vedere attraverso le bugie che l'avvocato di Jasmine continuava a cercare di raccontare. Non so perché Jasmine sia stata esentata dal testimoniare, ma non importa. Qualsiasi cosa avesse detto sarebbe stata una bugia. Avrebbe protetto Grant a spese di nostro figlio.

Vederla rinunciare all'affidamento e dirgli addio ancora una volta è stato straziante.

Zayn ha pianto.

Jasmine ha pianto.

Io ho trattenuto le lacrime, ma il mio cuore soffriva, e soffre ancora ogni volta che penso al pomeriggio in cui Zayn è diventato mio.

Avrebbe dovuto essere un ricordo felice. È stata una vittoria, ma perché sembra come una sconfitta?

Emerson, la fidanzata di Kyler, ha accettato di fare da babysitter a Zayn stasera mentre io sono all'evento di beneficenza organizzato dal padre di Charlotte per gli Island Bruisers. Quando ho lasciato Zayn questo pomeriggio, c'era anche Amber, e si è offerta di passare la notte da Emerson per aiutare con i bambini.

Zayn non è così difficile da gestire, ma ha i suoi problemi.

Quale bambino non ne ha?

Sono sicuro di essere stato una peste per i miei genitori, e in qualche modo, sono venuto su bene. Ma non chiedetelo a loro. Non sono sicuro che sarebbero d'accordo.

Charlotte sorseggia le sue bollicine e si gira per appoggiarsi al bancone del bar. Il suo sguardo incontra il mio, e alza un sopracciglio interrogativo.

Mi ha sorpreso a fissarla.

Sorrido e mi avvicino a lei, ordinando una birra per me.

«Non pensavo che saresti venuto» dice Charlotte, squadrandomi. Il sorriso sul suo viso mi dice che approva il mio smoking. I suoi occhi brillano, e giuro che la mia mascella tocca terra mentre ammiro il suo vestito, compresa l'abbondante scollatura che sta mostrando.

«Mi hai chiesto aiuto, e volevo sostenerti.» Prendo la birra dal barista, lascio una banconota da venti nel barattolo delle mance e bevo un sorso.

Il sorriso si allarga mentre mi tira in un abbraccio. «Grazie!» Il suo entusiasmo la fa risplendere, e non posso fare a meno di sentirmi orgoglioso di aver messo quel sorriso sul suo viso.

«Non ringraziarmi ancora. Non abbiamo ancora fatto le presentazioni con tuo padre.»

Charlotte alza gli occhi al cielo quando lo sente nominare. «Posso dirgli che ci stiamo fidanzando? Per farlo impazzire davvero.»

Tossisco, strozzandomi con la mia birra alla sua proposta. «Farò il tuo finto fidanzato. Questo è tutto.» Fidanzati? Questo è un limite che non attraverserò. Ci sono probabilmente reporter e telecamere in tutta la sede. È l'ultimo tipo di attenzione di cui ho bisogno in questo momento, ma almeno la battaglia per l'affidamento è finita.

«Grazie, lo considererò una vittoria» dice Charlotte e mi fa l'occhiolino. Intreccia il suo braccio con il mio, posa il bicchiere di champagne mezzo finito sul bancone del bar e mi trascina sulla pista da ballo. «Meglio renderlo convincente.»

«Per chi?» chiedo, non vedendo suo padre nei paraggi. Se non avessi saputo chi era Charlotte

Grace, non avrei avuto idea di chi fosse suo padre, ma ora che lo so, preferirei stare fuori dalla sua vista.

«Per tutti gli altri ospiti» dice. «Dobbiamo farli ingelosire, come se fossi una merce pregiata, se sarò messa all'asta per una serata galante.»

Mi avvicino, tirandola contro di me mentre la guido sulla pista da ballo. «Forse comprerò io quella serata con te» le sussurro all'orecchio.

Un sorriso naturale adorna il suo viso. «Forse?» mi prende in giro, guardandomi. «Un finto fidanzato deve almeno iniziare le offerte.»

Sembra naturale, tenerla tra le mie braccia mentre la premo contro di me, ondeggiando al ritmo della musica. Non ci sono molte coppie che ballano, ma non siamo gli unici.

Appoggia la testa sulla mia spalla, emettendo un leggero sospiro. «Non pensavo che saresti venuto, e non ero sicura di come avrei potuto sopravvivere a questa serata da sola.»

«Non sei sola.»

Charlotte alza la testa, fissandomi. «Beh, lo so. Voglio dire, ci sono centinaia di persone qui, ma mi sento sola. Odio questi eventi sfarzosi con ospiti che non conosco o che mi interessano poco.»

«Non sei l'unica,» le sussurro all'orecchio. Ciò che odio ancora di più è che suo padre sta usando Charlotte per il proprio tornaconto.

Un rossore le attraversa le guance quando si allontana e mi sorride. «Sei proprio unico.»

«Così mi hanno detto.» La mia mano si posa sulla sua schiena, tenendola stretta a me. È calda e il suo corpo si scioglie al mio tocco. «Senti, non ho mai avuto modo di ringraziarti al tribunale...»

«Non c'è bisogno di ringraziamenti. Non li merito dopo quello che ho fatto.»

«Mi hai aiutato a ottenere la piena custodia di Zayn. Se non avessi contattato il mio avvocato, non so cosa sarebbe successo.»

«È stato tutto merito tuo,» dice Charlotte. «Io ho solo creato qualche ostacolo lungo il percorso.»

Questo è un eufemismo. «Credo di capire perché hai fatto quello che hai fatto quella notte, con la polizia, facendomi arrestare. Non ne sono felice, ma capisco le tue motivazioni, proteggere mio figlio.»

«Ho sempre cercato di fare la cosa giusta. Mi dispiace che Zayn sia stato restituito a sua madre quando sei stato arrestato.» Il sorriso scompare dal suo volto, e c'è una certa pesantezza dietro il suo sguardo zaffiro afflitto. «Se mi fossi resa conto di quel che stavo facendo... non credo di potermi perdonare per questo. Non mi aspetto nemmeno che tu mi perdoni.»

«Sono disposto ad andare avanti, a guardare al futuro,» dico. Ciò che ha fatto fa ancora male, è innegabile che ci siano state conseguenze, ma non voglio serbare rancore indefinitamente. La mia mano le accarezza il viso, portando il suo sguardo a incrociare il mio.

«Che ne dici di lavorare sulla fiducia reciproca?» chiede, sorridendo debolmente contro la mia mano. «Ricominciamo da capo.»

Il mio pollice sfiora il suo labbro inferiore.

Non ha idea di ciò che ho fatto, di ciò che ho pianificato per stasera. Non sono sicuro che si fiderà ancora di me dopo questa serata. Ma gli ingranaggi sono in movimento. Non si può più fermare.

«Non dobbiamo per forza frequentarci. Voglio dire, lo capisco. Sono probabilmente l'ultima persona al mondo con cui vorresti avere una relazione romantica,» dice Charlotte, «ma solo per stasera, possiamo fingere di essere felici e innamorati?»

Le sue labbra sono rosse e sensuali. Sono abbastanza vicine perché io possa sfiorarle con le mie e baciarla. La mia mente mi urla di allontanarmi, ma il suo profumo è inebriante, ed è come se fossi sotto il suo incantesimo. «Posso farlo,» sussurro, avvicinandomi, assaggiando il frutto proibito ormai maturo da cogliere.

Il bacio dura secondi, ma sembra che passino minuti, mentre esploriamo le reciproche bocche, la pressione perfetta mentre inizia lentamente, e ci esploriamo avidamente con le lingue.

Le mie dita affondano nel suo fianco, trattenendomi dall'aggrovigliarle nei capelli. Vorrei sciogliere la sua acconciatura, farle scuotere i riccioli rossi e piegarla sul bancone. Mi piacerebbe scoparla da dietro, lasciando che il mio cazzo riempia la sua stretta figa mentre urla il mio nome facendosi sentire da tutti.

Ma questa è solo una fantasia.

E una che non sono disposto a esplorare mettendo a rischio la mia carriera e il mio futuro, perché ci sono reporter e ospiti con telefoni che, per capriccio, registreranno qualsiasi cosa sembri remotamente interessante per caricarla sui loro social media in cambio di due minuti di fama.

«Reece,» una voce maschile ruvida mi distoglie dal bacio con Charlotte. Il mio stomaco si contorce, sapendo già a chi appartiene quella voce senza nemmeno dover guardare. Grant Brass.

Ovviamente ci sarebbe stato anche lui all'evento di stasera. È uno dei giocatori di punta degli Island Bruisers.

Ha un tempismo impeccabile.

«Cosa ci fai qui?» chiede Grant, con tono tagliente mentre mi squadra. «Questo evento è solo su invito, e tu stai rovinando l'atmosfera.»

Due dei suoi compagni di squadra, Knox Storm e Mack Conrad, si avvicinano dietro Grant. Pensa forse di aver bisogno di rinforzi a un evento di beneficenza?

«La mia ragazza mi ha invitato,» dico, avvolgendo un braccio attorno alla vita di Charlotte.

«Non ci avete messo molto a rimettervi insieme,» dice Grant, osservando Charlotte. «Fortunatamente per me, Char si mette all'asta per una notte.» Muove le sopracciglia in modo suggestivo.

Avanzo, impedendo a Grant di avvicinarsi a Charlotte. «Se osi fare anche una sola offerta, giuro che io...»

«Tu cosa?» chiede Knox, inclinando la testa e aggirando Grant. «Per come la vedo io, c'è uno di te e l'intera squadra degli Island Bruisers qui. Non hai la minima possibilità di sfuggirci, Reece.»

«Volete combattere contro di me?» Rido alla sua proposta. «La vostra intera squadra contro un solo uomo? E in che modo sarebbe leale?»

«Non ho mai detto che dobbiamo giocare in modo corretto,» dice Mack. «Sei sul nostro territorio, e stai importunando uno dei nostri.»

«Uno dei vostri che picchia donne e bambini?» dico, guardando Mack in faccia. «Davvero nobile da parte tua, Conrad.»

«Sta mentendo,» dice Grant passandosi una mano tra i capelli. L'accusa lo ha messo in agitazione.

«Tua moglie ha un occhio nero identico a quello che hai dato al *mio* bambino,» sibilo furioso. «Vuoi le trascrizioni del tribunale per ricordarti cos'è successo?»

«Non ci sono trascrizioni. Lei non ha sporto denuncia contro di me,» si vanta Grant. «Una moglie sa che non deve tradire il proprio marito.»

Mack fa un passo indietro. «Vuoi dire che quelle storie sui giornali riguardo al ragazzo sono vere?» Sembra sbalordito, come se non avesse realizzato che Grant gli ha mentito per tutto questo tempo.

«Sono sciocchezze!» urla Grant, con la voce che rimbomba, attirando qualche sguardo distratto dagli ospiti nella nostra direzione.

«Portatelo fuori,» dice Charlie Hayes. È alla sua stagione da rookie per gli Island Bruisers, giovane e talentuoso. Almeno ha il buon senso di mantenere professionale il gala e la disputa tra rivali.

«Non andiamo da nessuna parte,» dice Charlotte. «Ho invitato Noah a partecipare a questo evento. Voi ragazzi dovreste fare i conti con la sua presenza. Crescete un po'!»

Alcuni dei suoi compagni di squadra ridono nervosamente; non sembrano entusiasti di prendere ordini da una ragazza, ma si raddrizzano e si schiariscono la gola.

«Drink?» dice Storm agli altri ragazzi della sua squadra mentre il padre di Charlotte si avvicina a noi.

Il resto di loro si disperde come scarafaggi, e io inspiro nervosamente, dovendo incontrare l'uomo che senza dubbio mi odierà prima della fine della serata, specialmente con quello che ho pianificato con i miei compagni di squadra.

«Reece.» I lineamenti del signor Grace sono duri, gli occhi tesi e le labbra sottili. Mi fissa come se mi stesse studiando per un esame, e io fossi il materiale didattico.

«Signor Grace,» dico, cercando di essere il più formale e educato possibile. Se crede che io stia frequentando Charlotte, allora devo far sembrare tutto convincente. Tendo la mano, presentandomi.

Non prende la mia mano. La ignora come se non la stessi tendendo goffamente e come se non fossi appena stato respinto. «Charlotte, ti dispiacerebbe lasciarci un momento?» chiede il signor Grace a sua figlia.

Lei forza un sorriso. «Certo. Prenderò dei drink freschi al bar,» dice, appoggiando la mano sul mio braccio per un momento e dandogli una leggera stretta prima di allontanarsi.

«Charlotte è la mia bambina,» dice lui, con gli occhi che mi scrutano.

Mi trattengo dal ricordargli che non è una bambina o che se lo fosse, non la manderebbe a un'asta di beneficenza usandola come premio.

«È importante per me,» dico. È più facile se non devo mentire e c'è verità nelle mie parole. Non sono mai stato bravo a mentire. Da bambino, mi ingarbugliavo nelle mie storielle e finivo con il sedere ben sculacciato.

«Charlotte è più importante per me e per la squadra.» Il signor Grace inclina leggermente la testa, i suoi capelli brizzolati che traspaiono sotto le luci intense mescolati con il castano scuro.

Deve avere il colore di capelli della madre, con i suoi occhi azzurri e i ricci rossi, perché non assomiglia per niente a suo padre. Presumo che non sia adottata.

«Qualunque cosa tu pensi di avere con mia figlia, è una cosa passeggera. Lei la spegnerà a tempo debito. È abbastanza intelligente da sapere che il suo futuro appartiene agli Island Bruisers quando verrà a lavorare per me. Non renderle le cose più difficili. Se hai un po' di integrità, porrai fine a questa tresca prima di spezzarle il cuore.»

—————

Ci vengono serviti antipasti, un pasto elaborato, e poi, finalmente, inizia l'asta. Sono grato per la distrazione perché parlare con suo padre è stata pura tortura.

Forse non dovrei essere sorpreso che papà carissimo voglia che sua figlia segua le sue orme, ma Charlotte non mi ha menzionato nulla a riguardo. Non che abbiamo parlato recentemente delle nostre carriere, o di molto altro.

Tuttavia, l'ho sentita dire di lavorare per il distretto dei parchi, il che mette una carriera con gli Island Bruisers sulla giusta strada.

E poi non stiamo davvero insieme.

Questa sera è tutto un gioco, almeno nel fingere di essere una coppia. Non è l'unico intrattenimento previsto per questa serata all'asta di beneficenza.

«Torno subito,» sussurro, dando a Charlotte un rapido bacio sulla guancia prima di allontanarmi dall'asta e dirigermi verso la porta sul retro. Sono silenzioso mentre faccio entrare di nascosto i compagni di squadra degli Ice Dragons. Ho convinto ogni giocatore del nostro roster a unirsi a noi per l'evento principale perché è per una buona causa.

Almeno, questo è ciò che ho detto ai novellini. È, dopotutto, una beneficenza quella che stiamo aiutando.

Kyler, Jasper, Owen, Chase e un paio degli altri ragazzi conoscono già la verità. Sono quelli che mi hanno sostenuto con Zayn in tribunale e farebbero qualsiasi cosa per fregare i Bruisers, specialmente quando si tratta di Grant Brass.

Quando ho ideato il piano, ero ancora arrabbiato con Charlotte e volevo pareggiare i conti con lei. Spero che troverà divertente ciò che abbiamo pianificato.

Se non sarà così, la nostra finta storia d'amore finirà.

VENTUNO

CHARLOTTE

Do un'occhiata al mio orologio. Noah è via da un po'. Sono seduta nella seconda fila all'asta e molto presto passeranno dall'offrire crociere e viaggi di lusso a una serata con me.

Speravo che Noah potesse far ragionare mio padre, ma l'espressione sul volto di Noah quando sono andata a prendere da bere per noi era terribile. Credo che mio padre gli abbia fatto quel discorso che nessun uomo vorrebbe mai sentire dal padre della propria ragazza. Il discorso *se la fai soffrire, ti ammazzo*. Almeno, è quello che presumo si siano detti, visto che nessuno dei due ha confessato di cosa abbiano parlato.

Papà è seduto accanto a me mentre il banditore elenca i premi e poi gestisce le offerte per ogni oggetto. Parla così velocemente che è un miracolo che l'asta non finisca in pochi minuti. Ma ci sono centinaia di oggetti donati da diverse organizzazioni per l'evento di stasera. Si va dalle maglie autografate donate dagli Island Bruisers fino a una cena con la sottoscritta.

Anche se tecnicamente non ho donato me stessa per un appuntamento a cena, mio padre ha deciso di farlo al posto mio. Gli piace pensare di poter controllare la mia vita e il mio futuro. Si sbaglia.

«Il prossimo articolo,» dice il banditore, «è una maglia autografata di Mack Conrad. Vieni qui, Mack.» Il banditore lo incita.

Lui sale i gradini accolto da un applauso e prende la maglia, aprendola e firmandola davanti a tutti. «Aggiungerò persino un cuoricino accanto al mio nome,» dice Mack. «Pezzo unico.» Fa l'occhiolino e giuro che tutte le donne sospirano eccitate.

Non ne capisco il fascino, ma Mack Conrad è piacevole alla vista. È anche un amico di Grant, il che lo colloca automaticamente nel territorio degli stronzi. Chiunque si associ con Grant Brass rientra nella categoria dei coglioni.

«Inizieremo le offerte da mille dollari,» dice il banditore.

Ed è allora che intravedo Noah al bordo del palco. Sta aspettando di uscire, ma non sono sicura del perché.

Che diavolo sta tramando?

Le offerte per la maglia di Mack arrivano fino a tremila e trecento dollari prima che io ottenga finalmente la mia risposta.

Noah si sposta sul lato del palco, si avvicina al banditore e gli sussurra qualcosa. «Fai pure,» dice il banditore, porgendogli il microfono.

«Signore e signori, questa sera abbiamo una sorpresa davvero speciale per voi.»

Lo stomaco mi si chiude, e sono preoccupata per ciò che Noah ha in mente. Sta dicendo apertamente che l'appuntamento con me è annullato, e che comprerà la mia serata prima che chiunque altro abbia l'opportunità di farlo?

Non sarebbe così male, vero?

Voglio dire, c'è la possibilità che uno degli Island Bruisers faccia un'offerta per un appuntamento con me. E se fosse Grant Brass, potrei dover fisicamente assassinare quell'uomo prima di arrivare a cena.

«Che succede?» chiede mio padre, guardando dal palco Noah a me, aspettandosi una risposta.

Ho la bocca spalancata mentre cerco di formulare qualche parola per evitare che mio padre interrompa Noah. «Guarda e basta. Sarà una cosa positiva.»

Spero di avere ragione. Insomma, Noah non mi indirizzerebbe mai sulla strada sbagliata. Siamo in buoni rapporti ora.

«Meglio così. Il tuo sedere è in gioco se mi fa fare una figuraccia.»

Emetto un respiro tremante mentre Noah si posiziona al centro del palco con il microfono in mano. «Signore e signori, ho una sorpresa davvero speciale per voi questa sera.»

Le mie mani sono sudate e le asciugo sulla gonna del mio vestito, cercando di calmare il respiro. Quella sensazione di vuoto nel mio stomaco sta crescendo come un macigno, e ho questa strana sensazione che stia per essere lanciato a valle a tutta velocità.

Dal lato del palco, Chase sta facendo qualcosa con il suo telefono. Un minuto dopo, la musica si diffonde nell'auditorium, ritmata e coinvolgente.

Noah sorride, per nulla sorpreso dall'inizio della musica. «Il prossimo articolo all'asta non è solo una maglia di un giocatore NHL. È un appuntamento galante con il portiere in un ristorante a quattro stelle.»

Aiden sfila sul palco indossando giacca e cravatta. Non è esattamente in elegante smoking per l'evento, ma si è comunque vestito bene.

Fa una piroetta al centro del palco mentre Noah fa un passo di lato per lasciare ad Aiden i riflettori.

«L'appuntamento include una cena con il portiere più sexy di New York City. Gioca per gli Ice Dragons. È rude. Duro. Ma piacevole da guardare. Questa asta è per una serata con Aiden Blake, dove vi offrirà vino e cena. Se siete una signora fortunata, potrebbe persino accompagnarvi fino alla porta di casa.» Noah fa l'occhiolino alla folla.

Le signore sono tutte affascinate dalla sua presenza e dall'appuntamento con il portiere.

«Diecimila dollari!» grida una signora.

Noah sorride. «Okay, le offerte partono da diecimila dollari.»

Aiden sembra sorpreso, ma sentendo ciò inizia a mettere in mostra i suoi muscoli, poi gira su se stesso e agita il sedere per far sbavare tutte le ragazze.

Non dovrei farlo, ma lancio un'occhiata a mio padre, che sta ribollendo sulla sua sedia. Non ha interrotto Noah, probabilmente perché le signore stanno impazzendo per Aiden e stanno aiutando la beneficenza nel processo.

«Mi devi delle spiegazioni più tardi,» ribolle mio padre, guardandomi torvo. Giuro che l'uomo sta per soffiare vapore dalle narici come uno di quei cartoni animati con i draghi.

Noah continua a mettere all'asta singoli giocatori degli Ice Dragons per serate galanti. Viene offerto di tutto, da una cena di quattro portate a passare direttamente al dolce, che si intende come un appuntamento dolce alla gelateria. Ma le signore stanno aprendo i loro portafogli come se fosse Natale e stessero comprando regali per tutti i loro figli e, alcune di loro, per i loro nipoti.

«E ultimo ma non meno importante, l'appuntamento di hockey definitivo con tre giocatori degli Ice Dragons. Volerete verso la destinazione di vostra scelta sul nostro jet privato, dove vi offriremo vino e cena.»

«Questo include l'iscrizione al mile-high club?» commenta una ospite.

Diverse altre signore ridacchiano alla domanda.

Noah si schiarisce la gola e cerca di riprendere la sua compostezza. «Anche se questi tre uomini non sono proprio scapoli, sanno come viziare una ragazza e farla sentire come se nessun altro esistesse. Un applauso per Jasper Greyson, Kyler Greyson e me stesso, Noah Reece.»

I fratelli Greyson sono gli unici due senza giacca. Jasper e Kyler si fanno l'occhiolino prima di strappare le loro camicie perché tutte le ragazze possano vedere i loro addominali nudi. Lanciano le loro camicie al pubblico e si muovono a ritmo di musica mentre dimenano i loro sederi verso le signore.

Il resto degli Ice Dragons si unisce a loro sul palco,

facendo lo stesso, offrendo alle signore uno spettacolo eccitante e facendo salire le offerte.

«Venticinquemila,» grida una donna dal fondo, alzando il suo numero in alto mentre si alza in piedi.

«Cinquantamila,» un'altra donna si alza, tenendo il suo numero alto, facendo capire chiaramente che vuole vincere il premio.

Le signore non hanno finito di offrire o di litigare per i tre.

Noah mi guarda, con un'espressione compiaciuta sul viso, soddisfatto del risultato.

Mio padre inizia a sporgersi in avanti per alzarsi, e io gli afferro il braccio, impedendogli di alzarsi e porre fine a tutto questo prima che le offerte siano concluse. «Pensa ai bambini. E il cancro,» dico, implorandolo di tenere il sedere incollato alla sedia.

Mi fulmina con lo sguardo, scuotendo la testa. «Cosa hai fatto?»

VENTIDUE

NOAH

È un miracolo che non ci abbiano cacciato dal locale, ma le signore anziane che aprono i portafogli e firmano assegni enormi ci ha aiutati sicuramente.

Gli ospiti sono più entusiasti della nostra presenza che degli Island Bruisers. Vorrei pensare che sia perché siamo la squadra migliore, ma loro non hanno messo all'asta una cena romantica, un dessert o un viaggio in jet privato.

E non lo stiamo facendo come parte del nostro accordo pubblicitario come da contratto. Era tutto per mettere i bastoni tra le ruote ai Bruisers. Beh, quello e per evitare che Charlotte dovesse mettersi all'asta come accompagnatrice, perché non mi andrebbe per nulla a genio.

Forse se lei avesse voluto offrirsi come premio per una notte...

No.

Non avrei voluto che lo facesse comunque. Qualche tipo viscido avrebbe potuto farsi idee sbagliate dopo aver pagato una fortuna per una cena e dei drink con lei.

I miei compagni di squadra, invece... noi sappiamo gestire la situazione con le signore. La maggior parte di loro sono più anziane di noi. Alcune potrebbero essere nonne. Onestamente, è un po' difficile distogliere lo sguardo da Charlotte seduta accanto a suo padre.

Il suo sguardo duro probabilmente mi darà qualche incubo, ma non è come se stessi realmente frequentando sua figlia. È solo per divertimento. Finto.

Dovrei probabilmente trovare Charlotte e assicurarmi di non averla messa nei guai con il nostro piccolo scherzo. Ma ha aiutato una buona causa. Quanto a lungo può restare arrabbiata con me per averla tirata fuori dai guai? Ha chiarito che non voleva partecipare all'asta, così ho offerto qualcos'altro in cambio.

I suoi capelli rosso fuoco sono la prima cosa che noto. Si abbinano al colore della sua pelle mentre si precipita verso di me.

Oh, cavolo.

È arrabbiata.

Furiosa.

Posso vedere il calore che irradia dalla sua minuscola figura, e ho una mezza idea di correre nella direzione opposta, urlando ai miei compagni di squadra di *abortire la missione* e di fuggire tutti dall'uscita sul retro, nello stesso modo in cui ho fatto entrare quei ragazzi.

«Questo sì che è stato uno spettacolo,» dice Charlotte, guardandomi dritto negli occhi.

È piccola ma potente.

Non mi muovo minimamente dal punto in cui mi trovo. I ragazzi stanno dietro di me. Jasper e Kyler hanno le giacche addosso, ma hanno abbandonato le camicie da tempo. Sono abbastanza sicuro che abbiano fatto saltare qualche bottone quando si sono strappati le camicie eleganti per invogliare le signore a fare offerte.

Era stato un mio suggerimento.

Tutti i ragazzi avrebbero dovuto farlo prima, ma Kyler aveva fatto una buona osservazione. Se fossimo usciti subito a spogliarci, avremmo avuto una sola possibilità e poi sarebbe finito tutto. Potevamo raccogliere più soldi per la beneficenza se avessimo allungato l'asta e offerto più serate e premi.

Davvero un bel colpo ai Bruisers.

Non guasta che la stampa fosse lì a scattare foto. Ho notato alcuni ospiti con i telefoni in mano. Non sono sicuro se stessero trasmettendo in diretta o registrando, ma in ogni caso, sarà tutto su internet entro domattina.

L'unica persona che ancora non lo sa è il Coach. È meglio che lo scopra a fatto compiuto, per non metterlo nei guai. Gli stiamo salvando il culo.

«È stato davvero fantastico, se posso dirlo.» Sono raggiante, entusiasta che l'asta sia andata secondo i piani. Ero un po' preoccupato nel caso il banditore non avesse ceduto il microfono, di come avrei preso il controllo del palco. Corromperlo davanti a migliaia di persone non sarebbe stato un bene se fosse stato ripreso dalla telecamera.

«Mio padre è furioso, e immagino lo siano anche gli Island Bruisers,» dice Charlotte.

I ragazzi dell'altra squadra sono torvi, tutti insieme all'estremità opposta della stanza. Alcuni stanno scorrendo i loro telefoni, passando il tempo fino alla fine della serata, quando contrattualmente potranno andarsene.

Charlotte non sembra felice di vedermi. Sapevo che quello che stavo facendo comportava il rischio di farla arrabbiare. Non è che non l'avessi contemplato, e una piccola parte voleva vendicarsi per ciò che mi aveva fatto, ma non a spese di ferire qualcun altro.

Per quanto mi riguarda, stasera è stato un successo. Abbiamo aiutato la beneficenza. Gli ospiti erano entusiasti della nostra apparizione a sorpresa. Forse abbiamo fatto arrabbiare un vecchio e sua figlia... beh, questa è la vita.

«Peccato,» dico, con tono piatto. «Siamo riusciti a ottenere molte donazioni generose, grazie ai ragazzi.»

Charlotte stringe le labbra. «Dovreste andarvene, tutti voi,» dice con forza, le guance che arrossiscono mentre evita di incrociare il mio sguardo.

«Questo include anche me?» chiedo, portando la mano al suo mento per sollevare il suo sguardo.

«Sì.» La sua lingua punge l'angolo delle sue labbra. Sta nascondendo qualcosa.

«Stiamo fingendo di lasciarci?» chiedo.

«Non vedo altra scelta. Dopo quello che hai fatto con i ragazzi.» Si allontana dalla mia portata e incrocia le braccia sul petto. «Non posso farmi vedere con qualcuno che si imbuca alle feste.»

La mia mascella si tende. «Non è quello che è successo.» Lei sa che non ci siamo intrufolati all'evento di beneficenza. L'abbiamo reso migliore.

«Devi andartene prima che i media entrino, e conoscendo mio padre, farà di tutto per distruggere la tua reputazione e anche quella della squadra.»

I paparazzi e la stampa aspettavano fuori dall'ingresso principale quando siamo arrivati. Sono rimasti lì e stanno aspettando che gli Island Bruisers se ne vadano?

Ci accompagna verso l'uscita posteriore.

«Vieni con noi,» dico e le sposto una ciocca di capelli sciolti dietro l'orecchio. La sua acconciatura si sta disfacendo, sta cedendo, più o meno come mi sento io in questo momento.

«Non posso. Devo sistemare il tuo pasticcio.»

Non la forzo. Se lo facessi, significherebbe portarla via di peso sulla mia spalla e trascinarla fuori. Suo padre chiamerebbe la polizia e mi farebbe arrestare per aver rapito sua figlia. Non mi aspetto che lui mi apprezzi, ma dopo quello che ho fatto oggi, senza dubbio mi disprezza.

Mi chino, stampo un casto bacio sulla guancia di Charlotte prima di fare un passo indietro attraverso la porta aperta mentre esco per ultimo e raggiungo i ragazzi fuori.

La maggior parte dei miei compagni di squadra si è dileguata come era arrivata, ammassandosi nei vari veicoli. Io non ho viaggiato con loro. Sono venuto per conto mio.

Jasper e Kyler mi stanno aspettando fuori. Sono i due che non sembrano minimamente agitati, probabilmente perché hanno carriere promettenti, almeno Kyler. Jasper è ancora abbastanza nuovo nella squadra, come me, ma ha suo fratello maggiore che lo protegge.

«Ci vediamo a casa mia?» chiede Kyler.

«Certo.» La sua fidanzata sta badando a mio figlio, e per quanto mi piacerebbe che Zayn facesse la sua prima nottata con gli amici, non sarà stasera.

———

«Com'è andata l'asta?» chiede Emerson. È in soggiorno con i bambini.

Bristol, la figlia di Kyler, è ben sveglia, sdraiata sul suo sacco a pelo da principessa, mentre sgranocchia popcorn guardando un film Disney.

Il mio piccolo tigrotto, Zayn, dorme profondamente nel suo minuscolo sacco a pelo, russando piano.

Spostiamo la nostra conversazione da adulti nel corridoio, tenendo d'occhio i bambini ma non volendo svegliare Zayn.

«Perfetta,» dice Kyler con orgoglio. «Abbiamo raccolto ben oltre mezzo milione di dollari tra tutti i nostri premi.»

«Quanto ha fruttato l'appuntamento per voi tre?» chiede Em. Era stata una sua idea quella di includere il jet privato di Kyler per portare un fortunato ospite ovunque con tre dei più affascinanti giocatori di NHL.

«Settantacinquemila dollari,» dice Kyler.

La bocca di Em si spalanca. «Chi ha vinto?»

Tutti ci guardiamo intorno, scuotendo la testa. «Una signora con un libretto degli assegni molto generoso?» scherzo.

Kyler avvolge le braccia attorno alla vita di Em, attirandola a sé. «Mi sei mancata, M&M.»

Lei arriccia il naso e ringhia giocosamente verso di lui.

Lui cattura le sue labbra con le proprie, una mano sul suo fianco, l'altra che sale a intrecciarsi nei suoi capelli mentre approfondisce il bacio, esplorandola con la lingua.

«Vi prego, prendetevi una stanza!» dice Amber. «Guarda che è mia sorella quella che stai scopando con la lingua.»

«Almeno qualcuno lo fa,» mormoro, appoggiandomi allo stipite della porta. I miei giorni da scapolo sono finiti, soprattutto ora che ho un figlio.

Jasper arriva da dietro, avvolgendo le braccia attorno alla vita di Amber. Lei si appoggia a lui, inclinando la testa all'indietro per un dolce bacio.

Distolgo lo sguardo, a disagio. Quando sono diventato quello che non ha una ragazza? Ho sempre trovato facile conquistare ragazze e fare sesso, ma Zayn complica le cose.

Non che farei qualcosa di diverso con lui. Sono felice di avere ottenuto l'affidamento esclusivo. Sono grato che sia nella mia vita e che sia il mio focus. Ma mi manca quel calore, quel fremito tra le lenzuola, la sensazione di un corpo femminile caldo sotto di me mentre la bacio e la divoro.

E in quella fantasia, vedo un lampo di capelli infuocati.

Occhi blu limpidi.

È Charlotte Grace al cento per cento.

Anche quando non voglio provare sentimenti per lei,

è ancora nel retro della mia mente, continua a farsi strada oltre la barriera.

«Dovrei portare Zayn a casa e metterlo a letto,» dico, dirigendomi verso il soggiorno.

«È il benvenuto a dormire qui. Sai che abbiamo abbastanza letti per gli ospiti,» offre Kyler.

«Grazie.» Anche se apprezzo la sua offerta, sto cercando di abituare Zayn a una routine e voglio che la sua nuova casa con me la senta come una vera casa.

———

È passata una settimana dall'evento di beneficenza. Non ho sentito una parola da Charlotte. Le ho mandato dei fiori per cercare di appianare le cose tra noi.

Le ho mandato un messaggio, il che ha significato sbloccare il suo numero. Tuttavia, non sono sicuro che lei non mi abbia bloccato.

Non ho sentito una parola da lei dall'evento.

Probabilmente è arrabbiata con me. Il Coach, Malone, non era troppo entusiasta quando ha scoperto cosa avevo orchestrato, e il motivo dietro sembrava averlo infastidito ancora di più.

Ma ormai l'ha superata. Sa che mettermi in panchina non è un bene per la squadra, e finché mi esibisco secondo i miei standard abituali, lascia correre le mie cazzate.

È come il genitore permissivo, quello a cui ti rivolgi quando vuoi stare fuori fino a tardi o hai bisogno di soldi. Il genitore che non ti mette in punizione per i tuoi casini, e ne ho creati parecchi.

Anche se, ripensandoci, non sono sicuro di aver mai avuto un genitore permissivo a casa. È probabilmente per questo che mi piace così tanto l'allenatore Malone. È una discreta figura paterna, a differenza del mio vecchio.

«Mi aspetto che giochiate al meglio e che manteniate la partita pulita perché tutti sappiamo che loro non lo faranno, dopo lo scherzo che avete fatto la settimana scorsa all'evento.» Malone non ha bisogno di ricordarci dell'evento di beneficenza.

Questa sera giochiamo contro gli Island Bruisers sul loro campo di casa, e non è un incontro che attendo con piacere. Amo l'hockey, il gioco, l'atmosfera, l'emozione quando il disco viene lanciato... tutto quanto. Ma sapere che Grant Brass è ancora là fuori e che è un idolo per i giovani mi dilania dentro.

«Vorranno la loro vendetta,» dice Aiden con una risata. «Lasciamo che *provino* a prenderla.»

«Non essere presuntuoso, Blake,» Coach Malone lancia un'occhiata ad Aiden. «È così che ci facciamo battere. Andate là fuori e mostrategli che siete i migliori. Che la città vi ama per il vostro talento.»

«Vuoi dire che non è per la nostra spavalderia?» scherza Owen.

«E io che pensavo che le donne amassero Jasper e Kyler perché si strappano le camicie,» scherza Chase.

I ragazzi ridacchiano, annuendo in segno di approvazione. La squadra diventa più chiassosa di secondo in secondo.

«Potrebbe essere quello,» dice Jasper. «Le donne vogliono un vero uomo a letto.»

«Basta così, ragazzi!» Malone ci rimprovera come se fossimo adolescenti, anche se, per la cronaca, alcuni di noi si comportano ancora così. «Indossate l'attrezzatura, concentratevi sulla partita, e prendete a calci nel sedere quegli Island Bruisers.»

«Come va con la nuova tata?» chiede Kyler mentre usciamo insieme dallo spogliatoio.

«Bene. È a casa con Zayn.» Avevo contemplato di portare il bambino a una partita, ma poi ho riflettuto meglio visto che Grant gioca nella squadra avversaria. L'ultima cosa che voglio è traumatizzare il piccolo.

In verità, ero preoccupato anche che potesse vedere Grant, sentirsi più familiare e connesso con quel mostro, e che tutto il tempo che abbiamo costruito per andare avanti sarebbe stato vanificato, facendoci tornare due passi indietro.

Mi sento un po' a disagio quando si tratta di crescere un bambino. Sono sicuro che sia come andare in bicicletta: cadrò e dovrò risalire per riprovare. Farò degli errori, è inevitabile, ma non voglio che nessuno di questi sbagli coinvolga Brass.

«Sono contento che uno dei miei suggerimenti abbia funzionato per te.»

«Sì, è brava con Zayn. Sembra capire ciò di cui ha bisogno prima di me.» Tuttavia, lei trascorre molto più tempo con lui di quanto faccia io adesso. È difficile con la stagione di hockey, e non posso prendermi una pausa dagli allenamenti o dalle partite per crescere mio figlio. Ho bisogno dei soldi.

«Ce la farai. Lei è lì solo per aiutarti, soprattutto in questo momento. Diventerà più facile nel periodo di riposo.»

Spero che Kyler abbia ragione. È stato un padre single da sempre. Ora ha la sua fidanzata che lo aiuta con Bristol, ma hanno anche una tata.

Non sembra esserci molto tempo di riposo. Anche quando non siamo nel bel mezzo della stagione di hockey, stiamo comunque sollevando pesi, allenandoci e assicurandoci di rimanere concentrati.

«Non so come fai,» dico. Sembra una lotta, ma me la sto cavando. Aiuta il fatto che ho un lavoro solido che paga generosamente. Non devo preoccuparmi delle finanze per mio figlio o permettermi una tata a tempo pieno finché sono impiegato dalla squadra.

«Nello stesso modo in cui fai tu.» Kyler mi dà una pacca sulla schiena mentre usciamo sul ghiaccio. «Ce la puoi fare. Te la stai cavando benissimo. Non lasciare che vedere Brass ti dia fastidio.»

Il mio compagno di squadra mi conosce troppo bene. Sono sempre stato più vicino a Jasper, ma ora che Kyler ed io siamo entrambi padri, siamo diventati più uniti grazie a questa connessione. È stato come un mentore, mi ha aiutato a capire come gestire il sistema legale per la custodia e ora come crescere mio figlio.

Jasper pattina verso di me e indica verso la vetrata. «Sembra che tu abbia un appuntamento sexy sugli spalti.»

Di cosa sta parlando?

Pattiniamo sul ghiaccio prima della partita per qualche minuto per riscaldarci, assicurarci che le nostre lame siano pronte, e ci allunghiamo per non stirarci quando inizieremo.

Guardo nella direzione che Jasper aveva indicato quando scorgo i suoi ricci rossi. È seduta in prima fila accanto alla panchina della squadra avversaria. Probabilmente, suo padre le ha procurato quei posti per permetterle di sostenere gli Island Bruisers.

Indossa un cappotto, quindi non posso vedere di chi sia la maglia che ha sotto.

È vero quello che ha detto suo padre? Che lavorerà per loro dopo la laurea? Il mio stomaco si contorce al solo pensiero che lei possa trovarsi vicino a Grant. Non voglio che lui le si avvicini.

«Togliamo Brass dalla partita,» dico a Owen, mantenendo la voce bassa. Lui gioca ala sinistra contro Grant Brass, a meno che Grant non riesca a rubare il disco e venga nella mia direzione.

«So che hai dei conti in sospeso con quel tipo, e chiunque si metta contro i miei amici merita una bella lezione...» Owen lascia la frase in sospeso, «...ma non posso farmi espellere dalla partita.»

Mi mordo la lingua. «Non succederà. Non lo faremo. Nel peggiore dei casi, ci manderanno in panchina .»

Owen non deve nemmeno pensarci. «Di solito non mi piace giocare sporco, ma a volte devi fare ciò che è meglio per lo sport.»

«Ciò che è meglio per l'umanità,» dico. Anche se non ho intenzione di ucciderlo, non sono un bruto. Mi piacerebbe vedere la sua faccia sbattuta contro il muro un paio di volte, forse un naso sanguinante, e se sono fortunato, una gamba rotta o qualcosa che potrebbe tenerlo fuori dal gioco per un po'.

Ma ferire intenzionalmente un giocatore non è il mio modo di giocare. Proteggo me stesso, i miei compagni di squadra e vado dietro al disco. Se qualcuno si fa male, allora è così che doveva andare.

Sono stato bravo.

Il mio avvocato voleva che mantenessi le cose pulite, e ho giocato fin troppo correttamente negli ultimi due mesi. Ho seguito le sue regole, le sue istruzioni alla lettera, per assicurarmi di ottenere la custodia di Zayn.

C'è una battaglia che fermenta dentro di me, che cresce e ribolle per venire fuori.

Sto bruciando con il ghiaccio sotto le lame dei miei pattini

La partita inizia. Sono difensore sinistro, questa è la mia posizione, ma l'affronto con grazia, rubando il disco più spesso possibile, impedendo ai Bruisers di segnare.

Aiden è un portiere fantastico, ma è la nostra ultima difesa prima della porta. Se Chase ed io riusciamo a tenere il disco lontano da lui, ci sono meno possibilità che segnino.

Carico Conrad contro il vetro. Per quanto vorrei che fosse Grant, lui è a diversi metri da me.

Mi restituisce il favore, la mia schiena finisce contro le barriere, ma continuo a giocare, contendendo il disco mentre combattiamo lealmente sul ghiaccio.

«Se tu e i tuoi ragazzi avevate così tanto bisogno di appuntamenti, avremmo potuto prestarvi alcune delle nostre coniglriette,» mi provoca Conrad.

Ignoro la sua osservazione, rubo il disco e lo passo a Owen mentre avanziamo, cercando di segnare.

È una battaglia dura, l'altra squadra carica Owen contro le barriere. Kyler riesce a rubare il disco e lo passa a Jasper.

Non riesco a sentire cosa viene detto, ma gli Island Bruisers ci lanciano insulti ad ogni occasione. Stanno cercando di farci innervosire, ma Jasper sa mantenere la calma.

È abituato alle provocazioni delle altre squadre, lo siamo tutti. Non è niente di nuovo.

L'unica differenza è che, questa volta, li abbiamo fatti arrabbiare a ragione prima della partita. Non si tratta solo della battaglia sul ghiaccio. Stanno cercando di riconquistare il loro orgoglio. Li abbiamo fatti sembrare sciocchi davanti alla stampa, soprattutto quando i canali di informazione hanno avuto notizia della nostra visita a sorpresa.

Il disco scivola di nuovo verso Owen, e Grant è subito lì. Tira indietro il bastone e colpisce in alto, assestando un colpo al viso di Owen, colpendolo al naso.

Gocce di sangue cadono sul ghiaccio.

Kyler ed io corriamo attraverso la pista verso Grant, rifiutandoci di lasciargliela passare liscia. Kyler lo sbatte contro le barriere, e io mi unisco. Non siamo gli unici. Jasper è proprio dietro di noi. I giocatori dell'altra squadra fanno lo stesso, correndo verso Grant per proteggerlo o difenderlo.

Dire a Owen di affrontare Grant per me è stato un errore. Non dovrebbe combattere lui le mie battaglie. Non che quello che ho detto contasse. Grant era chiaramente assetato di sangue. Non è niente di nuovo, è così sia a casa che sul ghiaccio.

Assesto un colpo dopo l'altro contro la gabbia toracica di Grant quando Conrad mi strattona all'indietro sul ghiaccio. «Dacci un taglio,» dice Conrad, trattenendomi.

Charlie Hayes si unisce alla rissa, attaccando Kyler insieme a un altro dei giocatori degli Island Bruiser. È difficile vedere chi sta combattendo contro chi con la schiena rivolta alla mischia.

Gli arbitri fischiano, cercando di interrompere la rissa. Grant viene mandato in punizione. Non è l'unico. Anche Kyler ed io ci andiamo. Non che mi dispiaccia, tranne per il fatto che hanno un vantaggio con un giocatore in più rispetto a noi.

———

Kyler ed io veniamo liberati dalla panchina, ma siamo sotto di un punto. Non mi preoccupo. Abbiamo ancora un sacco di tempo per dare una lezione a quei Bruiser.

L'intervallo ci dà un'altra piccola pausa mentre veniamo portati nello spogliatoio. Non c'è discorso motivazionale dall'allenatore. Scuote la testa, guardandoci con disapprovazione.

«Sono là fuori a lanciarvi insulti per farvi iniziare risse. Vogliono che siate espulsi dalla partita o, almeno, fuori dal ghiaccio,» dice Malone. Non è ignaro di ciò che sta accadendo.

«Abbiamo ancora due tempi. La partita non è ancora finita,» aggiunge Chase. Sta cercando di risollevare il morale. Siamo sotto di un solo punto, ma è un punto che non sarebbe mai dovuto accadere. Grazie a noi fuori dal campo, sono riusciti a segnare.

In qualche modo, il naso di Owen non è rotto. Ha un paio di cerotti a farfalla dall'aggressione, ma quando si rimetterà il casco, sembrerà come nuovo. Un po' di sangue sulla divisa, e sembra un giorno qualunque al palazzetto del ghiaccio.

L'allenatore ci dà qualche consiglio e indica cose su cui lavorare prima di rimandarci fuori dallo spogliatoio.

Seguo i ragazzi fino alla nostra panchina e mi siedo mentre aspettiamo che finisca l'intervallo. Non posso fare a meno di guardare nella direzione di Charlotte. Se potessi correre là e parlare con lei, lo farei. Ma non mi è permesso. Non posso abbandonare la squadra.

Malone è l'ultimo a uscire dallo spogliatoio. «Che c'è?» chiede.

Deve avermi visto fissarla. Non è che possa distogliere lo sguardo da lei. «Charlotte Grace.»

«Pensavo che tra voi due fosse finita. È un bel peso, figliolo.»

Apro la bocca per obiettare alla sua descrizione di lei, ma lui mi interrompe.

«È una distrazione. C'è qualcosa che devi dirle per toglierti un peso dal petto?»

Annuisco vigorosamente. Malone si rivolge bruscamente a uno dei nostri assistenti dell'attrezzatura hockey.

«Sì, signore,» chiede l'assistente con occhi vivaci.

«Va' a prendere la rossa,» Malone indica Charlotte Grace. «Falla venire alla nostra panchina. Dobbiamo dirle una parola.»

«Sì, certamente.» Si precipita verso di lei e non fa domande, eseguendo gli ordini.

«Rimettiti in gioco, Reece.» Malone non vuole lasciar perdere. Non ci sono altri ragazzi con cui prendersela? Non sono l'unico distratto.

VENTITRÉ

CHARLOTTE

Venire alla partita degli Island Bruisers non era la mia idea di divertimento. Sì, adoro l'hockey, ma sono qui esclusivamente come favore a uno dei genitori affidatari del distretto del parco. Loro figlia non è mai stata a una partita, quindi mi sono offerta di portarla.

E visto che ricevo biglietti gratuiti per le partite degli Island Bruisers, aveva senso che la accompagnassi io. Avrei solo voluto potessimo sederci da qualsiasi altra parte.

Dietro il vetro è fantastico, i migliori posti secondo me, ma è anche il peggio perché mio padre sta urlando ai suoi giocatori, rimproverandoli per aver mancato un tiro o non essere riusciti a segnare un goal.

Abbi sembra inorridita. Non aiuta il fatto che ogni altra parola che esce dalla bocca dell'allenatore sia una parolaccia. Mio padre avrebbe dovuto fare il marinaio.

All'inizio ho provato a coprirle le orecchie, ma poi ci ho rinunciato. È inutile. Dovrei metterle dei tappi nelle orecchie per non farle sentire i commenti che escono dalla sua bocca.

È l'intervallo, il che almeno significa niente parolacce. O meglio, se sta imprecando come una tempesta, lo sta facendo nello spogliatoio con i ragazzi. Abbi e io non dobbiamo sentirlo.

«Pensi che firmeranno la mia maglia?» chiede Abbi, guardandomi con occhi luminosi.

Adoro questa bambina. È la mia studentessa preferita a cui insegno hockey, anche se so che si dovrebbero avere preferenze. Ma la piccola non solo è un talento naturale in termini di capacità atletiche, ma è anche sfacciata.

Abbi indossa una maglia degli Ice Dragons, specificamente il numero di Kyler Greyson. Non c'è alcuna possibilità che ottenga un autografo dei Bruisers su quella maglia. Mio padre continuava a lanciarmi occhiate assassine quando ha visto la bambina con me.

Probabilmente ha pensato che fosse per lavoro o per qualche programma giovanile di volontariato. Non è così pazzo da credere realmente che possa avergli nascosto una bambina di otto anni.

«Non credo che vedano di buon occhio la squadra rivale» dico.

«No, intendevo la squadra figa. Gli Ice Dragons» dice e indica la loro panchina. I loro giocatori stanno lentamente tornando dallo spogliatoio, e incrocio lo sguardo con Noah.

Beh, io lo noto. Lui sta guardando in questa direzione, ma non sono sicura che sappia che sono alla partita. È sciocco da parte mia pensare che possa individuarmi tra la folla.

Un ragazzo giovane, che a prima vista potrebbe sembrare alle superiori, ma che mi rendo conto faccia parte dello staff degli Ice Dragons, si avvicina a noi. Indossa il loro logo sulla camicia col colletto e pantaloni neri. È vestito molto più professionale di quanto tendono ad esserlo i tifosi.

«Ehi, il capo vuole parlare con te.»

«E se io non volessi parlare con lui?» chiedo.

Lui fa una smorfia e si agita sui piedi. L'ho messo a disagio. «Sono solo uno stagista che cerca di fare il suo lavoro. Per favore, vieni con me.»

Abbi corruga la fronte e incrocia le braccia sul petto. «Non andiamo con gli sconosciuti» dice Abbi.

Appoggio un braccio sulla sua spalla. «Esatto, e mi dispiace, ma non vado da nessuna parte senza la mia protégée.»

«Suona elegante» dice Abbi, sorridendomi.

«Può venire anche lei, ma fareste meglio a sbrigarvi. La partita sta per ricominciare.»

Prendo la mia borsa e lo seguiamo attraverso gli spalti finché raggiungiamo la squadra.

«Chi è questa giovane signorina?» chiede Kyler.

Gli occhi di Abbi si spalancano e lei si gira, mostrandogli la sua maglia di Greyson.

«La ragazza sa riconoscere il talento» commenta lui, sorridendo e orgoglioso che sia sua fan.

«Questa è Abbi» dico, presentandola alla squadra. «È una delle bambine del campo di hockey dove alleno.»

«Tu insegni a giocare a hockey?» chiede Malone, chiaramente sorpreso.

«Mi piace l'hockey, a volte non sono una fan dei giocatori, ma mi piace come sport.»

«Bruciato!» dice Abbi e schiocca le dita.

Noah le sorride. «Scommetto che qualcuno qui intorno ha un pennarello. Coach, possiamo avere un pennarello indelebile per la maglia della bambina?» dice Noah.

«Voglio che Kyler Greyson firmi la mia maglia» annuncia Abbi.

«Stavo per suggerire che la firmassimo tutti» dice Noah e alza le mani in aria, «ma se vuoi solo la firma di Greyson...»

«Tutti voi?» lo squittio di gioia esce con una raffica di risatine mentre fa fatica a stare ferma. «Sul serio?» Cede e inizia a saltare su e giù.

Gli altri ragazzi annuiscono in accordo e alzano le spalle con noncuranza. «Sì, certo. Possiamo firmare la tua maglia, piccola.»

«Si chiama Abbi» dice Kyler, e giuro che la ragazza sta per svenire. Il fatto che lui sappia e ricordi il suo nome è sufficiente a farle avvampare le guance.

Qualcuno ha una cotta colossale.

Non le spezzerò il cuore dicendole che è fidanzato o che è troppo giovane per provare interesse per un uomo che ha tre volte la sua età.

«È per questo che ci hai chiamato?» chiedo, guardando Noah, sospettando che lui abbia qualcosa a che fare con tutto questo. «Hai visto Abbi con la sua maglia degli Ice Dragons?»

Le orecchie di Noah diventano rosse, il suo casco è sulla panchina. «Volevo che parlassimo» dice, facendomi cenno di seguirlo lontano da Abbi, dandoci un po' di privacy dalle sue orecchie in ascolto e dai suoi compagni di squadra.

Incrocio le braccia sul petto. «Allora, parla.» Aspetto che mi spieghi perché mi ha trascinata via dai nostri posti, anche se sono grata che i suoi compagni di squadra stiano accontentando Abbi e firmando il retro della sua maglia.

«Sono Abbi con la *i*,» dice lei, assicurandosi che scrivano correttamente il suo nome. «E mi piacciono i cuori e l'hockey.»

I ragazzi ridacchiano, tutti impegnati a firmare o disegnare piccoli personaggi sulla schiena e sulle maniche della maglia. Lei si ritrova con una miriade di firme a colori permanenti diversi su tutta la maglia.

«Possiamo ricominciare da capo?» chiede Noah.

Stringo le labbra. Non mi sembra un'opzione realistica. «Non vedo come,» rispondo. Abbiamo già causato abbastanza drammi tra di noi.

«Io ti ho perdonata per avermi fatto arrestare. Quello che ho fatto all'evento di beneficenza non era poi così grave. Voglio dire, in confronto, non era letteralmente nulla. Ho aiutato dei bambini malati.»

«È questo che ti stai raccontando?» sibilo. «Perché hai messo in imbarazzo mio padre, la squadra rivale e me.»

«In che modo ti ho messa in imbarazzo?» chiede Noah, facendo un passo verso di me.

«Ho garantito per te, ti ho invitato come mio finto fidanzato, cosa di cui sono responsabile, lo so, ma poi sei andato a fare una parodia di ciò che mio padre aveva pianificato. È stato umiliante.»

«Per lui o per te?» chiede Noah.

Mi mordo la lingua. In realtà non ero così imbarazzata per tutto quello che era successo. Se non altro, avevo difeso Noah e i suoi compagni di squadra per le loro azioni davanti a mio padre.

«Avresti dovuto dirmelo. Avrei potuto aiutare.»

«Non credo che l'avresti fatto.»

«Non puoi saperlo,» dico. «Forse avrei collaborato, ma invece hai mancato di rispetto all'intero evento e, peggio ancora, a me.»

Noah chiude gli occhi per un secondo ed esala un respiro profondo mentre recupera la sua compostezza prima di guardarmi. Il suo sguardo mi fa sentire le farfalle nel mio stomaco. «Smettila di far sembrare che sia tutto incentrato su di te. Tutti si sono divertiti. L'ente benefico ha ricevuto più contributi di quelli che avrebbe ricevuto altrimenti. È stata una vittoria per tutti.»

«Gli Island Bruisers non sono d'accordo. Smettila di essere egoista.»

Spalanca la bocca. «Quindi, siamo passati agli insulti, è così?»

«Ho detto che stavi facendo l'egoista. Non è un insulto. È un dato di fatto. Eri lì per la gloria. Il riconoscimento. Volevi essere al centro dell'attenzione, e hai colto l'occasione a spese della squadra rivale.»

«Non è giusto,» dice Noah. La sua fronte si corruga e mi trascina lontano dalla panchina dei giocatori nel corridoio verso il loro spogliatoio. «Quello che ho fatto era inteso ad aiutarti, per evitare che dovessi uscire con qualche imbecille che voleva solo portarti a letto.»

«Pensi che non sappia badare a me stessa?»

La mascella di Noah è tesa. «Mi stai mettendo le parole in bocca. Non l'ho mai detto né sottinteso.»

«L'hai fatto se pensi che un appuntamento casuale possa concludersi fortunatamente. Solo perché sono andata a letto con te al primo appuntamento non significa che lo faccia con ogni ragazzo che incontro.» Sposto il peso sui piedi, a disagio con questa conversazione.

«Mi hai detto che tuo padre ti stava costringendo a offrirti come accompagnatrice per l'asta. Ti stavo facendo un favore, cercando di far raccogliere più soldi per la beneficenza, tenere tuo padre lontano da te e divertirmi un po'.»

«È la parte del divertimento quella che hai sbagliato,» dico. «Andava tutto bene finché i tuoi ragazzi non hanno deciso di iniziare uno spettacolo di spogliarello all'asta di beneficenza. Quelle signore anziane avrebbero potuto avere un infarto!»

La risata che gli esce dal petto è troppo. Si piega in avanti, cercando di riprendere fiato mentre ride per l'immagine che gli ho messo in testa. «Smettila. Mi farai morire!» Altre risate vibrano attraverso il suo petto.

«Non è divertente,» dico io.

«In un certo senso, lo è,» afferma Noah, raddrizzandosi. «Forse non avremmo dovuto far fare un piccolo spogliarello ad alcuni dei miei compagni di squadra, ma era solo quello: non si sono mica tolti i boxer.»

«Certo, perché questo lo rende molto meglio! Ti ascolti quando parli?»

«E tu ti ascolti?» ribatte Noah. «Sapevo che forse non mi avresti ringraziato per quello che ho fatto, ma pensavo che avresti capito quanto aiuto ti ho dato e ne saresti stata grata.» Si avvicina, invadendo il mio spazio personale, mentre ci ritroviamo faccia a faccia.

«Questo non ha alcun senso!»

«Neanche quello che dici tu!» grida Noah e la cosa successiva che sento sono le sue labbra sulle mie mentre mi spinge contro il muro e la sua lingua scorre sulle mie labbra e la mia bocca si apre affamata per lui.

Con una mano intrecciata nei miei capelli, l'altra mi accarezza la guancia e scende sul collo, sfiorando i miei seni.

Il calore inonda il mio corpo. Non c'è dubbio che lo senta anche lui.

Ha il sapore di castagna e quercia. Il suo tocco dà fuoco al mio centro, inviando sensazioni formicolanti attraverso di me. Ha risvegliato tutti i miei sensi, mettendoli in stato di massima allerta.

Lo allontano dopo il nostro intenso bacio. «Non puoi semplicemente baciarmi e aspettarti che io cada inerte tra le tue braccia, e che viviamo felici e contenti.»

Lo sguardo di Noah si illumina. «Speravo servisse a farti stare zitta.»

«Ah!» esclamo puntandogli il dito contro. «Beh, ti sbagli, di nuovo.»

VENTIQUATTRO

NOAH

Charlotte Grace è la donna più frustrante che conosca.

Correzione.

Charlotte Grace è la persona più frustrante su questo pianeta. E probabilmente su qualsiasi altro pianeta esistente in questo o in qualsiasi altro universo.

Giuro che le piace complicare le cose solo per giocare con me.

Sono seduto sulla panchina, e l'allenatore mi fa restare fuori dalla partita perché sono arrivato in ritardo dopo l'intervallo. C'è la possibilità che mi faccia entrare, ma sto pagando la penalità.

Sì, baciare Charlotte potrebbe aver avuto qualcosa a che fare con questo. Ma non è stata l'unica cosa. È stata anche l'erezione che mi ha fatto venire e che mi ha costretto a precipitarmi nello spogliatoio per riprendermi prima di tornare sul ghiaccio.

Non volevo rischiare che succedesse qualcosa al mio amichetto.

E mentre davo la colpa a uno spasmo muscolare al polpaccio, l'allenatore non si è bevuto la mia storia. Mi ha detto che se i miei muscoli hanno così tanti spasmi, allora devo sedermi in panchina e farli riposare.

Non ci ho riflettuto bene prima di dire quella piccola bugia.

Malone non è un idiota. Sono sicuro che sapesse cosa stavamo facendo. Solo che non sono sicuro di cosa stia facendo lui.

Abbi e Charlotte sono sedute sulla panchina in fondo con i giocatori. Perché non le ha fatte tornare ai loro posti dopo l'inizio della partita?

«Hai ancora qualcosa da sistemare?» chiede Malone, guardandomi prima di tornare a concentrarsi sui suoi giocatori sul ghiaccio.

«No, signore.»

Non sembra convinto, ma sto facendo del mio meglio per essere credibile. «Sto bene. Sono pronto per rientrare.»

«I tuoi spasmi potrebbero essere passati, ma la tua testa non è sulla partita.»

Passano altri cinque minuti prima che mi faccia entrare e tolga Cole Stephens. Compenso il mio errore, assicurandomi che il disco non si avvicini nemmeno alla porta quando i Bruisers si dirigono verso il nostro lato del campo.

Vinciamo di un punto, che è tutto ciò che conta. La partita serrata potrebbe essere stata brutale, ma almeno stasera siamo stati i vincitori.

Uscendo dal ghiaccio, i ragazzi si dirigono verso lo spogliatoio.

Charlotte e Abbi sono in piedi, in attesa che i ragazzi si allontanino.

«È stato così divertente!» grida Abbi sopra il rumore dell'arena. I tifosi stanno ancora festeggiando la vittoria.

Non mi aspetto di vedere Charlotte stasera al bar per festeggiare, dato che ha una bambina con sé, il che è probabilmente meglio. Comunque, devo tornare a casa da Zayn.

Sto cominciando a capire perché Kyler ed Em non escono con noi dopo le partite quando vinciamo. Priorità. Certo, capivo che mettesse il figlio e la famiglia prima dei festeggiamenti, ma la sensazione di fare la cosa giusta mi fa gonfiare il petto d'orgoglio.

«Grazie per averci sostenuto stasera,» dico, con lo sguardo su Abbi.

«Certo!» strilla lei, felicissima che un giocatore degli Ice Dragons stia parlando con lei.

Non sono sicuro per quale squadra Charlotte facesse il tifo stasera. Forse non dovrebbe importarmi, ma invece è così. Voglio che indossi la mia maglia e che sostenga me.

Emetto un respiro pesante. «Devo andare a farmi la doccia.»

«Bella partita, Reece,» dice Charlotte e si morde il labbro inferiore.

Sta ancora pensando al bacio tanto quanto lo sto facendo io?

Le offro un sorriso storto e mi avvicino. «Come tornate a casa voi due?» chiedo.

«Prenderemo la metropolitana,» dice Charlotte.

«Se potete aspettare venti minuti, vi do un passaggio.»

«Sei sicuro? Devo passare a lasciare Abbi dai suoi genitori,» dice Charlotte, guardando il suo orologio. Sarebbe difficile per lei prendere il treno in meno di venti minuti, e non voglio rischiare che perda Abbi tra la folla.

«I miei genitori *affidatari*,» dice lei. «Per favore, possiamo?» Abbi prende le mani di Charlotte, i suoi occhi grandi la implorano.

Mi piace questa bambina.

«Sì, ti aspetteremo fuori dallo spogliatoio.»

Ci vuole un po' più di tempo con l'allenatore che blatera dopo la partita, e faccio una doccia veloce. Mentre sono venuto in autobus all'arena con i ragazzi, uno dei requisiti per le partite fuori casa, ho organizzato un servizio auto per portarmi a casa. Non che non mi piaccia tornare al nostro campo con i ragazzi, ma volevo tornare a casa da Zayn un po' più velocemente e non essere tentato di uscire a bere qualcosa dopo.

Quando ho finito nello spogliatoio, saluto i miei compagni di squadra ed esco nel corridoio per trovare Charlotte e Abbi che aspettano pazientemente.

Mi piace che Charlotte sia brava con i bambini. Dato che mi aveva detto che non ne avrebbe mai voluti, pensavo che li odiasse.

«Andiamo via di qui,» dico. Le guido attraverso il labirinto di corridoi e tiro fuori il mio telefono, mandando un messaggio all'autista per dirgli che siamo in arrivo.

«Sei venuto in auto?»

«Non proprio,» ammetto.

Landon, il mio autista, sta già aspettando all'uscita laterale. Scende e apre la portiera posteriore del SUV per farci salire dentro.

Ci sono tre file di sedili, e Abbi si arrampica fino all'ultima fila, lasciandomi spazio accanto a Charlotte.

Questa bambina è un genio.

Charlotte fornisce all'autista l'indirizzo di Abbi prima che ci allontaniamo dall'arena.

«Bella partita stasera,» dice Landon.

Probabilmente ha ascoltato la partita alla radio mentre mi aspettava. Gli ho offerto i biglietti, ma non accetta mai regali. Lavora per un'azienda, quindi ho sempre pensato che fosse contro le loro regole ricevere qualcosa oltre a una mancia.

«È stato così divertente!» grida Abbi dal sedile posteriore. «Prima e migliore partita di hockey di sempre.»

«Sei stato grandioso stasera sul ghiaccio,» dice Charlotte, sorridendo, con lo sguardo fisso nel mio.

Mi si blocca il respiro in gola. Il luccichio nei suoi occhi infiamma tutto il mio corpo. Mi guarda come se volesse divorarmi, ma non mi ha nemmeno sfiorato da quel bacio ardente.

Devo ricordarmi di tenere il mio cazzo a bada. C'è una bambina sul sedile posteriore, e io e Charlotte siamo ancora su un terreno instabile.

Sono riuscito a perdonarla. Sarebbe bello se mi concedesse la stessa cortesia.

Quello che ho fatto non è stato nemmeno lontanamente grave come ciò che ha fatto lei, anche se Kyler mi ha impedito di peggiorare le cose all'evento di beneficenza. Dovrò ringraziarlo, più tardi, quando Charlotte mi perdonerà perché, prima o poi, lo farà. Deve farlo. Non mi arrenderò finché non avremo sistemato le cose tra noi.

Anche se non dovesse succedere più nulla tra noi, ci incontreremo comunque. Lei è la migliore amica di Amber, che sta con il mio migliore amico.

Arriviamo a casa di Abbi, e Charlotte scende, accompagnando Abbi fino alla porta d'ingresso. Si assicura di lasciarla ai suoi genitori affidatari prima di tornare al veicolo.

«Dove andiamo?» chiede l'autista.

Sto per dare a Landon l'indirizzo di Charlotte quando lei mi poggia una mano sul braccio e mi ferma. «Che ne dici di andare a casa tua? Parliamo. E poi, sono sicura che non vedi l'ora di vedere Zayn,» dice Charlotte.

«Grazie.»

Landon si dirige verso casa mia. L'aria nel retro del veicolo è carica di tensione.

Vuole venire a casa mia per parlare. È un codice per fare sesso? Conoscendo Charlotte e la sua bocca infuocata, probabilmente no. Ma almeno, quando avremo finito di discutere, magarj abbastanza in silenzio da non svegliare Zayn, potrò andare a dormire.

«Bella partita stasera,» dice Charlotte.

«L'hai già detto.» Sorrido a metà.

Annuisce e stringe le labbra. «Mi hai sbloccato come contatto. Almeno, presumo che l'abbia fatto visto che mi hai scritto di recente. Grazie per i fiori,» dice Charlotte e poi emette un respiro pesante, come se avesse impiegato tutte le sue energie per pronunciare quella semplice frase.

«Prego. Grazie per essere stata presente all'udienza per l'affidamento.»

Segue un silenzio, ma è più calmo, più sereno, e io allungo la mano verso la sua. Charlotte me la offre, aprendo il palmo e intrecciando le nostre dita.

«Abbi è una bambina dolce,» dico, sorpreso che Charlotte l'abbia portata a una partita.

«Sì, quella piccola ha passato molto.»

«Lo immaginavo, quando ha menzionato i suoi genitori affidatari.»

Charlotte annuisce. «Sì, molti dei bambini con cui lavoro hanno situazioni familiari difficili. Genitori che sono tossicodipendenti o che lavorano in tre posti diversi per mantenere un tetto sopra le loro teste. Sono quei bambini che tornano a casa senza che ci sia nessuno ad accoglierli, senza un fratello maggiore a casa. La maggior parte non può nemmeno permettersi l'attrezzatura da hockey, quindi cerchiamo di fornire loro quello che possiamo attraverso donazioni o attrezzature usate.»

«Potrei parlare con la squadra e vedere se possiamo donare dell'equipaggiamento che non usiamo più,» propongo.

Lei sorride debolmente. «Grazie, ma sono abbastanza sicura che i tuoi piedi siano troppo grandi, e che la tua mazza da hockey sia più alto di alcuni dei miei ragazzi.»

«Pensi che la mia mazza sia grossa quindi,» scherzo, dandole un colpetto. Lei ride, e la considero una grande vittoria. «Quindi, cosa fai con i bambini?»

«Gestisco i corsi di hockey e di pattinaggio sul ghiaccio per principianti.»

———

Quando arriviamo a casa mia, Zayn sta dormendo sul divano, accanto alla tata.

«Mi dispiace, signor Reece. Ho cercato di metterlo a letto, ma continuava a svegliarsi e a chiedere di lei.»

«Non preoccuparti. Posso metterlo io a letto.» Mi chino e sollevo Zayn addormentato tra le mie braccia, portandolo attraverso il corridoio fino alla sua camera.

Charlotte osserva dalla cucina, sorridendo.

«Ha bisogno di altro?» chiede la tata, una volta che sono tornato dopo aver messo a letto Zayn.

«No, è tutto. Ci vediamo domattina,» dico.

Lei esce dall'attico.

«La povera ragazza deve tornare domattina?» chiede Charlotte, guardando l'orologio. È già passata la mezzanotte.

«Sì, ma non deve andare lontano. Le sto affittando un appartamento un paio di piani più giù. Non è l'ideale, ma non ho spazio per lei qui senza dovermi trasferire.»

«È davvero gentile,» dice Charlotte, sorprendendomi. «Se fossi una tata, mi piacerebbe non dovermi alzare nel mezzo della notte per occuparmi del bambino.»

Le do un colpetto giocoso sul sedere. «È così che la vedi?» chiedo, ridendo. «Ti rifiuteresti di prenderti cura del nostro bambino di notte?»

«Il nostro bambino?» chiede Charlotte, sollevando un sopracciglio. «Ti riferisci a Zayn o a un futuro bambino perché, per la cronaca, non sono incinta. Questo utero preferisce rimanere disabitato.»

«Non pensavo fossi incinta, ma apprezzo l'onestà,» dico. Quella è una cosa che Jasmine non mi ha mai dato. «Disabitato?» Ha un modo buffo di dire le cose, ma lo trovo affascinante e adorabile.

«Sì, perché i bambini sono piccole creature infernali. Sono sicura che Zayn sia un'eccezione, ma non metterò un piccolo bambino dentro di me che poi devo spingere fuori. Assolutamente no.»

La mia bocca si spalanca. «Aspetta. È per questo che sei contraria ai bambini?»

«Non sono contraria,» ribatte Charlotte. «Non voglio portarli in grembo. C'è differenza. Mi piacciono i bambini. Abbi è fantastica.»

«Abbi ha, cosa, dieci anni?»

«Ha otto anni,» mi corregge Charlotte. «Non usa più i pannolini. Niente omogeneizzati o latte in polvere. È come l'età perfetta prima che inizino a rispondere male e arrivino all'adolescenza.»

«Fammi indovinare, eri una piccola ribelle durante l'adolescenza,» dico.

«Sì, e non voglio crescere un piccolo diavoletto. Io

uscivo a bere, a baciare ragazzi, insomma, qualsiasi cosa ci fosse, dovevo provarla.»

VENTICINQUE

CHARLOTTE

Non sono mai stata una grande appassionata di matrimoni. Sono felice di festeggiare con la coppia e condividere il loro giorno, ma giurare di amare qualcuno per sempre... perché hai bisogno di un anello per dimostrare la tua lealtà?

Forse sono solo disillusa.

Sono una mezza romantica. Adoro i film romantici. Sistemami accanto al fuoco e mi accoccolerò sotto una coperta guardando due innamorati che lottano per trovare il loro lieto fine.

Con i libri, è la stessa cosa.

Ma appena una relazione diventa reale, e le coppie iniziano a pubblicare "save-the-date" e foto di fidanzamento, mi viene da vomitare.

Noah mi ha invitata come sua accompagnatrice. Anche la mia migliore amica è presente, dato che è sua sorella maggiore che si sta sposando, il che renderà la festa un po' più divertente. E conoscerò parecchi ospiti perché sono compagni di squadra di Noah.

Sono felice per Emerson e Kyler.

Il loro matrimonio si svolge all'aperto nel loro giardino. Anche se è un miliardario, che potrebbe sposarsi ovunque, ha scelto la propria casa. C'è qualcosa di dolce in questa semplicità.

Il giardino è stupendo, con luci natalizie bianche che circondano gli abeti. Le torce tiki offrono abbastanza luce per i festeggiamenti serali e c'è un tendone per gli ospiti dove cenare e ballare dopo la cerimonia nuziale. Grandi stufe sono state sistemate per tenere al caldo gli ospiti, dato che è un matrimonio invernale.

Una leggera spolverata di neve macchia il terreno, cadendo dal cielo, rendendo l'aria ancora più fredda.

Bristol percorre la navata facendo da damigella e spargendo i petali, e sembra una piccola principessa. Lascia cadere con cura un petalo alla volta, lanciandolo e aspettando che atterri con grazia prima di lanciarne un altro.

Quando raggiunge la fine della navata, lancia il resto dei petali direttamente in aria e li lascia piovere su di sé.

La bambina sa come fare un'entrata.

Ci sono alcune risatine tra il pubblico, e Kyler le lancia un'occhiataccia, avvertendola di comportarsi bene mentre aspetta che la sua sposa percorra la navata.

«Bristol!» grida Zayn e le fa cenno mentre lei è in piedi davanti con suo padre. Il viso di Noah diventa rosso come il naso di Rudolph. Immagino che non si aspettasse uno scoppio del genere dal suo bambino.

Noah siede accanto a me con Zayn sulle ginocchia, avvolto con salopette da neve sopra il suo piccolo completo. Noah aveva insistito che non voleva che suo figlio prendesse un raffreddore dato che il matrimonio era all'aperto.

Il matrimonio di Kyler ed Emerson è perfetto. La loro cerimonia è breve, ma lo scambio dei voti porta le lacrime persino ai miei occhi. È evidente che sono follemente innamorati, e sono felice per loro.

Dopo la cerimonia, Noah deve tenere stretto Zayn per impedirgli di correre sulla pista da ballo e far cadere la torta mentre aspettiamo che Kyler ed Em taglino la torta e poi abbiano il loro primo ballo.

Zayn è irrequieto, ed è chiaro che sta mettendo alla prova la pazienza di Noah. È in piedi, facendo dondolare il figlio, che non ha alcun interesse a stare fermo.

«Posso?» chiedo, offrendomi di prendere Zayn da lui.

Zayn si divincola dalle braccia di Noah e viene nelle mie. «Buona fortuna» dice Noah, ma lo sguardo preoccupato mi dice che non è sicuro che io me la caverò meglio.

«Vuoi fare una passeggiata nel giardino?» chiedo a Zayn, portandolo lontano dagli ospiti.

Sembra calmarsi, e lancio un'occhiata a Noah, che ci tiene d'occhio. Vaghiamo verso le aiuole, che sono vuote in questo periodo dell'anno. Ma ci sono alcuni alberi splendidamente illuminati con lucine bianche scintillanti dietro di esse.

È sufficiente a catturare l'attenzione di Zayn per qualche minuto. Da questa distanza, è difficile vedere il taglio della torta, ma non mi dispiace perderlo se significa che Noah ha qualche minuto per sé. Ha cercato di tenere Zayn da quando siamo arrivati al matrimonio, e il bambino è a un passo da una crisi.

Noah gli ha dato spuntini e acqua. Lo ha portato in bagno due volte. Sono abbastanza sicura che il piccolo voglia correre liberamente, e spero che Noah glielo permetterà quando gli ospiti si alzeranno per ballare.

Lontano dalla confusione e dall'eccitazione, Zayn appoggia la testa sulla mia spalla e chiude gli occhi. Gli accarezzo la schiena mentre si calma per qualche minuto.

Apprezzo la quiete e la tranquillità della notte. Lontano dagli altri ospiti, è sereno e calmo.

«Turno di babysitting?» scherza Amber mentre mi raggiunge vicino agli alberi decorati. Indossa un abito senza maniche e si stringe le braccia intorno, evidentemente infreddolita.

Io indosso un abito a maniche lunghe con bordo in pizzo, pensato per l'inverno.

«Sto cercando di tenere qualcuno occupato fino all'ora del ballo,» dico.

«O del pisolino,» aggiunge Amber.

«No pisolino.» Zayn solleva la testa, con gli occhi spalancati.

«Perché i bambini odiano i pisolini, mentre da adulti, farei di tutto per averne uno durante la settimana?» chiedo.

Amber si stringe nelle spalle e ipotizza: «Desideri ciò che non puoi avere?»

Noah si schiarisce la gola alle mie spalle. Non l'ho sentito avvicinarsi. «Cos'è che desideri ma non puoi avere?» mi chiede. La sua voce grondante di desiderio mi provoca fremiti nel basso ventre. Il calore invade il mio corpo e sono sicura di essere arrossita, ma forse Noah lo attribuirà al freddo.

Stiamo prendendo le cose con calma da quando sono rimasta a casa sua dopo la partita un paio di settimane fa. Abbiamo condiviso il letto in modo platonico. Noah ha dormito dalla sua parte, io dalla parte opposta. Durante la notte, il suo braccio mi ha avvolto la vita e ci siamo abbracciati. È stata una sensazione bellissima al risveglio, finché Zayn non è saltato sul letto e si è accoccolato tra di noi.

Amber sorride e ci saluta mentre torna sotto il tendone, dove fa più caldo. «Ci vediamo sulla pista da ballo.»

«Stavamo parlando di un pisolino,» dico con un sorriso ironico.

«Certo, se lo dici tu.» Noah si offre di riprendere Zayn e io lo riconsegno a suo padre.

Zayn non fa che dimenarsi.

«Credo che possiamo lasciarlo correre sulla pista da ballo per un po'. Hanno spostato la torta, quindi almeno non rovinerà il loro matrimonio.» Noah mette giù Zayn quando raggiungiamo la pista da ballo. Non è l'unico che corre come un matto. Bristol sta piroettando sul pavimento, spazzandolo con il suo vestito.

«Non credo che nemmeno una torta rovesciata rovinerebbe il loro matrimonio.» Non che vorrei vedere quel disastro, ma sono abbastanza sicura che ne riderebbero e non ci farebbero caso.

«Beh, sono contento di non doverlo scoprire.»

————

«Balla con me,» dice Noah, prendendomi la mano e tirandomi su dalla sedia.

Ho bevuto un paio di bicchieri di vino. Non ho tenuto traccia di cosa ha bevuto Noah, ma è andato al bar aperto diverse volte.

Zayn è già crollato dopo un'ora di ballo e sta dormendo sul divano nella casa di Kyler. Forse fare un matrimonio in giardino è stata una mossa geniale, soprattutto con i bambini presenti.

Bristol sta lottando contro il sonno, ballando e cantando sulla musica, anche se non credo abbia azzeccato nessuna delle parole. Nessuno se ne preoccupa perché tutti si stanno divertendo.

Noah mi conduce sulla pista da ballo, e la canzone è perfetta per un ballo lento. «Stavo pensando,» dice, e io ridacchio.

«Non sforzarti troppo.»

Lui fa una smorfia giocosa e si avvicina, baciandomi.

Ecco come ha imparato a zittirmi, e non mi dispiace. Se non fossimo in mezzo alla pista da ballo a un matrimonio, approfondirei il bacio. Ma sto cercando di mantenermi educata, soprattutto davanti ai bambini, come Bristol, che è ancora sveglia e ci guarda ballare.

Le mie braccia circondano il suo collo, le mie dita giocano con i suoi capelli mentre ondeggiamo insieme al ritmo della musica. «Faremmo dei bellissimi bambini insieme,» sussurra Noah nel mio orecchio.

Rido. «È il tuo modo di dire che ti piaccio?»

«È il mio modo di dire che voglio metterti incinta.»

Il calore delle sue parole mi fa bruciare la pelle. Mi mordo il labbro inferiore, distogliendo lo sguardo. «Sei sfacciato.» Per un uomo che sta prendendo le cose con calma con me, quelle parole sono piuttosto inaspettate.

«E voglio vedere Zayn con un fratellino o una sorellina,» sussurra Noah. I suoi occhi si fissano nei miei.

È serio.

Il mio stomaco fa un piccolo sobbalzo. «Qualcuno ha la febbre da bebè,» dico, dandogli un bacio sul naso. «È carino.»

«Carino?» Ride. «Non dire ai ragazzi che mi hai chiamato carino. Rovinerai l'immagine di duro che mi sono costruito.»

Mi sporgo verso il suo orecchio, come se stessi per sussurrargli un segreto, quando giocosamente gli mordo il lobo dell'orecchio, succhiando e accarezzando la sua pelle con la lingua.

Lui geme, e sono grata che la musica copra il suono del suo desiderio per me.

«Stai cercando di eccitarmi?» La voce di Noah è ruvida e roca. Si tira indietro leggermente, con un sorriso malizioso sul volto. «Sei sicura di voler prendere questa direzione? Perché posso farti gridare il mio nome senza che lasciamo la pista da ballo.»

«Voglio vederti provare.»

VENTISEI

NOAH

Osservare Charlotte con Zayn stasera ha trasformato i dolci sentimenti che nutro per lei in qualcosa di primordiale.

È difficile non notare il sensuale ondeggiare dei suoi fianchi mentre attraversa la pista da ballo. Con il mio corpo premuto contro il suo, il calore sembra esplosivo.

La desidero in un modo in cui non ho desiderato nessun'altra da molto tempo.

Non è una ragazza qualsiasi. Non la voglio come avventura o svago passeggero.

Charlotte Grace possiede la chiave del mio cuore. Non me n'ero reso conto fino a stasera. Ogni cosa di lei è perfetta.

Voglio dire, certo, mi ha rovinato quasi completamente la vita quando ha incontrato mio figlio per la prima volta, ma capisco che lo ha fatto nel tentativo di proteggerlo. È stato un errore, e ne siamo entrambi responsabili. Le avevo tenuto nascosto di avere un bambino. Forse se non l'avessi fatto, l'arresto, il fatto che sia stato restituito a sua madre e la battaglia per la custodia non sarebbero mai avvenuti.

Il passato è quello che è, però, e non lo si può cambiare.

È ora di andare avanti, e lentamente mi sto permettendo di farlo con Charlotte. Ho cercato di spingerla nella zona dell'amicizia il più possibile dopo tutto quello che è successo tra noi.

Ma a ogni occasione, quando è sarcastica e sfacciata, mi ritrovo a baciarla per farla tacere. Che sia il mio cuore o il mio cazzo a supplicarmi per lei, è sempre la stessa cosa, io che voglio Charlotte Grace.

Sono stato semplicemente troppo cieco per vederlo, troppo concentrato su Zayn, il che non è male. Mio figlio merita il primo posto nella mia vita, al di sopra della mia carriera, il che è stata una realtà sconvolgente, ma ho avuto il supporto della tata per mantenermi in pari con il mio lavoro. Arrivo puntuale alle partite e agli allenamenti.

Guardare Charlotte con Zayn, quanto è dolce con lui e capace di gestire i suoi piccoli scatti d'ira, mi rende invidioso. Per una donna che giura di non volere figli, più la sento parlarne, più mi rendo conto che è solo spaventata.

Teme ciò che verrà dopo.

Terrorizzata dall'atto fisico del parto.

Spaventata dall'ignoto.

Non ci sono garanzie. Ho imparato questa lezione lungo il cammino. E alcune delle migliori sorprese sono quelle che arrivano quando meno te lo aspetti, come Zayn. Lui sicuramente non era programmato.

Ballare con Charlotte è facile. La mia mano sulla parte bassa della sua schiena sembra naturale. Flirtiamo, entrambi camminando con cautela finché non fa quella cosa maliziosa con la lingua sul mio orecchio, e cazzo, posso sentire il mio membro rispondere alle sue attenzioni.

Per fortuna, sono premuto stretto contro di lei. Sono sicuro che sente il mio cazzo che spinge contro i pantaloni, annidato contro di lei, ma non guarda nemmeno in basso né fa commenti al riguardo.

Ed è in quel momento che dico e faccio l'impensabile. Lei mi fa gemere e io la sfido a gridare il mio nome sulla pista da ballo, senza mai lasciare il nostro posto.

Charlotte non mi dice che sono pazzo, cosa che probabilmente sono.

Non mi suggerisce di andarmene e di imbarazzarmi ulteriormente quando qualsiasi numero dei miei compagni di squadra potrebbe vedere il mio cazzo completamente eccitato.

No. Charlotte Grace dice che vuole vedermi provare a eccitarla.

Cazzo.

Devo farlo senza che nessuno sappia cosa sta succedendo fino al suo momento finale di estasi. E non ci sono abbastanza coppie sulla pista da ballo perché io possa fisicamente toccarla ed eccitarla.

Devo essere creativo.

La tiro più vicina, più stretta. Il mio ginocchio scivola tra le sue cosce, e lei emette un respiro secco quando faccio pressione sul suo centro. «Brava ragazza,» dico, compiaciuto dal suo respiro e dai suoi lievi gemiti.

La sua lingua esce, tracciando l'angolo delle sue labbra mentre cerca di riprendere una parvenza di controllo.

Buona fortuna, *tesoro*.

Con la mia mano sinistra sulla parte bassa della sua schiena, la accarezzo attraverso il vestito, le mie dita si muovono avanti e indietro nel modo in cui lo farebbero se fossero sepolte tra le sue cosce. Le dita scendono più in basso, ma la stanno ancora stuzzicando, sono ancora sulla sua schiena, scendendo più in basso verso il suo sedere.

Charlotte emette un dolce suono dal fondo della gola. Le sue guance sono rosse, i suoi occhi leggermente velati.

Il mio respiro le solletica l'orecchio e il collo. Se non posso penetrarla con le dita o spingermi dentro di lei con il mio cazzo, allora dovrò essere creativo per farla venire in un altro modo.

«Voglio strapparti quel vestito di dosso,» le sussurro all'orecchio.

Lei prende un respiro e alza un sopracciglio. Segue il silenzio. Non parla, quindi lo prendo come un segno per continuare.

«Sto pensando a quale sarebbe il tuo sapore sulla mia lingua. Voglio guidare la tua mano tra le labbra della tua figa e lasciarti sentire la tua umidità che ricopre le tue dita. Poi le guiderei alle mie labbra.»

Sospira dolcemente mentre ondeggiamo al ritmo della musica, il mio cazzo che la spinge mentre sento i suoi fianchi muoversi contro di me. Lei intreccia le dita nei miei capelli, tirandomi più vicino, più stretto, le sue labbra che scendono sulle mie per un bacio rovente.

Apro le labbra, la lascio assaggiarmi, avermi, ma tutto ciò che ottiene è un bacio sulla pista da ballo.

Siamo al matrimonio di un mio compagno di squadra. Non possiamo scopare qui davanti a tutti. Il suo tocco mentre passa le dita sul mio cuoio capelluto è seducente.

Ho giurato che l'avrei fatta sciogliere e gridare il mio nome, e sono abbastanza sicuro che lei stia ricambiando il favore. Non so se dovrei essere compiaciuto o infastidito dal fatto che stia cercando di ribaltare la mia sfida.

Charlotte mi sta indubbiamente distraendo, ma non credo lo faccia intenzionalmente, più osservo le sue labbra rosee, le sue guance infuocate e i suoi occhi velati dal tramonto. Dovrei porre fine alla sua agonia, lasciarla venire e raggiungere l'apice mentre insegue il suo orgasmo.

«Voglio scoparti, Charlotte,» le sussurro nell'orecchio, e lei geme, spingendo i fianchi contro di me. Lo prendo come un incoraggiamento e la provoco, le mie dita che alzano sempre più il suo vestito.

Le sue labbra si schiudono, le sue palpebre lottano per restare aperte. È già sul bordo del precipizio, e nel migliore dei casi, sarebbe un orgasmo mediocre.

Scopandola, urlerebbe molto più forte. Ho sentito i suoni di puro piacere che ha fatto a letto con me. I leggeri gemiti e sospiri che sta facendo ora sono nulla in confronto, ma mi rifiuto di perdere questa piccola sfida.

Mi afferra la mano e mi trascina fuori dalla pista da ballo, attraverso il cortile e dentro casa, dove è più tranquillo.

La mia bocca è sulla sua, incollata mentre armeggio con la cerniera del suo vestito camminando all'indietro lungo il corridoio.

Le camere degli ospiti sono troppo lontane, al piano di sopra, per finire ciò che abbiamo iniziato. La trascino nella porta chiusa più vicina. C'è una scrivania al centro della stanza con un computer e diversi schermi appesi al muro.

Sollevo il vestito di Charlotte mentre le sue dita slacciano la fibbia della mia cintura.

«Preservativo?» chiede.

Ne prendo uno dal portafoglio e strappo la confezione. In pochi secondi, la piego sulla scrivania.

Charlotte allarga le gambe, e io guido le mie dita sul suo calore, spargendo la sua umidità, assicurandomi che sia pronta prima di entrare in lei.

Con una mano, afferro la sua molletta per capelli, slacciandola e facendo scorrere le dita tra i suoi riccioli. Con l'altra mano, posiziono il mio cazzo all'entrata, provocandola.

«Cazzo, Noah. Più a fondo.» Muove i fianchi verso di me, cercando di adeguare la mia lenta spinta al suo bisogno più intenso.

Le mie mani si spostano sui suoi fianchi, stabilizzandola mentre spingo il mio cazzo dentro di lei, facendo esattamente ciò che implora finché non è soddisfatta.

I suoi gemiti non sono per niente silenziosi, ma vengono coperti dal forte pulsare della musica della band appena fuori dalla casa.

«Cazzo,» impreco. Già si sta stringendo attorno al mio cazzo, rendendo difficile per me resistere ancora a lungo. «Non osare accogliere quell'orgasmo adesso,» le ringhio.

Charlotte geme e io scivolo fuori da lei e la faccio girare per guardarmi. Sta ansimando. Le sue guance sono arrossate, e trovo la cerniera del suo vestito, facendolo cadere completamente a terra con un sorrisetto.

C'è qualcosa di molto più intimo nel vedere la persona che stai scopando. Voglio dominarla, vedere i suoi occhi fissarmi mentre la faccio venire, nuda e tremante sotto di me.

Chiunque potrebbe entrare. Nessuno di noi si è preoccupato di chiudere a chiave la porta, ma la festa è fuori, e speriamo che rimanga così.

«Sali sulla scrivania,» le ordino.

Solleva i fianchi e si siede sul bordo della scrivania di legno. Charlotte allarga le gambe, mostrandomi la sua figa. «Vedi qualcosa che ti piace?»

Le passo una gamba sopra la spalla e mi chino, passando la lingua sul suo sesso. Le sue dita si intrecciano nei miei capelli mentre mi trascina di nuovo su per il suo corpo.

«Possiamo farlo un'altra sera,» dice Charlotte. «Adesso voglio che mi scopi. Forte.»

Solo sentirla parlare sporco fa vibrare il mio cazzo per l'anticipazione. Mi avvolge le gambe attorno mentre spingo il mio cazzo dentro di lei. Ad ogni colpo, lei risponde con i fianchi che ruotano, implorandomi di darle la sua dolce liberazione.

Allungo la mano tra di noi, circondando il suo clitoride, e la sento tremare e ascolto il suo respiro mentre ansima. Non è l'unica vicina all'orlo dell'oblio.

«Vieni per me,» le sussurro nell'orecchio, mordicchiandole il collo mentre trema tra le mie braccia. Le pareti della sua figa si stringono sul mio cazzo, portandomi oltre il limite con lei.

Ansimando forte, in cerca d'aria, il mio cuore batte selvaggiamente contro il petto mentre mi allontano, gettando il preservativo nel cestino lì vicino.

Recupero il vestito di Charlotte dal pavimento e l'aiuto a rimettersi l'abito prima di uscire in punta di piedi dall'ufficio, solo per essere scoperti da Jasper, con un enorme sorriso in faccia.

«Che c'è?» gli ringhio.

Mi mostra il suo telefono e giuro che se ha fatto un video dei nostri festeggiamenti, lo ammazzo. *Grant Brass è stato arrestato con l'accusa di aggressione e stupro.*

«Jasmine?»

Jasper scuote la testa. «Una ragazza del college, una della NYU. A quanto pare, ha abbordato una rossa al bar che non era interessata, e lui non accettava un no come risposta.»

«Bastardo malato,» mormoro. Aveva pensato che la rossa fosse Charlotte, o era solo una coincidenza?

«La lega sta già organizzando una conferenza stampa per domani. Pensi che verrà espulso dalla NHL?»

«Sì. Non può giocare se è in prigione.»

EPILOGO

CHARLOTTE

Noah e io stiamo insieme da diverse settimane. Tutto è stato perfetto, il che mi tiene sul chi vive.

Prima o poi finirò per rovinare tutto. L'ho già fatto una volta, ma questa volta c'è molto più da perdere.

Lo amo davvero, non che abbia pronunciato quelle parole ancora. Ho troppa paura di essere la prima a dirle.

E se lo allontanassi?

E se pensasse che sto correndo troppo?

Mille pensieri mi attraversano la mente quando

considero di dire *ti amo*, tutti mi soffocano con un'ansia paralizzante.

Gli appuntamenti e le avventure erano molto più facili. Ma trovare l'amore e mantenerlo, quella è la parte difficile. La verità è che non voglio nessun altro.

Mio padre ha chiamato per chiedermi se sto ancora con Noah Reece. Stava cercando di offrire un ramoscello d'ulivo, invitando lui e Zayn per la cena di Natale con la famiglia. Sarà imbarazzante se Noah accetterà l'invito, ma onestamente, tutto ciò che mi importa è passarlo con Noah e Zayn.

Porto i miei pattini alla pista di ghiaccio del parco. I corsi alla NYU sono finiti per il semestre invernale, e oggi è l'ultima lezione di pattinaggio con i bambini fino a dopo l'anno nuovo.

«Charlotte!» Abbi mi saluta eccitata, come se non sapesse che sarebbe stata nella mia prossima lezione di esercizi e tecniche di hockey. Segue le mie lezioni di pattinaggio da quando aveva quattro anni, quando le ho insegnato a pattinare sul ghiaccio nel mio corso per principianti.

«Hai praticato gli esercizi?» le chiedo. Ha un talento naturale sul ghiaccio. È per questo che i suoi genitori affidatari stanno pensando di toglierla dal distretto del parco e inserirla in un programma più intenso.

Rispetto la loro decisione, ma mi mancherà.

«Sì,» dice Abbi e pattina verso la parete, aspettando che io finisca di allacciarmi i pattini per raggiungere lei e gli altri bambini. «Abbiamo una sorpresa per te, signorina Grace.»

È quella voce dolce e melodiosa e l'uso del mio cognome che mi fa alzare un sopracciglio. «Che state combinando voi ragazzi?» chiedo.

Abbi e gli altri bambini fischiano, emanando una strana vibrazione.

A quanto pare, stanno segnalando l'arrivo di Babbo Natale.

Scoppio a ridere vedendo un uomo con un costume da Babbo Natale che entra nella pista di ghiaccio. «Babbo Natale sa pattinare?» dico ridendo.

Faceva parte dei piani del parco che hanno dimenticato di dirmi, o è uno scherzo organizzato da uno dei genitori dei bambini?

Mentre Babbo Natale pattina più vicino, lo guardo meglio, e decisamente non è il *vero* Babbo Natale.

La mia bocca si spalanca quando vedo chi c'è dietro la barba e il cappello.

Noah Reece.

«Non dimenticare la tua slitta!» grida Abbi.

«O i regali!» esulta Lotti, guadagnandosi molte risate dagli altri bambini.

Noah trascina una slitta sul ghiaccio. Davanti c'è Zayn, vestito da elfo, mentre dietro ci sono mucchi di regali. «Ho pensato di portarti un po' di spirito natalizio.»

La mia bocca si spalanca, sorpresa dal gran gesto. «Wow, non avresti dovuto.»

«Non dire così. Ci ha portato i regali!» Georgia pattina verso la slitta, con le sue trecce bionde un po' disfatte. Squadra Babbo Natale, incrociando le braccia sul petto. «Oh mio Dio!» Lo strillo delle sue labbra di otto anni dall'intonazione acuta è quasi troppo.

Noah aspetta che finisca perché siamo sicuri che Georgia abbia altro da aggiungere.

«Tu non sei Babbo Natale! Sei Noah Reece.» La sua bocca si spalanca e lo fissa con stupore. «Tu giochi a hockey.»

Lui si china e si porta il dito alle labbra. «Non puoi dirlo a nessuno. Deve essere il nostro segreto.»

Gli altri bambini ridacchiano tutti e pattinano avanti, dirigendosi verso Noah e la gigantesca slitta di regali che ha portato per i bambini.

«Non posso credere che tu abbia fatto tutto questo,» dico, sbalordita dalla sorpresa. Non me l'aspettavo.

«Ti amo. Ovviamente volevo rendere le loro festività ancora più speciali,» dice Noah.

«Ti amo,» sussurro, afferrando il suo cappotto da Babbo Natale e spostando la barba mentre lo tiro verso di me per un bacio.

«Non ti piace la barba, eh?»

«Quella peluria bianca e ruvida? No, grazie.»

L'AUTORE

Willow Fox ama la scrittura da quando ancora andava al liceo (molte ere fa). I suoi romanzi ambientati in provincia, riflettono la vita delle piccole città dell'America rurale.

Che stia scrivendo romanzi romantici o seduta all'aperto accanto al fuoco a leggere un buon libro, Willow adora le pagine colme di parole di scritte.

Sogna il colpo di fulmine e spera di riuscire a farlo scattare nei suoi lettori!

Visita il suo sito web:

https://shopwillowfox.com

ALTRO DA WILLOW FOX

Eagle Tactical Series

Svelato: Jaxson

Invisibile: Mason

Nascosto: Lincoln

Infiltrato: Jayden

Matrimoni Di Mafia

Voto Segreto

Voto Prigioniero

Voto Selvaggio

Voto Non Voluto

Voto Spietato

Fratelli Bratva

Boss Brutale

Boss Diabolico

Boss Possessivo

Boss Ossessivo

Boss Pericoloso

Padre Single Autoritario

Il Burbero Miliardario

Burbero di Montagna

Il Burbero Scapolo

Romance degli Ice Dragons

Fingere con il Miliardario

Sfidare il Giocatore di Hockey

Arrestare il Giocatore di Hockey

www.ingramcontent.com/pod-product-compliance
Lightning Source LLC
Chambersburg PA
CBHW022348020726
47500CB00002B/173